Wolf S. Dietrich

Windstille

Handlung und Figuren dieses Romans entspringen der Phantasie des Autors. Ebenso die Verquickung mit tatsächlichen Ereignissen. Darum sind eventuelle Übereinstimmungen mit lebenden oder verstorbenen Personen zufällig und nicht beabsichtigt. Nicht erfunden sind bekannte Persönlichkeiten, Institutionen, Straßen und Schauplätze im Cuxland.

Der Autor

Wolf S. Dietrich studierte in Göttingen Germanistik und Theologie, arbeitete als Lehrer, als wissenschaftlicher Mitarbeiter an der Universität Göttingen und als Didaktischer Leiter einer Gesamtschule. Er lebt und arbeitet heute als freier Autor in Göttingen und Cappel-Neufeld bei Cuxhaven. »Windstille« ist sein dreizehnter Krimi im Prolibris Verlag und der vierte, der im Cuxland spielt. Der Autor ist Mitglied im Syndikat, der Autorengruppe deutschsprachiger Kriminalliteratur.

Mehr Informationen zum Autor unter: www.literatur-aktuell.de

Wolf S. Dietrich

Windstille

Cuxland Krimi

Prolibris Verlag

17. Auflage 2025
Originalausgabe Juni 2013

buero@prolibris-verlag.de
Titelfoto: © Horst Fischer, Konstanz
Druck: OSDW AZYMUT Sp. z o. o., Daimlera 2, 02-460 Warszawa, Polen
ISBN: 978-3-95475-008-5

www.prolibris-verlag.de

Ich danke

Jutta Donsbach, Christine Parr, Sabine Heyer, Elmar Drossmann und Dr. Lili Seide für die kritische Durchsicht des Manuskripts. Kriminalhauptkommissar Michael Artmann und Oberstaatsanwalt Dr. Wilfried Ahrens danke ich für fachliche Beratung in polizeilichen und ermittlungstechnischen Fragen, letzterem auch für wertvolle inhaltliche Anregungen. Für Informationen zur Funktionsweise eines Hubsteigers und zur Arbeit an Fundamenten für Offshore-Windkraftanlagen (Tripiles) bin ich Wolfgang Bliedtner zu Dank verpflichtet. Dankbar bin ich auch für Unterstützung durch die Cuxhavener Polizei, deren Sprecherin, Polizeihauptkommisssarin Anke Rieken, mir ausführlich Organisationsstruktur und örtliche Gegebenheiten erläutert hat.

Nicht zuletzt danke ich meiner Frau Kristine für freimütige Kritik am Manuskript und Geduld mit dem schreibenden Ehemann.

Wolf S. Dietrich

1

Angst hätte sie retten können. Doch Sarah Peters kannte dieses Gefühl nicht. In den dreizehn Jahren ihres Lebens war sie niemals in eine Situation geraten, die bedeutend mehr als ein wohliges Schaudern verursacht hatte. Wie die Gruselgeschichten ihres Großvaters, der gelegentlich vom Roten Claas erzählte – einem sagenhaften Mädchenmörder, der seit dreihundert Jahren im Elbe-Weser-Dreieck sein Unwesen trieb – und von der großen Flut, die er erlebt hatte, als er in Sarahs Alter gewesen war. Damals waren an vielen Stellen die Deiche gebrochen. Mitten in der Nacht hatten er, seine Eltern und seine Geschwister das Haus verlassen müssen, in dem bereits kniehoch das Wasser stand. Sie liebte Großvaters Erinnerungen, war aber weit davon entfernt, sich davon beeindrucken zu lassen. Sie erschienen ihr so unwirklich, als spielten sie in einer anderen Welt. Mit Sarahs Leben hatten sie nichts zu tun.

Wenn Schulfreundinnen davon erzählten, dass sie Angst hätten, in den Keller zu gehen oder allein zu Hause zu bleiben, zuckte Sarah nur mit den Schultern. Sie hatte grenzenloses Vertrauen zu ihrer Mutter und ihrem großen Bruder und konnte sich nicht vorstellen, von ihnen im Stich gelassen zu werden. Selbst Gewitter machten ihr nichts aus. Bei grollendem Donner mit Mama oder Daniel am Fenster zu kuscheln und den Blitzen zuzusehen, die über Cuxhaven oder die Nordsee zuckten, während der Regen gegen die Fenster prasselte, gab ihr das Gefühl von Geborgenheit. Wenn der Donner die Scheiben klirren ließ, löste das allenfalls ein wohliges Gruseln aus. Nicht anders als beim Besuch des Fleckenmarktes, wenn sie vom Riesenrad in die Höhe gehoben wurde, in der Geisterbahn Fantasmagor schauderte oder mit dem Kettenflieger über die Köpfe der Zuschauer sauste.

Vielleicht war es die Gewissheit, dass Mama und Daniel immer für sie da waren und stets wussten, was zu tun war. Egal, ob es Streit mit Freundinnen gab oder schwierige Schulaufgaben zu lösen waren. Im Gegensatz zu ihrem Bruder hatte sie auch keine

Angst vor schlechten Noten, denn sie war eine der besten Schülerinnen ihrer Klasse.

Nicht einmal vor Ossa hatte sie Angst. Der Junge, der eigentlich Oskar hieß, war zwei Jahre älter als sie und für sein Alter sehr groß und sehr stark, aber geistig zurückgeblieben. Weil er eine kräftige, metallisch schnarrende Stimme und feuerrote Haare besaß, fürchteten sich viele Kinder aus der Nachbarschaft vor ihm. Es hieß, er habe einer herrenlosen Katze den Hals umgedreht und sei einmal mit heruntergelassenen Hosen hinter einem Schaf erwischt worden. Da er keine Freunde hatte, rannte er oft anderen Kindern hinterher, die eilig vor dem ungebetenen Spielkameraden flüchteten. Sarah war nie weggerannt. Was ihr eines Tages ein unverhofftes Kompliment eingebracht hatte. »Du bist schön«, hatte Oskar gestammelt. »Mag dich.« Dann war er davongelaufen.

Anfang März hatte sich der lange und kalte Winter plötzlich zurückgezogen. Heute, am dritten warmen Tag des Jahres, war sie mit dem Fahrrad zu Julia gefahren, die mit ihrer Familie direkt hinter dem Deich auf einem Bauernhof lebte, um mit ihr Mathe zu üben. Natürlich hatten sie nicht nur Aufgaben gelöst, sondern auch die Gelegenheit genutzt, die Ferkel anzuschauen, neugeborene Lämmer zu streicheln und auf Julias Pony zu reiten. Wäre sie ängstlicher gewesen, hätte sie mit der Rückfahrt nicht bis zum Einbruch der Dämmerung gewartet.

Schließlich hatten sie Erdbeertorte gegessen und waren über den Deich in die Salzwiesen gegangen, um dort nach Ringelgänsen, Austernfischern und Rotschenkeln Ausschau zu halten. Dadurch war die Zeit fast unbemerkt vergangen, und Sarah rechnete sich aus, dass sie fast eine Stunde später zu Hause ankommen würde, als sie mit ihrer Mutter verabredet hatte. Schon jetzt hatte sie deutlich überzogen. Es würde sich also nicht vermeiden lassen anzurufen. Sie trat noch kräftiger in die Pedale und tastete in ihrer Jackentasche nach dem Mobiltelefon.

*

Die Sitzung im Wremer Hotel »Deichgraf« zog sich hin. Der Chef der Offshore Consulting Hamburg, Ralf Scharnagel, hatte sich über den Betriebsratsvorsitzenden der CuxStahl geärgert und schon während der Beratungen die ersten Cognacs für sich und seine beiden Mitarbeiter geordert. Arnold Bannack, Inhaber der Stahlbaufirma, hatte zur Beruhigung der Gemüter eine weitere Runde spendiert. Nachdem sich die Gesprächspartner verabschiedet hatten, bestellte Scharnagel noch einmal Cognac und warf einen Blick auf die Uhr. »Jetzt gehen wir ein Bier trinken«, verkündete er. »Ich habe einen ganz trockenen Rachen von dem langen Palaver. Außerdem müssen wir noch was besprechen.« Er sah sich um. »Aber nicht hier. Wir fahren zum Golfclub. Liegt ja fast auf dem Weg. Im Clubrestaurant können wir auch zu Abend essen.«

Wenig später rollte der schwarze Mercedes GLK durch Wremen. Statt den direkten Weg über Dorum und Nordholz zu nehmen, bog Scharnagel schon bald nach links in Richtung Misselwarden ab. »Wir fahren besser am Deich längs«, erläuterte er, »da gibt's keine Kontrollen.«

Sein Beifahrer nickte abwesend. Tom Steiner war Scharnagels rechte Hand und Vertrauter. Er hatte die Verärgerung seines Chefs bemerkt. »Was ist denn in den Schubert gefahren?«, fragte er. »Hat Bannack ihn nicht mehr im Griff?«

Der Fahrer schaltete in einen höheren Gang. »Wisst ihr, was ich denke?«

Stumm schüttelte Steiner den Kopf. Der Mann im Fond schwieg ebenfalls.

»Die Ratten verlassen das sinkende Schiff. Seit es mit der CuxStahl abwärts geht, denkt jeder nur noch an seine eigene Haut. Wahrscheinlich hat der Herr Betriebsratsvorsitzende Muffensausen. Wenn die Firma in die Insolvenz geht, könnten seine guten Beziehungen zur Geschäftsleitung bekannt werden. Von Entlassung bedrohte Arbeiter sind nicht zimperlich. Falls die davon Wind bekommen, muss sich der schöne Schubert warm anziehen.«

»Wird er von Bannack bezahlt?«, meldete sich der Mann vom Rücksitz. Scharnagel stieß einen Lacher aus. »Natürlich nicht. Jedenfalls nicht direkt. Aber was glaubst du, wie ein kleiner Angestellter zu einer Neun-Meter-Yacht kommt? Der Mann besitzt einen küstentauglichen Daycruiser der B-Klasse mit dreihundert PS. So was erbt man nicht.«

»Interessant.« Steiner stieß einen leisen Pfiff aus. »Daraus ließe sich doch etwas machen. Wenn wir den Laden sanieren wollen, müssen wir beim Personal sparen. Erstens Leute, zweitens Gehälter. Ein kooperativer Betriebsrat wäre eine große Hilfe.«

»Du sagst es.« Scharnagel schnaubte und beschleunigte den Wagen. Der Tacho zeigte neunzig, fünfzig waren erlaubt. »Jemand muss inoffiziell mit ihm verhandeln. Aber dafür brauchen wir hieb- und stichfeste Beweise. Er sah in den Rückspiegel und deutete nach hinten. »Das wäre eine Aufgabe für dich, Jesko.«

Der Angesprochene beugte sich vor. »Alles eine Frage des Preises.«

»Das sehe ich genauso«, grinste der Fahrer. »Aber der Preis sollte das geringste Problem sein. Was am Ende zählt, ist das Ergebnis. Kommt die CuxStahl wieder auf die Beine, werden uns alle umarmen. Vom Bürgermeister über die Landtagsabgeordneten und Minister bis zum Ministerpräsidenten. Erinnert ihr euch? Was haben die für Sprüche losgelassen, als Bannack das Unternehmen in Cuxhaven gegründet hat! Ein Zukunftsprojekt mit Hunderten neuer Arbeitsplätze. Jetzt gibt es Entlassungen, und die Herren Politiker lassen sich nicht mehr sehen und nichts mehr von sich hören.«

»Wir schaffen das.« Tom Steiner deutete in Richtung Nordsee. »Die Zukunft der Stromversorgung durch Windräder liegt im Offshore-Bereich. Da hat uns die Regierung mit ihrer Energiewende einen großen Gefallen getan. Mit alpha ventus steht der erste Windpark, und in Emden drängeln sich die Politiker in der ersten Reihe, wenn das Fernsehen kommt. Also sollten wir das auch für Cuxhaven wieder hinkriegen.«

Scharnagel nickte. Sie hatten Dorum-Neufeld durchfahren und den schnurgeraden Deichweg erreicht. Auch hier betrug die Höchstgeschwindigkeit fünfzig, doch er beschleunigte den schweren Mercedes GLK auf fast das Doppelte.

*

Von der Nordsee her hatte sich der Himmel bezogen, die Wolken wurden rasch dunkler und sorgten für eine vorzeitige Dämmerung, der Wind frischte auf. Als Sarah Peters in die Hohe Klint einbog, schien sich der Weg unter den Bäumen in der Dunkelheit zu verlieren. Für einen kurzen Augenblick erwog sie, das Licht einzuschalten, aber der Dynamo würde nur bremsen.

Mama hatte nicht verärgert geklungen, allenfalls war Besorgnis in ihrer Stimme zu hören gewesen. Sarahs Hinweis, dass sie kurz vor Oxstedt sei und in einer guten halben Stunde zu Hause sein würde, hatte sie wieder beruhigt. Nach dem Gespräch mit ihrer Mutter hatte sie die Stöpsel des Smartphones in die Ohren gesteckt und auf die Playlist mit ihrer Lieblingsmusik getippt. Zu den lauten Klängen von Bushido ließ es sich leichter treten.

Als der Lichtsensor des Mercedes die Scheinwerfer einschaltete, blitzte ein Reflektor auf. Scharnagel erkannte, dass er nicht mehr ausweichen konnte und stemmte sich gegen das Bremspedal. In dem Augenblick erfasste der Lichtkegel ein Fahrrad mit einem schmalen Wesen darauf, dessen blonder Haarschopf im Fahrtwind flatterte. Als die Reifen zu quietschen begannen, drehte sich das Mädchen um, geriet aus dem Gleichgewicht und stürzte auf die Fahrbahn.

In der Limousine war nur ein gedämpftes Poltern zu hören, als sie das Hindernis überrollte.

2

Skeptisch betrachtete Marie Janssen die Streifen auf dem Schwangerschaftstest. Es waren zwei, und wenn sie die Gebrauchsanweisung richtig verstanden hatte, konnte das nur eins bedeuten.

Mit der Möglichkeit hätte sie rechnen müssen. Aber sie war schon öfter überfällig gewesen, aber dann war ihre Blutung doch immer noch eingetreten, wenn auch mit Verspätung. War das leichte Ziehen in der Brust während der letzten Tage ein Signal gewesen?

Sie hob den Blick und betrachtete sich im Spiegel. Im April würde sie einunddreißig werden. Sah man ihr die Jahre an? Noch war die Haut glatt. Bis auf einige kaum sichtbare Fältchen an Augen und Mundwinkeln. Das Gesicht war von ersten Spaziergängen des Jahres leicht gebräunt. Die blonden Haare waren etwas dünn, aber mit der richtigen Spülung und etwas Festiger noch immer leicht in Form zu bringen. Mit einer Schwangerschaft sollte sich das angeblich ändern.

Wäre sie eine junge Mutter? Oder gehörte sie zu den Spätgebärenden, wie ihre Mutter einmal gewarnt hatte, als sie sich ergebnislos nach Maries Plänen für Nachwuchs erkundigt hatte? Wollte sie überhaupt ein Kind bekommen und Mutter werden? Bilder schossen ihr durch den Kopf. Eine Frau mit dickem Bauch, deren Schwerfälligkeit sie am Strand von Duhnen beobachtet hatte, als diese mit zwei schon vorhandenen Kindern und einem missmutigen Ehemann eine Sandburg um den Strandkorb geschaufelt hatte. Das ausgezehrte und übermüdete Gesicht der Kollegin von der Verkehrspolizei, die im Januar ihr Kind bekommen hatte. Die strahlenden Augen von Johanna-Leonie, der zweijährigen Tochter ihrer Freundin Mareike. Hatte dieses fröhliche Wesen nicht schon hin und wieder bei ihr Sehnsucht nach einem eigenen Kind ausgelöst?

Erneut betrachtete sie den Teststreifen. Die Anzeige war unverändert. Wie würde Felix reagieren? Über Kinder hatten sie gesprochen. Aber das war immer irgendwie theoretisch gewesen. Sie waren sich einig, dass sie welche wollten. Irgendwann. War jetzt der richtige Zeitpunkt? Gab es den überhaupt? Beruflich waren beide sehr eingespannt, mussten oft am Abend noch arbeiten. Felix rechnete mit der Möglichkeit, Nachfolger des Redaktionsleiters zu werden. Hajo Sommer würde bald in Pension gehen, und dann würde er sich bewerben. War ihm in dieser schwierigen

Phase die Rolle eines Vaters zuzumuten? Bei Mareike war die Sache einfacher, sie arbeitete nicht, wollte nicht arbeiten. Ihr Mann war Offizier beim Marinefliegergeschwader in Nordholz und gut abgesichert. Wie schafften andere Eltern es, Beruf und Kinderbetreuung zu vereinbaren? Begegnungen mit straffälligen Jugendlichen gehörten zum Alltag der Polizeiarbeit, manchmal hatte sie den Eindruck, dass die jungen Menschen aus dem Ruder liefen, weil sich ihre Eltern nicht um sie kümmerten. Vielleicht sollte sie sich beurlauben lassen. Aber der Gedanke, während ihrer Abwesenheit könnte die Inspektion umstrukturiert werden und sie nach ihrer Rückkehr in einem anderen Kommissariat landen, erschien ihr beunruhigend. Außerdem rechnete sie damit, im nächsten oder übernächsten Jahr zur Kriminaloberkommissarin befördert zu werden. Mit Besoldungsgruppe A 10. Daraus würde dann wohl auch nichts.

Marie seufzte. Vielleicht war dieser Test ja gar nicht zuverlässig. Sie würde ihn wiederholen. Mit Felix würde sie erst sprechen, wenn sie ganz sicher war.

Entschlossen warf sie den Teststreifen in den Abfalleimer und begann mit der morgendlichen Kosmetik. Einunddreißig war nicht fünfundzwanzig und schon gar nicht zwanzig. Obwohl sie in der Dienststelle oft als jünger eingeschätzt wurde, gab es ein paar sichtbare Zeichen ihres Alters, deren Ausbreitung sie nicht ohne Gegenmaßnahmen hinnehmen wollte. Während sie Creme in die Augenpartie einmassierte, drängte sich erneut die Frage in ihr Bewusstsein. Wollte sie wirklich ein Kind?

Normalerweise fuhr sie um diese Jahreszeit mit dem Roller zum Dienst. Aber in diesem Jahr wollte der Winter nicht weichen. Ganze drei warme Tage hatte es gegeben, heute war die Kälte zurückgekehrt, im Nordosten schneite es wieder. Also benutzte sie weiter den alten Citroën ihres Vaters. Marie hoffte, schon bald mit dem Zweirad fahren und den Fahrtwind genießen zu können.

Auf dem Weg von ihrer Wohnung in Groden zur Polizeiinspektion an der Werner-Kammann-Straße warf sie gewohnheitsmäßig einen Blick zur blauen Werkshalle der Cuxhaven Steel Construction, vor der wie immer die knallgelben Tripiles aufragten, die als Fundamente auf hoher See verankert werden sollten, um Windkraftanlagen aufzunehmen. Mit großartigen Versprechungen über einen Offshore-Masterplan für Cuxhaven als Dreh- und Angelpunkt der Zukunftstechnologie mit einmaliger Infrastruktur und Hunderten von Arbeitsplätzen war die Firma vor Jahren gegründet worden. Nun waren zahlreiche Mitarbeiter entlassen worden, und das Unternehmen schien ebenso auf dem Weg in die Insolvenz zu sein wie Arnold Bannacks Konkurrenzunternehmen CuxStahl.

Auf der Höhe des Alten Fischereihafens musste Marie lächeln, weil ein Bild mit flatternden Büstenhaltern vor ihrem inneren Auge auftauchte. Vor zwei Jahren hatte die Hafengesellschaft in einer Nacht- und Nebelaktion die Liegeplätze für die Krabbenkutter gesperrt und einen meterhohen Bauzaun aufgestellt, damit niemand mehr den Kai betreten konnte. Angeblich war er nicht mehr verkehrssicher. Die Fischer waren empört gewesen, und die Cuxhavener Bürger hatten mit Protestaktionen ihren Unmut kundgetan. Im Spätsommer hatten unzählige Frauen aus Stadt und Umland den Bauzaun mit Büstenhaltern behängt. Auch Marie hatte einige ausgediente BHs beigesteuert. Aus der Aktion war ein fröhliches Fest geworden, und die Bilder vom bunten Büstenhalter-Zaun waren um die Welt gegangen. Danach hatte man begonnen, den hässlichen Maschendraht durch weniger unansehnliche eiserne Poller zu ersetzen. Aber dann hatte ein neues Gutachten zu der Erkenntnis geführt, dass die Kaje keineswegs baufällig war. Und der Wirtschaftsminister hatte das Gegenteil von dem erklärt, was er zuvor vertreten hatte. Nun sei sie »zu einhundert Prozent standsicher«. Inzwischen suchte die Hafengesellschaft nach einem Konzept für den Alten Fischereihafen. Mit öffentlichem Zugang zum Nordseekai und dem Erhalt der Liegeplätze für die Krabbenkutter.

Die Polizeiinspektion Cuxhaven/Wesermarsch war in einem Gebäude aus rotem Ziegelmauerwerk untergebracht, das den zweifelhaften Charme der Architektur aus den Siebzigern ausstrahlte. Helle Betonstreifen waren wohl als Auflockerung gedacht, milderten den Gesamteindruck jedoch nur wenig. Seit Jahren wurde über den Ausbau geredet, aber Marie bezweifelte, dass die räumlichen Arbeitsbedingungen auf absehbare Zeit verbessert würden. Auf dem Parkplatz neben dem Haus rangierte Marie den Citroën in eine Parklücke und sah auf die Uhr. Gewöhnlich war sie vor ihrem Chef im Kommissariat und nutzte die Gelegenheit, die Fenster zu öffnen, um den Mief hinaus- und frische Luft hereinzulassen. Dann kümmerte sie sich um die Grünpflanzen auf den Fensterbänken und warf einen Blick auf die Akten, die Röverkamp am Vorabend studiert hatte. Wenn sie nicht gerade durch einen aktuellen Fall in Atem gehalten wurden, befasste er sich gern mit ungelösten Kriminalfällen aus der Vergangenheit. Doch als sie unwillkürlich den Kopf hob, stellte sie fest, dass ein Fenster ihres Büros bereits offen stand. Anscheinend war der Hauptkommissar schon da. Gab es einen neuen Fall?

Sie eilte die Stufen zum Eingangsbereich hinauf. Der Türöffner summte, Marie winkte den Kollegen hinter der Scheibe der Wache zu und beeilte sich, Flure und Treppenhaus mit ihrem Mief aus abgestandener Luft, billigen Reinigungsmitteln und kaltem Rauch rasch hinter sich zu bringen.

»Moin Marie.« Kriminalhauptkommissar Konrad Röverkamp wedelte mit einem schmalen Aktendeckel. »Es gibt Arbeit.« Er warf ihr den Ordner zu, obwohl sie noch die Türklinke in der Hand hielt. Trotzdem gelang es ihr, die Papiere aufzufangen. »Moin Konrad. Tötungsdelikt?«

»Vielleicht. Wahrscheinlich eher ein Unfall mit Todesfolge. Aber schlimm genug. Das Opfer ist ein dreizehnjähriges Mädchen. Der Unfallverursacher ist flüchtig.«

»Ekelhaft.« Marie schloss die Tür und ließ sich an ihrem Schreibtisch nieder. Sie schlug den Aktendeckel auf und verzog unwillkürlich das Gesicht. »Unvorstellbar, dass es Menschen gibt, die ein verletztes Kind einfach liegen lassen. War sie sofort tot?«

Röverkamp schüttelte den Kopf. »Nein. Als sie gefunden wurde, lebte sie noch. Genaueres wissen wir noch nicht. Aber ich habe gerade mit Krebsfänger telefoniert. Die Leiche wird obduziert.«

Marie erschrak. Der Staatsanwalt ließ sich bei der Leichenöffnung gern von den Kriminalbeamten vor Ort vertreten. Sie hatte in den zurückliegenden Jahren schon mehrfach eine Obduktion begleiten müssen. Nach anfänglichen Schwierigkeiten war es ihr gelungen, den Besuch im Sektionssaal ohne allzu große Gefühlsaufwallung zu überstehen. Aber die Vorstellung, dabei zuzuschauen, wie die Ärzte den Körper eines so jungen Mädchens aufschnitten, erschien ihr unerträglich. »Heißt das, wir müssen zum Krankenhaus?«

»Ein Termin steht noch nicht fest, soll aber so schnell wie möglich anberaumt werden.« Maries Chef deutete auf die Akte. »Passiert ist der Unfall gestern Abend. Man hat das Mädchen aber erst gegen Mitternacht gefunden. Jemand hatte es ins Unterholz gezerrt. Das Fahrrad ist verschwunden.« Er betrachtete sie aufmerksam. »Du musst nicht mitkommen. Wenn Krebsfänger nicht erscheint oder wenn er uns bei der Leichenöffnung dabei haben will, kann ich das auch allein machen.«

Für einen Augenblick befürchtete Marie, er würde einen Satz mit »in deinem Zustand« hinzufügen. Was für ein blöder Einfall. »Danke für das Angebot. Ich werde es mir überlegen.« Sie klappte den Aktendeckel zu und gleich wieder auf. Auf einer der Seiten würde sie die Personalien des toten Mädchens finden. Sie schob die Blätter auseinander und überflog die Zeilen mit den Daten. »Sarah Peters. Mutter Stefanie, alleinerziehend. Mit ihr werden wir sprechen müssen. Auch nicht gerade angenehm. Weiß sie schon …?«

»Sie hat ihre Tochter selbst gefunden. Mit der Hilfe von Freunden und Nachbarn. Zuerst hat sie versucht, das Kind auf dem Handy zu erreichen, dann hat sie herumtelefoniert, schließlich sind sie zu mehreren die Strecke abgefahren, auf der sie das Mädchen vermuteten. Zuletzt haben Nachbarn ihren Hund losgeschickt. Der hat Sarah dann schwer verletzt aufgestöbert. Sie haben sie ins Auto geladen und ins Krankenhaus gebracht. Da ist sie dann gestorben. Das Schlimmste hat die Mutter also schon hinter sich.« Röverkamp deutete auf die Akte. »Aus ihren Äußerungen gegenüber den Kollegen von der Nachtschicht ergibt sich ein relativ klares Bild vom Geschehen. Das Mädchen hat eine Freundin in Spieka-Neufeld besucht und war mit dem Fahrrad auf dem Heimweg. Vor dem Unfall hat sie sich noch telefonisch bei der Mutter gemeldet. Kurz danach muss es passiert sein. Die Zeiten stehen dort drin.« Er deutete auf die Papiere, die Marie inzwischen auf ihrem Schreibtisch ausgebreitet hatte.

Marie studierte das Protokoll. »Dann fahren wir zuerst zum Unfallort und anschließend zur Mutter?«

Der Hauptkommissar nickte und erhob sich. »Kümmerst du dich um einen Wagen? Ich muss noch kurz zum Chef.«

*

Das Fahrrad hatten sie am Niedersachsenkai entsorgt. Noch in der Nacht hatte Scharnagel einen Begrenzungsstein gerammt, um die Kratzspuren an der vorderen Stoßstange mit frischen Schrammen zu überdecken. Um sie auswechseln zu lassen, war er am frühen Morgen nach Bremen gefahren. Er hatte einige Zeit nach einer Werkstatt suchen müssen, die über ein passendes Ersatzteil verfügte und bereit war, den Austausch sofort vorzunehmen. Zuvor hatte er in einer Waschanlage eine gründliche Unterbodenwäsche durchführen lassen. Als der Wagen auf der Hebebühne stand und die Monteure am Vorderwagen arbeiteten, untersuchte er die Fahrzeugunterseite. Hier ließen sich keinerlei Spuren des Unfalls entdecken. Zufrieden verließ er die Werkstatt und bestellte ein Taxi zur Innenstadt. Im Bremer Ratskeller würde er ein spätes Frühstück oder ein frühes Mittagessen genießen. Wegen seiner Mitfahrer machte er sich keine Sorgen. Sie waren von ihm abhängig, im Übrigen hingen sie genauso in der Sache drin wie er.

Als Scharnagel am Nachmittag zurück auf die Autobahn fuhr, meldete sich sein Smartphone. Der Anruf kam von Tom Steiner. »Was gibt's?«

»Ein Problem. Wegen gestern Abend. Das Mädchen. Es hat … überlebt. Wenn es aus dem Koma erwacht, soll es zum Unfallhergang befragt werden. Die Kriminalpolizei ermittelt.«

»Woher weißt du das?«

»Kam im Radio.«

»Und? Was noch?«

»Bis jetzt tappen sie im Dunkeln.«

»Das wird auch so bleiben. Mach dir deswegen nicht ins Hemd! Vielleicht ist es auch nur ein schmutziger Trick der Bullen. Sonst noch was?«

»Arnold Bannack hat sich gemeldet. Telefonisch. Sie wollen unser Konzept im Detail prüfen und den Banken vorlegen. Wenn sich keine kritischen Punkte ergeben und die Geldgeber mitspielen, werden sie es übernehmen. Bannack lässt gerade eine schriftliche Stellungnahme ausarbeiten. Wir kriegen den Entwurf zur internen Abstimmung per Mail. Sobald er von den Finanziers grünes Licht bekommt, nimmt er sich den Betriebsrat vor.«

Scharnagel stieß einen zufriedenen Lacher aus. »Dann hat sich der gestrige Tag also gelohnt. Wir kriegen den Auftrag und werden die CuxStahl sanieren. Da sind mindestens zwei Millionen für uns drin. Du kannst schon mal den Champagner kalt stellen. In einer guten Stunde komme ich ins Büro.«

*

Die Spurensicherer der Tatortgruppe in ihren weißen Anzügen waren schon von Weitem zu sehen. Als Röverkamp an der Absperrung stoppte und die Wagentür öffnete, kam einer von ihnen auf sie zu.

»Moin Konrad.«

»Moin Erik.«

»Sieht nicht gut aus.«

»Keine tatbezogenen Spuren?«

»Wenige. Kommt! Ich zeig's euch.«

Er nickte Marie zu, die ebenfalls ausgestiegen war, und hob das Absperrband an, so dass sie und der Hauptkommissar hindurchschlüpfen konnten. Dann deutete er auf die Fahrbahn der schmalen asphaltierten Straße. »Hier sind ein paar kaum erkennbare Brems- und Driftspuren. Könnten von einem größeren Pkw mit ABS stammen. Und ein paar Kratzer im Asphalt, die das Fahrrad hinterlassen haben könnte. Aber das ist nicht sicher.« Er zeigte auf zwei Gestalten, die neben der Straße im Unterholz auf den Knien hockten. »Da lag das Unfallopfer. Dorthin hat man es geschleppt. Diese Spuren sind eindeutig. Jemand hat dem Mädchen wahrscheinlich unter die Achseln gegriffen und es – rückwärtsgehend – ins Gebüsch gezerrt. Es gibt kaum Abdrücke, weil hier überwiegend festes, dichtes Gras wächst, das sich schon wieder aufgerichtet hat. Gab es welche vom Täter, sind sie wahrscheinlich von den Helfern zertrampelt worden. Nur der Fersenabdruck eines Herrenschuhs ist recht gut erhalten. Den kriegt ihr dann in Bild und Ton.«

»Ton?« Marie war irritiert.

»Erik meint ein Modell«, erklärte Röverkamp. »Sicher nicht aus Ton, sondern aus Gips«, erklärte er und wandte sich wieder an den Kollegen vom Erkennungsdienst. »Was habt ihr sonst noch?«

»Außer dem einen Abdruck nichts. Alle bisher gefundenen Faserspuren sind dem Opfer zuzuordnen. Tut mir leid.« Erik hob die Schultern. »Uns fehlt das Fahrrad. Das könnte einiges über den Ablauf und den Unfallwagen erzählen. Aber vielleicht war es gar kein Unfall. Jemand könnte angehalten, das Mädchen vom Fahrrad gezerrt und ins Gebüsch geschleppt haben.«

»Ein Sexualdelikt?« Entsetzt erinnerte sich Marie an das Alter des Opfers.

»Vielleicht der Versuch. Bei einer vollzogenen Vergewaltigung hätte er mit Sicherheit Spuren hinterlassen. Oder er hat die ganze Zeit so ein Ding getragen.« Er zeigte mit beiden Händen an sich hinunter.

Mit zusammengezogenen Brauen ließ Hauptkommissar Röverkamp seinen Blick zwischen der Fahrbahn und dem Fundort des Mädchens hin und her wandern, dann ging er einige Schritte zurück und betrachtete erneut die Unfallstelle. Schließlich breitete er die Arme aus. »Sieht in der Tat nicht gut aus. Ich glaube, wir können hier im Augenblick nicht mehr erfahren.« Er wandte sich wieder an den Kollegen der Spurensicherung. »Kannst du sagen, wie schnell der Wagen war?«

Erik schüttelte bedauernd den Kopf. »Sicher schneller als fünfzig. Aber bei den modernen Antiblockiersystemen halten sich die

Spuren auf der Fahrbahn in engen Grenzen. Wir werden sie natürlich auswerten. Aber ob diese Reifenspuren wirklich dem Tatfahrzeug zuzuordnen sind, ist fraglich. Es könnte im Lauf des Tages, vielleicht sogar kurz vor dem Ereignis, jemand hier eine Vollbremsung durchgeführt haben. Zum Beispiel weil ein Reh über die Fahrbahn gelaufen ist.«

Marie mochte nicht glauben, dass sie den Tatort ohne konkrete Hinweise auf den Unfallfahrer oder seinen Wagen verlassen mussten. »Wenn es eine Kollision gegeben hat, müssten Lacksplitter zu finden sein.«

Der Kollege aus der Tatortgruppe sah sie mit einer Mischung aus Nachsicht und Bedauern an. »Wir tun, was wir können. Und wenn es Lackspuren gibt, finden wir sie. Mein bisheriger Eindruck ist allerdings, dass das Mädchen mit seinem Fahrrad gestürzt ist, dann erst hat der Pkw sie erfasst. Die Rechtsmediziner werden euch anhand der Verletzungen sagen können, ob der Wagen sie überrollt hat. Oder ob sie aufgrund einer Schädelverletzung gestorben ist.«

»Was ist mit Blutspuren?« Marie gab nicht auf.

»Minimal. Äußerlich kann das Opfer kaum verletzt sein. Es dürfte keine Schnitt- oder Stichverletzungen durch Glasscherben, scharfe Blechteile oder abgebrochene Plastikstücke aufweisen. Die Mikrospuren, die wir auf dem Asphalt gefunden haben, können allenfalls von Schürfwunden stammen.« Erik wandte sich wieder an Röverkamp. »Da sie mit ziemlicher Sicherheit dem Opfer zuzuordnen sind, helfen sie euch auch nicht weiter.«

Der Hauptkommissar nickte. »Wir müssen nach Hinweisen auf den Wagen und seinen Fahrer suchen. Die Leute in der Umgebung befragen, in Werkstätten, Tankstellen, Gasthöfen. Und jemand muss während der nächsten Tage die Strecke beobachten und herausfinden, von wem diese Straße regelmäßig gegen Abend befahren wird.«

Marie hatte bereits das Mobiltelefon am Ohr und gab die Aufträge ihres Chefs an die Kollegen weiter.

»Und wir?«, fragte sie, nachdem sie das Gespräch beendet hatte.

»Wir sprechen mit der Mutter. Und mit dem Bruder.«

*

Das Haus der Familie Peters gehörte zur letzten Reihe am Rande des Ortes. Bisher hatte Marie Altenwalde nur als lästige Ortsdurchfahrt mit viel Verkehr, zahlreichen Ampeln und wenig ansprechenden Häusern in stillos durcheinandergewürfelten Bauweisen wahrgenommen. Erstaunt registrierte sie nun die ruhigen und freundlichen Wohnstraßen mit ihren gepflegten Grundstücken. Hier spielten sogar Kinder auf der Straße.

Plötzlich sah sie sich und Felix in einem der Vorgärten. Mit Sandkasten und Schaukel. Sie trug ein kleines Kind auf dem Arm, ein größeres hüpfte ausgelassen über den Rasen und rief nach seinem Vater, der auf einer Leiter stand und Äpfel pflückte. Eine Vorstadtidylle, wie sie klischeehafter nicht sein konnte. War es das, was sie vom Leben erwartete? Ein Häuschen im Grünen mit Bilderbuchfamilie? Und war das Felix' Traum? Eines Tages würden sie zusammenziehen, heiraten und Kinder bekommen. Darüber waren sie sich schon lange einig. Aber bisher war alles so theoretisch gewesen.

Die Haustür wurde geöffnet, und Marie schob die Gedanken beiseite. Im Eingang stand ein achtzehn oder neunzehn Jahre alter Junge mit dunkelbraunem Haar. Er hatte es wie Justin Bieber gebürstet, so dass es über der Stirn nach oben stand. Sein Blick war abweisend.

Hauptkommissar Röverkamp stellte sich vor. »Und das ist meine Kollegin, Kommissarin Janssen«, fügte er hinzu. »Sind Sie der Sohn des Hauses?«

Ein kaum wahrnehmbares Nicken. »Daniel Peters.«

»Mein Beileid.« Röverkamp reichte ihm die Hand. »Es geht um Sarah. Wir würden gern mit Ihrer Mutter sprechen. Und mit Ihnen natürlich auch.«

Unsicher sah sich der junge Mann um. Schließlich zuckte er mit den Schultern und trat zur Seite. »Kommen Sie rein!«

Als er die Haustür schließen wollte, kam ein dicklicher Jugendlicher mit hochrotem Kopf von der Straße zum Eingang gerannt. »Dani, Dani«, rief er. »Sprechen!«

»Jetzt nicht, Ossa. Ich habe Besuch. Zurzeit ist es überhaupt ganz schlecht. Übermorgen können wir uns unterhalten. Oder nächste Woche. Ich weiß noch nicht. Geh nach Hause!«

Daniel Peters versuchte, die Tür ins Schloss zu drücken, doch der Junge stellte einen Fuß in den Spalt und schob seinen Kopf hindurch. »Ossa muss Dani sprechen«, keuchte er atemlos. Seine Augen schienen ihm aus dem Kopf zu fallen. »Wichtig.«

»Heute passt es nicht. Vielleicht morgen. Geh jetzt!«

Zögernd zog der ungebetene Besucher seinen Fuß zurück, im Gesicht den Ausdruck schwerer Enttäuschung.

Der junge Peters schloss die Tür. »Eigentlich ein netter Kerl. Nur manchmal etwas aufdringlich. Bitte gehen Sie weiter. Geradeaus. Meine Mutter ist im Wohnzimmer.«

Stefanie Peters erschien Marie nur unwesentlich älter als sie selbst. Ende dreißig vielleicht. Ihren Sohn musste sie mit Anfang zwanzig bekommen haben. Sie war groß und wirkte schlank, zeigte aber bei näherem Hinsehen deutliche Polster an Bauch und Hüfte.

Röverkamp und Marie kondolierten ihr. Sie schien nicht wahrzunehmen, was um sie herum geschah. Ihr Blick unter dem strähnigen dunkelblonden Pony war starr und ausdruckslos.

»Es tut mir sehr leid«, begann der Hauptkommissar, »dass wir Sie behelligen müssen. Aber uns liegt daran, möglichst schnell alle Details in Erfahrung zu bringen, die dazu beitragen können, den Unfallfahrer zu finden.«

»Mörder!«, stieß Daniel Peters hervor, der an der Wohnzimmertür stehen geblieben war. Marie warf ihm einen tadelnden Blick zu und setzte zu einer Belehrung an. Doch ihr Kollege schüttelte kaum wahrnehmbar den Kopf. »Mit Ihnen möchten wir auch noch sprechen. Vielleicht können Sie so lange auf Ihrem Zimmer warten.« Er hatte in freundlich-bestimmtem Ton gesprochen. Zu Maries Verblüffung nickte der Sohn und zog sich wortlos zurück.

Röverkamp wandte sich wieder an die Mutter. »Ich weiß, dass es Ihnen schwerfällt. Aber meine Kollegin und ich würden von Ihnen gern hören, was sich gestern Abend zugetragen hat. Möglichst genau, mit allen Einzelheiten. Auch wenn Sie das den Kollegen schon einmal erzählt haben.«

Stefanie Peters nickte und begann zögernd zu berichten. Wie sie auf ihre Tochter gewartet hatte, sie auf dem Handy erreichen wollte und sich schließlich auf die Suche begeben hatte. »Im Krankenhaus ist sie dann gestorben«, schloss sie mit erstickter Stimme.

»Wer weiß davon?«

Irritiert sah Peters den Hauptkommissar an. »Vom Tod meiner Tochter? Wieso?«

»Wir haben diese Information nicht an die Medien gegeben, nur die Meldung über den Unfall. Dafür muss ich Sie um Verständnis bitten. Es könnte helfen, den Fahrer zu finden. Wenn der damit rechnen muss, dass Ihre Tochter ihn beschreiben kann, macht er möglicherweise unbeabsichtigt auf sich aufmerksam.«

»Das verstehe ich nicht.« Stefanie Peters schüttelte den Kopf. »Sie muss beerdigt werden. Das kann man doch nicht geheim halten.« Sie schluchzte verhalten und schlug die Hände vors Gesicht.

»Es geht nur um die nächsten zwei bis drei Tage. Wenn wir den Unfallfahrer in dieser Zeit nicht finden, wird es ohnehin schwierig werden.«

»Wir haben niemanden informiert. Nur Sarahs Großeltern.«

»Gut.« Röverkamp nickte zufrieden. »Es wäre sehr hilfreich, wenn Sie es vorerst dabei belassen würden. Und nun möchten wir gerne Ihren Sohn sprechen.«

*

Auf dem Rückweg nach Cuxhaven blieb der Hauptkommissar lange still. Auch Marie hing ihren Gedanken nach. Erst als sie am Krankenhaus vorbeifuhren, brach sie das Schweigen. »Schwer vorstellbar, dass dieses Mädchen jetzt dort liegt. Als Leiche, die auf die Obduktion wartet.«

Röverkamp nickte. »Der Verlust eines Kindes ist wohl das schlimmste Ereignis, das einer Mutter passieren kann. Es wird ihr Dasein verändern und ein lebenslanges Trauma nach sich ziehen.«

Marie schoss plötzlich die Frage durch den Kopf, ob es besser war, gar nicht erst ein Kind zu bekommen. Und wenn, sollten es besser zwei oder drei Kinder sein? Falls einem etwas zustieß? Sie schob den Gedanken zur Seite.

»Müssen wir uns Gedanken um Sarahs Bruder machen? Ich glaube, in seinem Alter ist es schwer, zwischen Mord, Totschlag und Körperverletzung mit Todesfolge zu unterscheiden. Offensichtlich hat er seine kleine Schwester sehr geliebt. Und nun lässt er den Unfallverursacher in seiner Fantasie tausend qualvolle Tode sterben, weil der sie ihm genommen hat.«

»Das geht vorüber.« Röverkamp stoppte an der Ampel vor der Poststraße.

Auf dem Zebrastreifen vor ihnen überquerte eine junge Mutter mit Kinderwagen die Straße. Und schon waren ihre Gedanken wieder beim Ergebnis des Schwangerschaftstests. »Ich steige hier aus«, sagte sie rasch und öffnete die Wagentür. »Muss noch in die Apotheke. Wir sehen uns im Büro.«

*

Zufrieden betrachtete Ralf Scharnagel die schriftliche Bestätigung der CuxStahl GmbH und schenkte sich einen Cognac ein. Offenbar hatte Bannack verstanden. Er hatte die Wahl zwischen Insolvenz und dem Versuch durchzustarten. Das Konzept der Offshore Consulting war sein Rettungsanker. Mit einer ausholenden Bewegung winkte Scharnagel seinen Mitarbeiter heran. »Jetzt werden wir ihnen noch einen Controller aufs Auge drücken. Einer von unseren Ingenieuren muss die Produktion überwachen. Wenn wir durch die Produktionshalle marschieren, können wir Zahlen und Daten erfassen, Arbeitszeiten kontrollieren und die Produktionsleistung messen. Aber wir erfahren nicht, ob die Leute mit Überzeugung bei der Sache sind und saubere Nähte schweißen und Kabel ordentlich verlegen.«

»Wenn wir denen einen unserer Experten schicken, werden die alles daran setzen, sich nicht in die Karten schauen zu lassen«, wandte Tom Steiner ein. »Ich weiß nicht, wie das funktionieren soll.«

Scharnagel nickte gedankenvoll. »Wahrscheinlich hast du Recht. Wir brauchen einen Mitarbeiter, der absolut loyal ist. Nicht Bannack, sondern uns gegenüber.«

»Den werden wir kaum finden. Die Leute sind misstrauisch. Wir müssten schon jemanden einschleusen.«

»Ein guter Gedanke, Tom. Aber das klingt so konspirativ. Wir machen es anders.« Scharnagel schlug mit der flachen Hand auf den Schreibtisch. »Es geht ja jetzt mit der CuxStahl aufwärts. Also werden auch wieder Leute gebraucht. Mindestens ein erfahrener Meister oder Ingenieur fehlt sowieso. Sie haben zuletzt zwei oder drei ihrer besten Leute entlassen, weil sie ihnen zu teuer waren. Also spricht nichts dagegen, einen neuen Mitarbeiter einzustellen.« Er grinste und senkte die Stimme, als er fortfuhr. »Ich weiß auch schon, wen.«

In Steiners Augen standen Fragezeichen. »Die kennen doch unsere Leute.«

Scharnagel lachte. »Aber ihren neuen Chefingenieur kennen sie noch nicht. Er heißt … Katharina von Rosenbach.«

»Du willst deine Tochter bei Arnold Bannack unterbringen?«

»Warum nicht? Auf Dauer ist es in diesem Berliner Ministerium zu staubig und zu stickig. Sie wirft dort Perlen vor die Säue. Die Politiker halten sich Fachleute, hören aber nicht auf ihren Rat. Wird Zeit, dass sie da rauskommt. Kati ist wirklich gut. Aber dort ist sie unterbezahlt. Und hier bestimmen wir das Gehalt. Wenn man eine qualifizierte Ingenieurin für einen Sanierungsfall engagieren will, muss man ihr etwas bieten. Außerdem sollte sie endlich aus der Beziehung mit diesem unsäglichen Rosenbach aussteigen. Wenn wir sie nach Cuxhaven holen, fällt ihr das leichter. Ich schlage drei Fliegen mit einer Klappe.«

»Drei?«

»Erstens bekommen wir für die Sanierung der CuxStahl eine Spitzenkraft. Zweitens wird sie uns die richtigen Informationen liefern. Drittens kann sie ihren versoffenen adeligen Künstler zurücklassen. Das wird ihr gut tun, und sie kommt endgültig von ihm los.« Sein Gesicht verzog sich zu einem breiten Grinsen. »Dann bist du am Zug. Streng dich ein bisschen an, meine Tochter ist ziemlich verwöhnt. Aber erstens bist du ihr Typ, und zweitens möchte ich die Zukunft der Firma in guten Händen wissen, wenn ich aufhöre. Allein wäre sie überfordert.«

Steiner nickte anerkennend. »Ein genialer Schachzug. Soll ich mich darum kümmern? Oder willst du selbst ...?«

»Mach du das. Sag ihr, dass du nach einem Experten für Windkraftanlagen gesucht hast und auf sie gestoßen bist. Sag ihr, ich wüsste nichts davon. Nein, besser noch, ich wäre dagegen und müsste erst noch überzeugt werden. Dann fällt es ihr leichter.«

»Mit Vergnügen.« Steiner wandte sich zum Gehen, drehte sich aber noch einmal um. »Vielleicht solltest du mal mit Bleeker sprechen. Nur zur Sicherheit. Ich weiß nicht, ob der mit der Geschichte fertig wird.«

Scharnagel verdrehte die Augen. »Schisshase. Aber gut, ich rede mit ihm.«

*

Jesko Bleeker entstammte einer Kapitänsfamilie, besaß das A6-Patent für große Fahrt und war einige Jahre auf den Weltmeeren unterwegs gewesen. Sein Vater, Großvater und Urgroßvater und alle Väter der Familie, von denen man wusste, waren zur See gefahren. Einer Frau zuliebe hatte er sich von der großen Seefahrt verabschiedet und einen Job bei einem Hamburger Logistikunternehmen für maritime Bauprojekte angenommen. Dort war er ausgeschieden, nachdem er eine Ausschreibung manipuliert hatte und aufgeflogen war. Zwar hatte sein Chef davon gewusst, aber als die Sache ruchbar geworden war, hatte er ihn als den alleinigen Schuldigen entlassen. Immerhin hatte er ihn an die Offshore Consulting vermittelt. Hier war er verantwortlich für die Planung der Transporte für Offshore-Windprojekte. Mit der Kalkulation der erforderlichen Schiffs- und Pontonflotte entwickelte er Konzepte für die Schnittstelle zum Windpark. Dabei konnte er auf seine Erfahrung mit der Entwicklung von Versorgungskonzepten für Bohr- und Förderplattformen zurückgreifen.

Sein Verhältnis zu Ralf Scharnagel empfand er als zwiespältig. Einerseits bewunderte er den erfolgreichen Manager und genoss dessen Vertrauen. In sein Fachgebiet redete ihm der Chef nicht hinein, so dass Jesko weitgehend selbstständig arbeiten konnte. Die Kaltschnäuzigkeit des Firmeninhabers übertraf seine eigene. Dessen Frau, hieß es in der Consulting, hätte sich von ihm getrennt, nachdem er von ihr verlangt habe, mit wechselnden Geliebten im Alter seiner Tochter einverstanden zu sein. Seit der Sache mit der Radfahrerin war er ihm aus dem Wege gegangen.

Am Unfallort hatte es eine kurze, aber heftige Diskussion gegeben. Jesko hatte schon das Handy in der Hand gehabt, um einen Notarzt zu rufen. »Lass den Blödsinn!«, hatte Ralf ihn angeherrscht. »Der ist sowieso nicht mehr zu helfen. Packt das Fahrrad in den Kofferraum!« Scharnagel hatte Handschuhe und einen Regenmantel übergestreift und das Mädchen von der Straße gezerrt, während Tom und er das Rad verstaut hatten.

Dann hatte Scharnagel auf ihn gedeutet. »Du fährst!«

Bevor Jesko zur Besinnung gekommen war, hatten sie wieder im Wagen gesessen und die Fahrt mit hoher Geschwindigkeit fortgesetzt. Doch statt der Straße zum Golfclub weiter zu folgen, waren sie nach Norden abgebogen und zum neuen Fischereihafen der Stadt Cuxhaven gefahren. Inzwischen war die Dämmerung fortgeschritten, am Kai war kein Betrieb gewesen. Nachdem sie sich vergewissert hatten, dass sie unbeobachtet waren, hatten sie das Fahrrad im Hafenbecken versenkt.

Als Ralf unangemeldet erschien, wusste Bleeker, worum es gehen würde.

»Moin, mein Lieber.« Scharnagel ließ sich in einen Sessel fallen. »Kann es sein, dass wir etwas zu besprechen haben?«

»Weiß nicht.« Jesko hob die Schultern. »Gibt es ein Problem mit dem CuxStahl-Projekt?«

»Nicht, dass ich wüsste. Alles läuft bestens. Und damit das auch so bleibt, sollte jeder von uns seine Arbeit tun. Nichts als seine Arbeit. Damit sind wir bisher gut gefahren und werden es auch in Zukunft tun. Wenn sich alle daran halten, gibt es keinen

Grund zur Sorge. Ich muss mir doch keine Sorgen machen, Jesko – oder?«

Der Angesprochene schüttelte stumm den Kopf. Sein Chef erhob sich, trat an den Schreibtisch und klopfte ihm auf die Schulter. »Du bist ein kluger Mann. Und einer meiner besten Mitarbeiter. Würde dich ungern verlieren.« Er wandte sich zum Gehen, legte die Hand auf den Türgriff und drehte sich noch einmal um. »Also mach's richtig!«

Nachdem Scharnagel verschwunden war, starrte Jesko lange auf die Tür. Die Warnung war eindeutig. Aber er konnte sowieso nichts mehr tun. Inzwischen war zu viel Zeit vergangen. Wenn er sich jetzt meldete, wäre er selbst dran. Mindestens wegen unterlassener Hilfeleistung. Und dem Mädchen war ohnehin nicht mehr zu helfen. Sollte er der Polizei einen anonymen Hinweis geben? Aber wenn sie beweisen konnten, dass Scharnagels Mercedes an dem Unfall beteiligt war, würden er und Steiner beschwören, dass er, Jesko, am Steuer gesessen hätte. Seinen Job würde er in jedem Fall verlieren. Also blieb ihm nichts anderes übrig, als die ganze Sache zu vergessen. Seufzend wandte er sich wieder seiner Arbeit zu. Ein schwerwiegendes Problem war immer noch nicht gelöst. Das Schiff für die Transporte der Tripiles war ein alter umgebauter Frachter. Der war zu schwerfällig und zu langsam. Für die Umsetzung des Sanierungskonzepts war eine Alternativlösung durchzurechnen. Sie brauchten ein Errichterschiff wie die »Innovation« in Bremerhaven.

3

In Cuxhaven gab es kein Institut für Rechtsmedizin, darum wurden Obduktionen im Krankenhaus an der Altenwalder Chaussee vorgenommen. Den Sektionssaal hatte Marie bereits kurz nach ihrem Dienstantritt kennengelernt. Damals war einem Dorumer

Krabbenfischer eine Frauenleiche ins Netz geraten. Die Rechtsmediziner hatten herausgefunden, dass die Frau gewürgt und dann ins Wasser geworfen worden war. Die Szene mit der geöffneten Leiche hatte sich in Maries Gedächtnis gebrannt und war noch immer gegenwärtig. Auch der modrig-süßliche Geruch, der den Raum erfüllt hatte. Diese erste Obduktion hatte sich stärker eingeprägt als alle danach folgenden.

Als Marie und der Hauptkommissar am nächsten Tag auf dem Parkplatz des Krankenhauses aus dem Wagen stiegen, waren die Bilder sofort wieder da. Obwohl der Fall schon einige Zeit zurücklag. Marie überschlug die Jahre und kam zu dem Ergebnis, dass sie bereits seit acht Jahren mit Konrad Röverkamp zusammenarbeitete.

»Denkst du an deine erste Leiche?« Ihr Chef deutete auf den Eingang, den sie benutzen mussten, um zum Sektionssaal zu kommen.

»Kannst du Gedanken lesen?«

»Ist in diesem Fall nicht schwer.« Konrad schlug die Wagentür zu. »Bei mir ist es nicht anders, und ich glaube, dass es den meisten Kollegen so ergeht.« Er sah sich um. »Der Staatsanwalt scheint noch nicht da zu sein. Ich will mal sehen, ob Sabine gerade erreichbar ist. Willst du warten? Oder schon reingehen?«

»Ich warte lieber draußen«, entschied Marie. »Wenn Krebsfänger kommt, lasse ich kurz dein Handy klingeln, okay?«

Röverkamp nickte und entfernte sich rasch in Richtung OP-Trakt. Marie begann im Eingangsbereich auf und ab zu wandern. Die Beziehung ihres Chefs zu Sabine Cordes, die er während eines Krankenhausaufenthaltes in Debstedt kennengelernt hatte, bestand nun auch schon etliche Jahre. Inzwischen waren sie zusammengezogen, und die Fachärztin für Anästhesie war ins Cuxhavener Krankenhaus gewechselt.

Marie zog ihr Handy aus der Tasche. Vielleicht konnte sie die Zeit nutzen, um Felix zu erreichen. Wenn sie diesen Arbeitstag hinter sich hätte, wäre ein gemütlicher Filmabend das beste Mittel, den Kopf wieder frei zu bekommen. Und vielleicht konnte sie mit Felix über Kinder reden. Ganz allgemein. Während sie auf das Rufzeichen lauschte, fiel ein Schatten auf das Display. Marie sah auf.

Krebsfänger wedelte mit seinem Smartphone. »iPhone 5. Tolle Performance. Stellt alles andere in den Schatten. Ist Röverkamp schon drin?«

Marie brach den Wählvorgang ab und drückte die Kurzwahl für Konrads Mobiltelefon. »Guten Tag, Herr Staatsanwalt.« Sie stand auf. »Ja. Er macht gerade einen kleinen Abstecher zur Fachabteilung für Anästhesiologie.«

»Aha. Will er sich vorher noch ein bisschen narkotisieren lassen?«, grinste Krebsfänger. »Das hat er doch nicht nötig. Wäre eher was für Sie. Oder?«

»Kollege Röverkamp will kurz mit seiner Lebensgefährtin sprechen. Sie arbeitet hier. Hatte letzte Nacht Dienst und ist noch immer im Einsatz. Die beiden haben sich seit gestern nicht gesehen.«

»Ach ja. Ich erinnere mich. Eine aparte Person.« Krebsfänger steckte sein iPhone in die Tasche. »Dann lassen Sie uns schon mal reingehen. Wir wollen die Doctores nicht unnötig warten lassen.«

*

Der Anblick des zarten Mädchenkörpers auf dem Stahltisch versetzte ihr einen Stich. Genauso hatte sie selbst mit dreizehn Jahren ausgesehen. Helle Haut, blondes Haar, blaue Augen. Wären die blutigen Schrammen auf Handrücken, Knien und im Gesicht nicht gewesen, hätte man glauben können, Sarah schliefe den Schlaf eines unschuldigen Kindes. Erst auf den zweiten Blick nahm Marie die Merkmale erwachender Weiblichkeit wahr. Bald wäre sie eine junge Frau gewesen. Mit Erwartungen und Hoffnungen, Träumen und Wünschen für ein ereignisreiches und glückliches Leben. Sie hätte Höhen und Tiefen, Zufriedenheit und Enttäuschungen erlebt. Nichts davon blieb.

»Willst du dir das wirklich antun?« Konrad war unbemerkt neben sie getreten. »Es reicht, wenn Krebsfänger und ich dabei sind.«

»Ich versuch's.« Marie löste den Blick von der Leiche und konzentrierte sich auf die grün gekleideten Ärzte und ihren Sektionshelfer, der einem von ihnen ein Diktaphon reichte.

Der Rechtsmediziner wandte sich an den Staatsanwalt. »Wir beginnen wie immer mit der äußeren Leichenschau.« Er schaltete das Gerät ein und begann zu diktieren. »Leiche eines dreizehn Jahre alten Mädchens, Körpergröße ein Meter zweiundsechzig, Gewicht vierundvierzig Kilo. Totenflecken an Hals und Rücken in leichter bis mittlerer Ausprägung, wegdrückbar. Totenstarre in den großen Gelenken erhalten. Schürfverletzungen an Handrücken, Kniescheiben und im Gesicht ...«

Die Stimme verschwamm zu einem undeutlichen Gemurmel, als vor Maries innerem Auge die Gesichter der Mutter und des Bruders auftauchten. Konrad hatte ihnen mitgeteilt, dass der Leichnam ihrer Tochter obduziert würde. Dabei ging es um die Frage, woran sie tatsächlich gestorben war. Das, hatte die Mutter eingewandt, sei doch jetzt unerheblich, würde ihr Kind nicht wieder lebendig machen. Aber Polizei und Staatsanwaltschaft mussten wissen, ob das Mädchen hätte überleben können, wenn sie unmittelbar nach dem Zusammenstoß von einem Notarzt behandelt und ins Krankenhaus gebracht worden wäre. Statt fahrlässiger Tötung konnte es sich um Mord durch Unterlassen handeln. Krebsfänger würde von Verdeckungsmord sprechen.

Nachdem der Arzt seine Beobachtungen zu den äußeren Merkmalen der Leiche diktiert hatte, begann er Arme und Beine auf Anstoßstellen zu untersuchen und auf Knochenbrüche abzutasten. Schließlich reichte ihm der Sektionshelfer ein Skalpell. Mit schnellen Schnitten von den Schultern zum oberen Ende des Brustbeins und einem weiteren Schnitt hinunter bis zum Becken öffnete dieser Brust- und Bauchhöhle. Sein Kollege griff zur Rippenschere. Es knirschte vernehmlich, und im nächsten Augenblick bog er Rippen und Brustbein nach außen.

Als das Summen der Oszillationssäge erklang und Marie erkannte, dass der Sektionshelfer den Kopf der Leiche bereits vom Haar befreit hatte und der zweite Rechtsmediziner im Begriff war, den Schädel zu öffnen, spürte sie plötzlich eine Faust, die ihren Magen zusammendrückte. »Ich muss jetzt doch mal an die frische Luft«, flüsterte sie Röverkamp zu.

Der Hauptkommissar nickte. »Warte draußen auf uns!«

Sie verließ den Raum und eilte durch die Gänge zum Haupteingang. Inzwischen hatte der Wind aufgefrischt, darum ließ sie sich in dem gläsernen Rundbau nieder, der vor dem Krankenhaus als Regenschutz errichtet worden war. Ihre Gedanken kreisten um das getötete Mädchen. Sie erinnerte sich an ihren eigenen dreizehnten Geburtstag. An diesem Tag war Richard Nixon gestorben. Im Fernsehen war über den Tod des ehemaligen amerikanischen Präsidenten berichtet worden, aber Tod und Vergänglichkeit waren für sie und ihre Freundinnen kein Thema gewesen. Sie hatten eine Radtour unternommen. Waren von Otterndorf aus zur Großmutter nach Nordholz gefahren. Abseits der Hauptverkehrsadern, auf Waldwegen und schmalen Straßen wie der, auf der das Mädchen ums Leben gekommen war. Erst in der Dämmerung waren sie zurückgekehrt. Damals hätte etwas Ähnliches passieren können. Von einer Sekunde zur nächsten konnte ein Leben, das gerade erst begonnen hatte, ausgelöscht werden.

Plötzlich stand Staatsanwalt Krebsfänger vor ihr. »Ist mit Ihnen alles in Ordnung?«

»Jetzt geht's wieder. Die Luft …« Sie deutete mit dem Daumen hinter sich. »Gibt es schon Ergebnisse?«

»Das wird Ihnen Ihr Kollege sagen können. Dauert nicht mehr lange. Ich muss mich jetzt verabschieden.«

Marie folgte ihm mit den Augen, als er mit eingezogenem Kopf zum Parkplatz eilte, in seinen BMW stieg und mit aufheulendem Motor aus der Einfahrt preschte. Krebsfänger, erzählte man sich im Kommissariat, fahre wie der Teufel und würde die Strecke auf der unfallträchtigen B 73 zwischen dem Sitz der Staatsanwaltschaft in Stade und Cuxhaven in Rekordzeit zurücklegen. Ein- bis zweimal wöchentlich kam er angereist, um am Amtsgericht an der Deichstraße die Anklage zu vertreten. Die Zuständigkeit für den Bezirk hatte er längst abgeben wollen und sich ausgerechnet, zum Oberstaatsanwalt ernannt zu werden und nicht mehr zwischen den Dienstorten pendeln zu müssen. Aber dann hatte er sich bei den

Ermittlungen zu einem Mordfall, in dem das Hotel Alte Liebe der Familie Börnsen eine Rolle spielte, allzu sehr für die Hoteldynastie stark gemacht. Krebsfängers Frau war eine geborene Börnsen. Dieser Hintergrund war wohl an höherer Stelle bekannt geworden.

Während sie überlegte, ob sie in den Sektionssaal zurückkehren sollte, hatte sie ihr Smartphone aus der Tasche gezogen, um das durch Krebsfängers Auftauchen verhinderte Gespräch zu führen. Das Display meldete zwei neue Nachrichten. Eine von Felix, der sie fragte, ob sie heute Abend mit ihm ins Kino gehen wollte. Marie lächelte. Er hatte die gleiche Idee gehabt. Rasch antwortete sie. »Ja, sehr gerne.« Die zweite Nachricht kam von Mareike. Über WhatsApp. »Dieses Bild hat Johanna-Leonie für dich gemalt.« Der Anhang zeigte ein wirres Gekritzel aus blauen und roten Linien. In der Mitte prangte ein gelber Punkt. »Marie auf dem Wasser«, hatte die Mutter an den Rand geschrieben.

Vor ihrem inneren Auge erschien wieder der Teststreifen. Vielleicht sollte sie zuerst mit ihrer Freundin sprechen. Falls der zweite Test das Ergebnis bestätigte. Und danach mit Felix. Zur Sicherheit würde sie sich durch einen Besuch beim Frauenarzt Gewissheit verschaffen. Und wenn es sich wirklich bestätigte – Mareike kannte sich aus. Hatte ihre Freundin nicht Fotos von sich, Ultraschallbilder und Erlebnisse aus der Schwangerschaft auf Facebook gepostet? Marie erinnerte sich, dass sie von einer App gesprochen hatte, die sie in der Zeit begleitet hatte. Rasch tippte sie »schwanger« und »App« ins Suchfenster ihres Smartphones. Und hatte Erfolg. »*Mutter werden* begleitet Sie in Ihrer Schwangerschaft. Täglich Rat und Informationen. Beobachten Sie die Entwicklung Ihres Kindes. Interaktive Checkliste. Videos. Community. Geburtstermin-Rechner. Ernährungsempfehlungen. App herunterladen und installieren?«

Kopfschüttelnd tippte Marie auf den Ablehnen-Button. Die Vorstellung, ihr Leben noch stärker durch das Internet bestimmen zu lassen, erschien ihr nicht besonders erstrebenswert. Andererseits – was wusste sie über Schwangerschaft?

Entschlossen verstaute sie das Handy in der Tasche. Noch war es nicht so weit. Sie würde später mit Felix reden. Im Übrigen war sie im Dienst und hatte sich um ein Tötungsdelikt zu kümmern. Inzwischen dürften die Ärzte die Organe des Mädchens entnommen haben. Kein guter Zeitpunkt, um in den Sektionssaal zurückzukehren. In dieser Phase war der Geruch besonders unangenehm. Sie glaubte, ihn in der Nase zu spüren.

Ein schwergewichtiger Patient im Morgenmantel hastete durch den Schneeschauer, ließ sich seufzend neben ihr nieder, griff in die Tasche und hielt ihr wortlos eine offene Zigarettenpackung hin.

Fast hätte Marie das Angebot angenommen. Um den vermeintlichen Leichengeruch loszuwerden. Doch dann besann sie sich und schüttelte ablehnend den Kopf. Sie hatte noch nie geraucht und würde jetzt nicht damit anfangen.

Zu dem Patienten gesellte sich ein zweiter und wenig später ein dritter. Beide im Morgenrock und mit rundlicher Figur. Schweigend stießen die Männer den Rauch in die Luft. Marie rückte zur Seite, um dem blauen Dunst auszuweichen. »Keine Angst, junge Frau«, sagte einer. »Wir tun nichts. Wir wollen nur spielen.«

»Dann schlage ich Ihnen Sackhüpfen vor. Sie haben das passende Outfit und dürfen anfangen.«

Die Männer lachten und steckten die Köpfe zusammen. Offenbar tauschten sie ihre Ansichten über Frauen im Allgemeinen und Marie im Besonderen aus. Wenig später kreiste das Gespräch um die Schließung des STRABAG-Tochterunternehmens Voss. Der Baukonzern hatte schon im Dezember des vergangenen Jahres angekündigt, die Hochbausparte in Cuxhaven zu schließen und hundert Mitarbeiter zu entlassen.

Davon hatte auch Felix berichtet, der für die Cuxhavener Nachrichten über die Zukunft des Unternehmens und seiner Arbeiter recherchiert hatte. Ein wenig beunruhigte sie die Vorstellung, heute Abend mit ihm zusammenzutreffen, ohne ihm etwas über den Schwangerschaftstest zu sagen.

Im Eingangsbereich des Krankenhauses erschien Konrad Röverkamp und winkte ihr zu. Marie erhob sich und verabschiedete sich von den Rauchern. Fragend sah sie ihren Kollegen an, der mit raschen Schritten auf sie zukam.

»Wir haben es nicht nur mit Körperverletzung und Unfallflucht zu tun, sondern auch mit Tötung durch unterlassene Hilfeleistung. Sarah hätte überlebt, wenn sie sofort ins Krankenhaus gebracht worden wäre. Der Zusammenprall hat eine Milzruptur verursacht. Entweder hat die Stoßstange den Bauchraum getroffen, oder sie ist von einem Rad überrollt worden.«

Marie presste die Lippen aufeinander. »In den meisten Fällen dieser Art finden und überführen wir die flüchtigen Unfallfahrer. Aber diesmal habe ich kein gutes Gefühl. Es gibt einfach zu wenig Spuren.«

»Abwarten. Vielleicht finden wir DNA-Spuren auf der Kleidung des Mädchens. Der Täter muss fest zugefasst haben, um sie von der Straße zu schleppen.«

»Aber mit wessen DNA sollen wir sie vergleichen?«

Röverkamp hob die Schultern. »Darum kümmern wir uns, wenn die Ergebnisse vorliegen. Jetzt befragen wir erst mal die Leute aus der Umgebung und suchen nach dem Wagen. Alle Kraftfahrzeugwerkstätten im Elbe-Weser-Dreieck müssen angesprochen werden. Einschließlich Bremerhaven. Vielleicht ist das Unfallfahrzeug irgendwo aufgetaucht. Kannst du das übernehmen?«

Die Organisation der Befragungen zog sich bis in den Abend hin. Marie sagte ihre Verabredung mit Felix ab. Vielleicht war es sowieso besser, sich erst wieder mit ihm zu treffen, wenn sie Gewissheit hatte.

*

Daniel Peters starrte durch das Fenster seines Zimmers im Dachgeschoss des Elternhauses. Von hier aus hatte er einen guten Überblick auf das Geschehen in der Straße. Im Vorgarten des Hauses gegenüber kläffte ein kleiner Terrier ohne ersichtlichen Grund. Die Frau aus dem Nachbarhaus schob ihren Kinderwagen auf dem Gehsteig entlang, zwei Mädchen in Sarahs Alter wichen auf die Fahrbahn aus, sahen sich um, steckten die Köpfe zusammen und kicherten.

Das Bild verschwamm, als Tränen in seine Augen traten und der Kloß im Hals wieder anschwoll. Wie oft hatte er seiner Schwester in dieser unbeschwerten Zweisamkeit mit ihren Freundinnen zugesehen! Nie mehr würde er ihr Lachen hören, nie mehr ihre Stimme. Ihren Leichnam hatte die Staatsanwaltschaft freigegeben, in drei Tagen würde Sarah beigesetzt, die Grabstelle war schon bestimmt worden. Und der Mörder lief frei herum! Er habe kaum Spuren hinterlassen, hatte die Polizei angedeutet, deshalb sei es schwierig, das Unfallfahrzeug ausfindig zu machen. Sie erhoffte sich Hinweise aus der Bevölkerung.

Das war lächerlich. Auf der Strecke war kaum Verkehr. Er hatte die Stelle aufgesucht, nachdem die Polizei abgerückt war und die Straße wieder freigegeben hatte. Eine halbe Stunde hatte er warten müssen, bis ein Fahrzeug aufgetaucht war. Und das war der Traktor eines Bauern gewesen.

Jeden Quadratzentimeter hatte er abgesucht. Gefunden hatte er nichts. Aber aus seiner Wut und seinem Hass auf den Mörder war der Entschluss gereift, Sarahs Tod zu rächen. Die Entscheidung fühlte sich gut an. Wie der Beginn einer Schussfahrt am Steilhang.

Auf der Straße näherte sich ein Radfahrer. Den Rotschopf kannte Daniel. Er wischte sich die Tränen aus den Augen und sah genauer hin. Oskar Nibbe. Er schien es eilig zu haben, aber vor dem Haus stoppte er abrupt und sah zu ihm hinauf. »Ossa muss Dani sprechen«, hatte der verrückte Junge gesagt. Auf eine seltsam drängende Art. Plötzlich wurde Daniel bewusst, dass er diesen Tonfall bei ihm noch nie erlebt hatte. Er öffnete das Fenster und winkte ihm zu.

Oskar winkte zurück, machte aber keinerlei Anstalten, ihm etwas mitzuteilen. »Warte!«, rief Daniel, »ich komme runter.«

Ganz dicht kroch Ossa an ihn heran, so dass ihm der Körpergeruch des Jungen in die Nase stieg. Die dicken Lippen berührten seine Ohren, als er zu sprechen begann. »Sarah Krankenhaus?« Daniel nickte ergeben. Dass seine Schwester einen Unfall gehabt hatte, wusste inzwischen jeder in der Straße, von ihrem Tod nur der Pfarrer. Und nun machte Oskar einen solchen Aufstand, um sich die Nachricht von ihm bestätigen zu lassen? Rasch trat er einen Schritt zurück, um seinen Ausdünstungen zu entgehen. Doch der Junge packte ihn und zog ihn zu sich heran. »Ossa gesehen. Großes schwarzes Auto.«

Daniel zuckte zusammen. »Was hast du gesehen?« Ungläubig sah er in die blassblauen Augen.

»Den Abend. Sarah Fahrrad. Ich auch Fahrrad. Großes schwarzes Auto. Schnell.« Er machte ein Geräusch, das wohl die Geschwindigkeit des Wagens verdeutlichen sollte, und produzierte einen Sprühregen an Daniels Ohr.

»Wo?«

Oskar deutete in Richtung Küste. »Straße.«

»Kannst du mir die Stelle zeigen?« Daniels Herz schlug bis zum Hals. »Was für ein Auto war das?«

Unsicher hob der Junge die Schultern, sein Blick wurde ängstlich.

»Mann«, entfuhr es Daniel, »sag mir endlich, was du gesehen hast!«

Doch der Rotschopf senkte den Blick und ließ die Schultern hängen. »Weiß nicht. Ossa dumm.«

Da hast du total Recht, lag Daniel auf der Zunge. Doch dann besann er sich. Drei Fragen auf einmal. Damit war Oskar überfordert. Er legte ihm eine Hand auf die Schulter. »Warte einen Moment! Nicht weggehen! Ich komme gleich wieder.« Der Junge nickte. Daniel rannte zum Haus, schnappte sich sein Fahrrad und kehrte zu Oskar zurück. Er deutete in die Richtung, in die dieser zuvor gezeigt hatte. »Willst du mir die Straße zeigen?«

Strahlend schwang sich Oskar auf sein Rad und trat kräftig in die Pedale. Daniel hatte Mühe, ihm zu folgen.

Kurz vor der Unfallstelle bog er in einen Feldweg ab, wenig später folgten sie einem Trampelpfad, der über eine Wiese führte. Daniel begann an Oskars Beobachtung zu zweifeln. Schließlich standen sie an einem Graben. Sie mussten absteigen und die Fahrräder durch eine Lücke im Gestrüpp schieben.

»Da!« Oskar deutete auf ein Stück Asphalt, das vor ihnen durch das Buschwerk schimmerte. Als sie näher kamen, erweiterte sich der Blick auf die Fläche. Sie gehörte zu einer Straße, die in Nord-

Süd-Richtung verlief. »Auto von da …« Er zeigte erst in die eine und dann in die andere Richtung. »Nach da.« Wieder ließ er das Geräusch eines schnellen Fahrzeugs ertönen. Daniel verstand. Der Wagen war von der Hohen Klint nach Norden abgebogen und in Richtung Cuxhaven gefahren. Er tippte auf seine Armbanduhr und hielt sie Oskar hin. »Wann? Wann hast du das Auto gesehen?«

Der Junge zog den Unterarm zu sich heran und betrachtete die Uhr. Dann legte er seinen dicken Wurstfinger auf die Acht. Daniel spürte seinen Puls. Wenige Minuten zuvor hatte Sarah zu Hause angerufen. Oskar konnte den Wagen des Mörders gesehen haben!

»Wer saß in dem Auto? Ein Mann? Eine Frau?«

»Drei.« Wie zum Schwur hob Oskar Daumen, Zeigefinger und Mittelfinger. »Drei Mann.«

Daniels Puls raste. Sollte das der Anfang einer Spur sein? Aber was konnte er mit der Information anfangen? »Hast du die Marke erkannt? War es ein VW? Ein Opel? Ein Mercedes?«

Oskar hob die Schultern. »Großes Auto. Schwarz.« Wieder folgte das Geräusch eines vorbeirasenden Wagens.

»Und das Nummernschild?«, drängte Daniel. »Hast du das Nummernschild gesehen?«

Mit unglücklicher Miene schüttelte Oskar den Kopf. »Auto laut. Ossa Angst. Ossa versteckt.« Er deutete auf das Buschwerk, das die Straße säumte.

Daniel nickte und legte seinen Arm auf die Schultern des Jungen. Offenbar hatte er den Wagen nur von der Seite sehen können. »Danke, Ossa. Es war sehr lieb von dir, dass du mir alles erzählt und gezeigt hast. Komm, wir fahren nach Hause.«

Auf dem Rückweg fragte er sich, wie er mit Oskars Information umgehen sollte. Die Polizei würde damit ebenso wenig anfangen können wie er. Aus Spuren an einer Unfallstelle, hatte er gelesen, konnte man Fahrzeugtyp, Farbe und Baujahr ermitteln. Wenn er an diese Daten käme, würde er dem Fahrer vielleicht auf die Spur kommen. Er beschloss, die Hinweise vorerst für sich zu behalten. Er würde Augen und Ohren offen halten, falls seine Mutter Informationen von der Polizei bekäme. Auf dem letzten Stück des

Weges malte er sich aus, was er mit dem Mörder seiner Schwester anstellen würde, wenn er ihn erst gefunden hätte.

*

Konrad Röverkamp klappte die Zeitungsseiten zusammen und legte die Cuxhavener Nachrichten zur Seite. Er hatte den Artikel der Pressestelle herausgesucht, in dem der mutmaßliche Unfallhergang dargestellt und die Bevölkerung zu Hinweisen aufgerufen wurde. Danach hatte er kaum mehr als die Überschriften der aktuellen Meldungen überflogen. Doch seine Gedanken waren immer wieder abgeschweift, weil sich die Bilder von der Obduktion in sein Bewusstsein geschoben hatten.

»Du hast unruhig geschlafen, Konrad.« Sabine Cordes nahm die Kanne aus der Kaffeemaschine und setzte sich zu ihm an den Frühstückstisch. »Dich beschäftigt der Tod des Mädchens.« Sie schenkte ihm ein und füllte dann ihre eigene Tasse.

Stumm hob Röverkamp seine Kaffeetasse und nickte nachdenklich. »Ich habe schon so viele Obduktionen miterlebt, aber diese Sarah …« Er nahm einen Schluck und stellte die Tasse ab.

Sabine legte ihm ein Croissant auf den Teller. »Sie war zu spät bei uns im Krankenhaus. Wir haben alles versucht. Ich vermute, sie ist innerlich verblutet.«

»Du hast Recht. Dein Kollege von der Rechtsmedizin hat genau das festgestellt.« Röverkamp nahm das Croissant und brach ein Stück ab. Ihm wurde bewusst, dass die schönste Zeit des Tages zu einem Fachgespräch über ein Tötungsdelikt geraten würde. Er liebte das gemeinsame Frühstück, das ihnen an freien Tagen oder – wenn ihre Dienstzeiten es erlaubten – vor der Arbeit eine ruhige und meistens ungestörte Stunde bescherte. Sie hatten dieses Ritual im Lauf der letzten Jahre kultiviert und genossen die kleinen Höhepunkte des Zusammenlebens in der gemeinsamen Wohnung. Gewöhnlich vermied er zu dieser Stunde unangenehme Themen. Aber jetzt musste er noch einen Satz loswerden. »Das Schlimme ist, wir haben eine ausgesprochen dürftige Spurenlage.« Er tippte auf die zusammengefaltete Zeitung. »Wenn es keine Hinweise aus der Bevölkerung gibt, kann es sein, dass der Unfallfahrer ungeschoren davonkommt.«

»Das wäre nicht gut.« Sabine streckte den Arm aus und legte ihre Hand auf seine. »Und frustrierend für euch. Aber vielleicht sollten wir das Thema jetzt verlassen.« Sie lächelte versonnen. »Weißt du eigentlich, dass wir heute unser Fünfjähriges feiern könnten?«

Erstaunt sah Röverkamp sie an. »Wir sind erst fünf Jahre zusammen?«

»Nein, natürlich nicht. Schon länger, Konrad.« Sabine lachte. »Aber vor fünf Jahren sind wir zusammengezogen.«

»So lange ist das her? Dann sollten wir heute Abend essen gehen. Und auf uns und Amelie anstoßen.« Seine Gedanken wanderten in die Vergangenheit.

Bei Amelie Carstens hatte er ein möbliertes Zimmer gemietet, nachdem er von Stade nach Cuxhaven gekommen war. Die Kapitänswitwe hatte ihn in ihr Herz geschlossen, ihm ein zweites Zimmer aufgedrängt und ihn verwöhnt wie einen Sohn. Nach ihrem Tod hatte er zu seiner großen Überraschung die Wohnung am Hamburg-Amerika-Platz geerbt. Eine Weile hatte er gezögert, Sabine davon zu erzählen, weil er sie nicht unter Druck setzen wollte. Dann war der Vorschlag von ihr gekommen.

»Was hältst du davon, wenn wir deine Wohnung völlig neu einrichten?«, hatte sie gefragt.

»Wir? Du meinst ... du willst ... mit mir ... zusammenziehen?«

Sabine war die zweite große Liebe seines Lebens. Mit ihr konnte er unbeschwert lachen, reden oder auch einfach nur schweigen. Er sah sie an. Sie erschien ihm so attraktiv wie am ersten Tag ihrer Begegnung. Als er in Debstedt im Krankenhaus lag, um sich operieren zu lassen, und sie die zuständige Anästhesistin war.

»Jetzt gefällst du mir schon besser.« Sabine drückte seine Hand. »Du lächelst ja. Was geht in deinem Kopf vor?«

»Ich habe an das Glück gedacht, das ich mit dir habe.«

Sabine zog ihre Hand zurück, stand auf, umrundete den Tisch und küsste ihn auf die Stirn. »Ich mit dir auch.«

Deutlich besser gelaunt biss Konrad Röverkamp in sein Croissant, während Sabine ihm Kaffee nachschenkte. »Was hältst du vom Schaarhörn im Hotel Sternhagen?«, fragte er. »Oder wir fahren nach Wremen zum Deichgrafen oder zum Friesenhof in Dorum-Neufeld.«

»Lass uns das heute Abend entscheiden. Vielleicht fällt mir ja auch noch etwas ganz anderes ein.«

»Einverstanden.« Er nahm die Zeitung wieder auf.

*

»Herzlichen Glückwunsch, Frau Janssen.« Der Arzt wedelte mit einem Computerausdruck. »Sie sind schwanger. Eindeutig.« Er sah Marie an, als wartete er auf eine Reaktion. »Gewollt oder nicht gewollt?«, fragte er dann.

Marie schossen tausend Gedanken durch den Kopf. »Ja«, antwortete sie schließlich. »Wir wollen Kinder, mein Freund und ich. Aber es war gerade nicht geplant.«

Der Gynäkologe lächelte verständnisvoll, zugleich wirkte er ein wenig erleichtert. »Das geht den meisten Frauen so. Selbst diejenigen, die schon länger auf Nachwuchs hoffen, sind oft überrascht, wenn es dann so weit ist. Aber Sie haben ja nun Zeit, sich an den Gedanken zu gewöhnen und auf den neuen Lebensabschnitt einzustellen.«

So weit hatte Marie noch nicht gedacht. Aber der Arzt hatte Recht. Ihr Leben würde sich ändern. Bei Mareike hatte sie es erlebt. Seit ihre Freundin in der Mutterrolle aufging, hatten sich ihre Interessen verschoben. Gemeinsame Nachmittage an einem der Strände in Döse, Duhnen oder Sahlenburg waren selten geworden, einen Zug um die Häuser hatte es seit Beginn der Schwangerschaft nicht mehr gegeben. Mareike wusste alles über Frühförderung und Kinderkrankheiten, Babynahrung und Windeln. Früher waren sie zusammen zum Kitesurfen nach Rügen oder an den Gardasee gefahren, einmal sogar nach Teneriffa geflogen. Heute kannte sich ihre Freundin kaum noch mit der aktuellen Ausrüstung für Boards und Kites aus. Andererseits hatte sie einen neuen Lebensinhalt bekommen. Johanna-Leonie. Diesen hinreißenden kleinen Engel hatte Marie längst ins Herz geschlossen. Und Mareike manchmal darum beneidet. Irgendwie musste es doch möglich sein, als Mutter Beruf und Freizeitsport auszuüben, ohne das Kind zu vernachlässigen.

»Vorerst ändert sich nicht viel«, unterbrach der Arzt ihre Gedanken. »Sie wissen sicher, dass Sie jetzt auf Alkohol verzichten sollten. Dann sind ein paar Untersuchungen durchzuführen. Am besten verabreden Sie mit den Helferinnen gleich einen Termin. Bis zur zweiunddreißigsten Schwangerschaftswoche sehen wir uns dann einmal im Monat, danach, bis zur Entbindung, im zweiwöchigen Abstand. Zwischendurch machen wir ein paar schöne Aufnahmen von Ihrem Baby …«

Während der Gynäkologe die Schwangerschaftswochen aufzählte, in denen Ultraschalluntersuchungen durchgeführt werden sollten, war Marie in ihren Gedanken schon bei Felix. Sie stellte sich vor, wie er reagieren würde. Vor ihrem inneren Auge liefen unterschiedliche Szenen ab. Mit unterschiedlichen Dialogen. Zuerst mit einem bestürzten und fassungslosen, dann mit einem freudig überraschten und schließlich mit einem skeptisch-zurückhaltenden Felix. Sie endeten alle damit, dass er sie in die Arme nahm und »ich liebe dich« in ihr Ohr flüsterte. Immerhin, darin war sie sich sicher. Dagegen empfand sie es als etwas beunruhigend, dass sie seine Reaktion nicht einschätzen konnte. Ob er sich von seinem Mini Cooper trennen würde, den er erst vor vier Jahren dank staatlicher Abwrackprämie erworben hatte?

Vor der Praxis zog sie ihr Mobiltelefon aus der Tasche und wählte seine Nummer. Doch Felix war nicht zu erreichen. Damit hätte sie rechnen müssen. Es war später Nachmittag, in der Redaktion arbeiteten sie jetzt mit Hochdruck an der Ausgabe für morgen.

Unschlüssig drehte sie den Autoschlüssel in den Fingern. Sollte sie einfach hinfahren? Redaktionsleiter Hajo Sommer war nicht begeistert, wenn in dieser Phase Besucher auftauchten. Felix die Nachricht zwischen Tür und Angel zuzurufen, schien ihr auch nicht der richtige Weg. Hatte sie nicht ohnehin erst mit Mareike sprechen wollen? Sie wählte ihre Handynummer, erreichte aber nur die Mailbox.

Marie stieg in den Wagen, startete den Motor und fädelte sich in den Verkehr in Richtung Groden ein. Vielleicht war es das Beste, erst mal nach Hause zu fahren und in Ruhe nachzudenken. Doch statt zur Freiherr-vom-Stein-Straße abzubiegen, folgte sie der B 73. Am Autobahnkreisel wurde ihr bewusst, dass sie den Weg zu ihren Eltern eingeschlagen hatte. Eigentlich sollte Felix der Erste sein, den die Neuigkeit erreichte. Aber irgendwann mussten auch ihre Eltern davon erfahren. Vielleicht konnte Felix später nach Otterndorf kommen. Dann würde sie dem werdenden Vater und den künftigen Großeltern die Botschaft gleichzeitig verkünden.

Ihr Vater empfing sie mit ausgebreiteten Armen. »Wie schön, dich zu sehen! Deine Mutter ist einkaufen. Sie muss aber gleich zurück sein. Warum hast du nicht angerufen? Sie wird sich riesig freuen, aber wenn sie gewusst hätte, dass du kommst, hätte sie bestimmt etwas ganz Besonderes mitgebracht.« Er umarmte sie, schob sie dann aber von sich, hielt ihre Schultern umfasst und sah sie prüfend an. »Ist etwas passiert?«

Marie zögerte. »Nein, es ist nichts passiert. Jedenfalls nichts Unangenehmes. Erzähl ich euch nachher. Wenn Mama da ist.« Sie zog ihre Jacke aus. »Wie geht es dir, Papa? Gibt's was Neues von der Elbvertiefungsfront?«

Holger Janssen winkte ab. »Es ist ein Trauerspiel. Das Bundesverwaltungsgericht ist jetzt am Zuge. Die Städte Cuxhaven und Otterndorf, die Umweltverbände und unsere Bürgerinitiative haben Klage gegen diesen Wahnsinn eingereicht. Bei euch in Cuxhaven wird das Watt versaut und hier in Otterndorf die Deichsicherheit gefährdet. Von den Auswirkungen auf die Ökologie ganz zu schweigen. Aber komm erst mal mit nach draußen. Du kannst ein bisschen frische Luft vertragen. Bestimmt sitzt du viel im Büro – das ist auch nicht gerade gesund.«

»Ich bin öfter draußen, als du denkst, Papa.« Marie schmunzelte. »Und wenn es wieder wärmer wird, nehme ich den Roller und fahre durch die frische Luft.«

»Das zählt nicht«, widersprach ihr Vater. »Zu viel Abgase. Aber es ist frisch draußen, bleiben wir drinnen. Komm rein und setz dich!

Und erzähl mir bitte, wie weit ihr mit dem Fall des jungen Mädchens seid, das von so einem Wahnsinnigen überfahren worden ist. Wir haben in der Zeitung gelesen, dass ihr damit befasst seid.«

»Eine unerfreuliche Geschichte«, seufzte Marie und ließ sich am Tisch nieder. »In jeder Hinsicht. Die Umstände des Unfalls mit der unterlassenen Hilfeleistung und der Stillstand bei den Ermittlungen. Das ärgert mich besonders. Es ist uns nicht gelungen, den Fahrer innerhalb der ersten zweiundsiebzig Stunden ausfindig zu machen. Danach sinken die Chancen erfahrungsgemäß rapide ab. Die Angehörigen wollen ihr Kind beerdigen, aber der Staatsanwalt ...«

»Das Mädchen ist gestorben? In der Zeitung stand doch ...«

Marie breitete die Arme aus. »Wir haben das verschwiegen, um den Unfallverursacher aus der Reserve zu locken. Manchmal macht sich ein Täter bemerkbar, weil er sich Informationen beschaffen oder sein Opfer mundtot machen will. Aber die Strategie hat nicht funktioniert. Morgen kannst du in der Zeitung lesen, dass Sarah nicht mehr lebt. Der Typ ist entweder vor Angst in irgendein Mauseloch gekrochen und rührt sich nicht, oder er ist total abgebrüht. Vielleicht ist er auch längst über alle Berge. Könnte ja ein Tourist von irgendwoher gewesen sein.«

Während sie sprach, räumte Holger Janssen Prospekte, Zeitschriften und Zeitungsartikel zusammen, die auf dem Tisch ausgebreitet waren. Darunter Fotos riesiger knallgelber Tripiles.

»Seit wann beschäftigst du dich mit Offshore-Technik?« Marie deutete auf die Unterlagen.

»Seit siebenhundert Arbeitsplätze bei den SIAG Nordseewerken in Emden bedroht sind. Das ist doch grotesk. Ein großes Unternehmen der Offshore-Windkrafttechnik gerät in Schieflage, weil die Landesregierung keine Bürgschaften mehr übernehmen will. Vor nicht allzu langer Zeit haben sich die Herren Politiker noch damit gebrüstet, dass sie den strukturschwachen Küstenregionen mit der Zukunftstechnologie Wirtschaftskraft und Arbeitsplätze bringen. Bei uns ist die CuxStahl ernsthaft gefährdet.« Er zog ein Blatt hervor. »Hör dir das an! *Die Entwicklung der Offshore-Basis Cuxhaven wird als große Chance zur ökonomischen*

Stärkung des Wirtschaftsstandortes und der Region betrachtet. Mit solchen Sprüchen und mit großem Pomp haben sie sich hier präsentiert. Jetzt geht alles den Bach runter, und keiner der hohen Herren lässt sich mehr sehen.«

»Und du willst Cuxhaven vor dem Untergang retten?« Ein wenig Spott schwang in Maries Stimme mit.

»Ob die Stadt noch zu retten ist, weiß ich nicht. Aber wenn wir keinen Druck machen, gehen noch mal Hunderte von Arbeitsplätzen verloren. An jedem hängt eine Familie. Unsere Bürgerinitiative wird der Regierung Dampf machen. Damit …«

»Seid ihr schon wieder bei der Politik?« Maries Mutter trat in den Raum und umarmte sie. »Wie schön, dass du da bist. Warum hast du nicht angerufen? Ich hätte doch was Schönes kochen können.«

»Das hat Papa auch schon gesagt.« Marie lachte. »Ich bin nicht gekommen, um mich von dir bekochen zu lassen, Mama.«

Ihre Mutter setzte sich neben sie und griff nach ihrer Hand. »Dann gibt es etwas Neues? Erzähl!«

4

Daniel Peters hatte noch immer diesen Kloß im Hals. Während der Trauerfeier in der Friedhofskapelle hatte er seine Tränen noch zurückhalten können. Als der Sarg in die Erde gesenkt wurde, war eine Wolke vor die Sonne gezogen, der Wind hatte sich plötzlich gelegt und die Vögel in den Bäumen waren verstummt. Es war, als hätte die Welt den Atem angehalten. In diesem Augenblick war seine Beherrschung zusammengebrochen. Trotz der vielen Menschen, die gekommen waren, um Sarah auf ihrem letzten Weg zu begleiten, hatte er hemmungslos geheult.

Auf dem Rückweg vom Friedhof waren seine Augenlider noch immer verklebt und sein Blick verschleiert. So hatte er nicht bemerkt, wie Oskar sich ihm genähert hatte. Plötzlich spürte er eine Bewegung an seinem Ärmel und fühlte, wie ihm jemand ein zusammengerolltes Papier in die Hand zu schieben versuchte. Erst jetzt erkannte er den Jungen. Unwillig schüttelte er den Kopf. Doch Oskar ließ erst von ihm ab, nachdem er das Blatt angenommen und in die Jackentasche gesteckt hatte.

Zu Hause ließ sich die Trauergesellschaft an der großen Tafel nieder, die man im Wohnzimmer aufgestellt hatte, es gab Kaffee und Kuchen, später belegte Brote und Bier. Gespräche wurden halblaut geführt, erstarben ganz und machten einem erdrückenden Schweigen Platz. Irgendwann hielt Daniel es nicht mehr aus, rannte die Treppe hinauf in sein Zimmer und schlug krachend die Tür hinter sich zu. Er warf sich aufs Bett, presste das Gesicht in ein Kissen und schluchzte haltlos, diesmal nicht aus Trauer, sondern aus Wut über die Ungerechtigkeit der Welt. Erst war ihm der Vater genommen worden, nun auch noch die Schwester.

Irgendwann spürte er das Papier in der Tasche. Daniel setzte sich auf, faltete es auseinander und strich es auf seinem Schreibtisch glatt. Es war eine Bleistiftskizze. Nein, eine richtige Zeichnung. Bei flüchtiger Betrachtung hätte man sie für die Vergrößerung eines alten und unscharfen Schwarz-Weiß-Fotos halten können. Woher mochte Oskar das Bild haben? Und warum hatte er es ihm in die Hand gedrückt? Erst auf den zweiten Blick drang das Motiv in sein Bewusstsein: die Darstellung eines dunklen Wagens, in dem drei Personen saßen. Ungläubig starrte er auf das Blatt. Konnte der dumme Ossa eine solche Zeichnung angefertigt haben? Dann musste er über eine ungewöhnliche Begabung verfügen. Und ein erstaunliches Gedächtnis. Perspektive und Proportionen stimmten nicht, aber einige Details waren verblüffend naturgetreu wiedergegeben.

Daniel erkannte das charakteristische Profil eines Mercedes GLK. Und drei Köpfe. Die Person auf dem Rücksitz war nur angedeutet, wahrscheinlich war sie durch die getönte Seitenscheibe kaum zu sehen gewesen. Der Beifahrer hatte sich nach hinten gelehnt, sein Kopf war zur Hälfte von der mittleren Säule verdeckt.

Dafür war der Fahrer gut zu sehen, denn er war nach vorn gebeugt, sein Gesicht befand sich dicht vor dem Lenkrad, das er mit beiden Händen umklammert hielt. Aus einem verschwommenen Profil sprang ein scharf gezeichnetes Ohr hervor, dessen Unterseite leicht verunstaltet war.

Daniels Puls beschleunigte sich. Wenn die Darstellung nicht Oskars Fantasie entsprungen war, sondern tatsächlich das wiedergab, was er gesehen hatte, besaß er ein Dokument, mit dem er Sarahs Mörder ausfindig machen konnte. Ein geländegängiger SUV von Mercedes war in Cuxhaven und Umgebung sicher nicht häufig anzutreffen. Die Polizei konnte die wenigen Halter ermitteln, sie befragen und ihr Alibi prüfen. Daniel sprang auf, um seiner Mutter das Bild zu zeigen. Sie würde den Kommissar anrufen und dann …

Auf der Treppe drang ihm das Gemurmel der Trauergesellschaft in die Ohren. Daniel hielt inne. Die Vorstellung, dieser Versammlung zu begegnen, erschien ihm unerträglich. Er kehrte in sein Zimmer zurück und malte sich aus, wie er mit der Polizei telefonierte, wie Beamte ausschwärmten und an Türen klopften. Bis der Mercedes gefunden war.

Doch was würde dann geschehen? Würden sie dem Besitzer nachweisen können, dass er gefahren und für Sarahs Tod verantwortlich war? Unwahrscheinlich. Und selbst wenn der Nachweis gelang, konnte der seinen Kopf mit der Hilfe gewiefter Anwälte aus der Schlinge ziehen. Nein, Polizei und Justiz würden nicht für eine angemessene Bestrafung sorgen. Daniel beschloss, Oskars Bild zu behalten, niemandem davon zu erzählen und die Sache selbst in die Hand zu nehmen.

Erneut suchten seine Augen die Zeichnung ab. Sie blieben am Ohr des Fahrers hängen. So naturgetreu das Organ gezeichnet war, am Ohrläppchen musste Oskar der Stift ausgerutscht sein. Dort gab es einen Kringel, der nicht zur präzisen Darstellung des Ohres passte. Einen ähnlichen, deutlich größeren Fleck entdeckte er außen am Wagen, auf der Beifahrertür.

Daniel legte die Zeichnung auf den Tisch und rieb sich die Augen. Das runde, dreigeteilte Gebilde erinnerte an den Mercedesstern. Aber seit wann fand man das Markenzeichen auf der Tür des Wagens?

Würde Oskar ihm erklären können, was er dort hatte darstellen wollen? Schwer vorstellbar, aber einen Versuch war es wert. Vorsichtig öffnete Daniel die Tür seines Zimmers und schlich die Treppe hinunter, überquerte ungesehen den Flur und verließ das Haus. Wenige Minuten später stand er vor dem Haus von Oskars Familie und drückte auf die Klingel. Die Tür wurde geöffnet, und die Mutter des Jungen betrachtete ihn mit erstaunter Miene. »Daniel? War heute nicht die Beerdigung deiner Schwester?«

Er nickte hastig. »Kann ich mit Oskar sprechen? Nur ganz kurz.« Zögernd trat die Frau zur Seite. »Komm rein!«

*

Im Büro von Ralf Scharnagel herrschte dicke Luft. In jeder Beziehung. Der Chef der Offshore Consulting kippte einen Cognac, qualmte hemmungslos eine Zigarette nach der anderen und ignorierte das Hüsteln seiner Mitarbeiter. Soeben hatte er ihnen eröffnet, dass es eine bedrohliche Entwicklung geben könnte. Noch war die Information nicht offiziell, aber über seine bewährten Kontakte zur Politik hatte ihn ein beunruhigender Hinweis aus der niedersächsischen Staatskanzlei erreicht. Danach schien die Landesregierung mit dem Gedanken zu spielen, ihre Bürgschaften für die Kredite nicht zu verlängern, die von den Banken für die Sanierung der CuxStahl in Aussicht gestellt worden waren.

»Wenn die Armleuchter in Hannover kalte Füße kriegen«, knurrte er, »ist das gesamte Projekt gefährdet. Oder wir müssen ein völlig neues Finanzierungskonzept auf die Beine stellen. Eins, das ohne staatliche Bürgschaften auskommt. Dürfte aber schwierig werden. In jedem Fall müssen wir bei der Sanierung noch schärfere Schnitte machen.« Er stieß mit dem Zeigefinger in Jesko Bleekers Richtung. »Das betrifft auch die Technik. Das neue Errichterschiff kannst du dir schon mal abschminken. Wir brauchen ein preiswerteres Konzept.« Dann wedelte er mit der Zigarette und wandte sich an Tom Steiner. »Und du setzt dich mit Bannack zusammen. Ihr macht einen neuen Finanzierungsplan. Wir müssen die Kreditlinie um ein Drittel absenken. Dann kriegen wir die Bürgschaft vielleicht doch noch durch. Ich spreche morgen mit unserem Abgeordneten. Er soll mir einen Termin beim Wirtschaftsminister machen.«

»Das ist völlig unmöglich«, entfuhr es Tom Steiner. »Wir können die Kosten nicht weiter senken, es sei denn, wir rechnen mit falschen ...«

Scharnagel fuhr ihm über den Mund. »Nichts ist unmöglich! Aber wir müssen auch was anbieten. Der Minister muss in der Öffentlichkeit mit geringeren Kosten argumentieren können. Also stricken wir ein Konzept, bei dem ein paar Millionen weniger fällig werden.«

Steiner schüttelte den Kopf. »Das geht nicht auf. Wir haben schon sehr scharf gerechnet.«

Sein Chef drückte die Zigarette aus und hob beide Arme. »Nun scheißt euch bloß nicht ein! Was vorne fehlt, holen wir hinten wieder rein. Am Ende werden immer alle Rechnungen bezahlt, wenn die öffentliche Hand mit drinsteckt. Da kann das Projekt dreimal so teuer werden wie ursprünglich geplant. Denkt an die Elbphilharmonie in Hamburg oder an den Flughafen Berlin-Schönefeld! Und hier geht es um den Ausbau der erneuerbaren Energien. Da hängen Landes- und Bundesregierung mit drin.«

»Ohne Anbindung der Windparks ans Stromnetz funktioniert die ganze Energiewende nicht«, wandte Jesko Bleeker ein. »Wenn der holländische Stromnetzbetreiber es nicht schafft, Albatros und Delta Nordsee, oder wie sie alle heißen mögen, an das Netz anzuschließen, verrotten die Anlagen in der Nordsee, ohne jemals ein einziges Kilowatt Strom geliefert zu haben. Und es sieht nicht so aus, als ob er jemals damit Geld verdienen könnte.«

Scharnagel hob die Schultern. »Das ist nicht unser Problem. Wir sorgen für die Investition. Wenn Bannacks CuxStahl weiter produzieren kann, sind wir aus dem Schneider. Und nur darauf kommt es an. Ob es am Ende bezahlbaren Strom aus der Nordsee geben wird, ist eine andere Frage. Aber ich bin sicher, die Regierungen werden einen Weg finden. Entweder wird der Steuerzahler zur Kasse gebeten oder der Stromkunde. Wahrscheinlich steigt der Strompreis. Uns kann das egal sein.«

Er schüttelte eine weitere Zigarette aus der Packung und zündete sie an. Tom Steiner und Jesko Bleeker sahen ihm schweigend zu.

*

»Was ist das?« Daniel Peters hatte Oskars Bild auf den Tisch gelegt und auf den verschwommenen dreigeteilten Kreis auf der Wagentür gedeutet. »Ein Mercedesstern?« Lange hatte der Junge auf seine Zeichnung gestarrt, schließlich den Kopf geschüttelt. »Nicht Mercedes. Ossa zeigt Daniel.« Dann hatte er einen weißen Bogen und einen Stift genommen und sich an die Arbeit gemacht. Tief über das Papier gebeugt, den Arm schützend um das Blatt gelegt, bewegte er den Bleistift. Daniel bemühte sich, nicht hinzusehen, denn Oskar schien daran zu liegen, sein Werk nicht zu offenbaren, bevor es vollendet war.

Als er sich endlich aufrichtete, legte er eine Hand flach auf das Blatt und schob es über den Tisch. Wieder staunte Daniel über Oskars Talent. Nur mit Bleistift hatte er ein fast fotografisches Abbild gezeichnet. Doch das Ergebnis war enttäuschend. »Aber das ist doch ein Mercedesstern!«

»Das Mercedes.« Der Junge nickte grinsend. Dann hob er die Hand und deutete auf ein ähnliches Gebilde neben dem Stern. »Das nicht Mercedes.« Schon wollte Daniel nach dem Blatt greifen, um es wütend zu zerknüllen. Doch plötzlich erkannte er den Unterschied. Die Dreiteilung entsprach dem Emblem des Autoherstellers, doch Form und Ausrichtung waren anders. Während beim Mercedesstern eine der Spitzen nach oben zeigte, liefen hier zwei schmale Elemente schräg nach oben und eins nach unten. Und der Kreis außen herum war mit den Spitzen nicht verbunden. Seitlich schloss sich etwas an, das offenbar einen Schriftzug darstellen sollte. Dessen Buchstaben waren aber nicht zu lesen.

»Was ist das?«, fragte er.

Oskar schob die Unterlippe vor und hob die Schultern. »Ossa weiß nicht.«

»Darf ich das mitnehmen?« Daniel deutete auf das Blatt.

Oskar strahlte und drückte ihm das Papier in die Hand. »Ossa für Daniel gemalt.«

»Danke! Du bist gar nicht so blö... Ich meine, du bist ein schlauer Junge. Viel schlauer als ich ... als die meisten denken. Wissen deine Eltern eigentlich, dass du so gut zeichnen kannst?«

Beim Stichwort Eltern fiel ein Schatten über Oskars Miene. Daniel nahm sich vor, irgendwann mehr über den dicklichen Rotschopf herauszufinden. Vielleicht gab es noch andere Geheimnisse als die überraschende Zeichenkunst. Aber jetzt hatte er dafür keinen Sinn. Der übermächtige Wunsch, Sarahs Mörder auf die Spur zu kommen, trieb ihn zum Aufbruch. Der dreizackige Stern in Oskars Zeichnung konnte nichts anderes als die Darstellung eines Firmenlogos sein. Das musste sich im Internet finden lassen. Er klopfte Oskar auf die Schulter. »Ich muss jetzt gehen und die bösen Männer suchen, die Sarah totgefahren haben.«

Kurz darauf kehrte er nach Hause zurück, schlich an der Trauergesellschaft vorbei über den Flur und hastete die Treppe hinauf. In seinem Zimmer schaltete er den Computer ein und wartete ungeduldig auf die Internetverbindung. In das Google-Suchfenster gab er »Cuxhaven« und »Firma« ein. Das Ergebnis war enttäuschend. Listen mit Branchenbezeichnungen von »Abbrucharbeiten« über »Hotels« und »Makler« bis »Zweiräder«. Sie waren unterschiedlich umfangreich, aber alle ähnlich nichtssagend. Statt »Firma« probierte er nacheinander »Unternehmen«, »Fabrik« und »Werk«. Gelegentlich tauchte statt einer Liste eine Firma auf, die sich mit einem charakteristischen Schriftzug oder einem Logo präsentierte. Aber er fand nichts, was auch nur im Entferntesten der Zeichnung des verrückten Oskar ähnelte.

*

Aufstöhnend sank Marie auf Felix herab, keuchend und mit geschlossenen Augen. Ihr Kopf landete auf seiner Brust. Auch er atmete rasch und heftig. Sekundenlang verharrten sie in stummer Umarmung. Bis sich die Atemzüge normalisierten und ein kühler

Luftzug den Schweißfilm auf der Haut spürbar werden ließ. Langsam rollte Marie zur Seite. Ihre Hand blieb auf dem Bauch ihres Freundes liegen. Er drehte sich auf die Seite und wandte sich ihr zu. Seine Finger streichelten ihre Wangen und zogen die Konturen ihres Gesichts von den Brauen bis zur Kinnspitze nach. »Ich liebe dich.«

Marie schlug die Augen auf, lächelte. »Wie schön, dass du nicht aufhörst, es mir zu sagen.«

Aufmerksam sah er sie an. »Du machst mich glücklich. Außerdem …«

»Außerdem?«

»Ich weiß nicht, wie ich es sagen soll. Du bist in letzter Zeit so … ungewohnt aktiv, geradezu … unersättlich.«

»Du meinst, weil ich Lust auf dich habe?«

Felix nickte. »Hängt das mit der Schwangerschaft zusammen?«

»Keine Ahnung.« Marie zuckte mit den Schultern. »Aber es stimmt. Schlimm?«

»Im Gegenteil. Ich finde es total super. Hat vielleicht mit den Hormonen zu tun. Wie auch immer. Von mir aus kannst du so bleiben.«

Marie lachte. »Na ja, von langer Dauer ist der Zustand sicher nicht. Irgendwann werde ich einen dicken Bauch haben. Und wenn das Kind erst da ist …«

»… gleicht sich alles wieder aus«, grinste Felix. »Schade eigentlich. Aber nicht zu ändern. Apropos ändern ...« Er richtete sich halb auf und stützte den Kopf auf seinen Arm. »Es wird sich einiges ändern. Wir werden eine gemeinsame Wohnung haben und zusammenleben. Da können wir doch deiner Mutter auch den Gefallen tun und heiraten. Sie war, glaube ich, ganz schön betroffen, als du ihr gesagt hast, dass sie Großmutter wird und du nicht heiraten willst.«

Unwillig schüttelte Marie den Kopf. »Spinnst du? Heiraten wegen meiner Mutter? Das kannst du vergessen. Ich heirate nicht, weil ich schwanger bin, erst recht nicht, weil meine liebe Mutter das möchte. Ich heirate dich, weil ich dich liebe. Aber nicht unter Druck. Deshalb wirst du dich gedulden müssen, bis unser Kind auf der Welt ist. Wenn du mich dann noch willst. Und ich dich. Also gib dir Mühe. Und denk mal darüber nach, ob dein Mini Cooper noch zu deiner künftigen Rolle als Familienvater passt.«

Ergeben ließ Felix seinen Kopf zurück ins Kissen fallen und hob beide Hände. »Ist ja in Ordnung. Niemand will dich unter Druck setzen, ich schon gar nicht. Das Auto ist übrigens kein Problem für mich. Gegen ein bequemeres Modell hätte ich nichts einzuwenden.« Er machte eine Pause. »Wir planen also die Hochzeit für nächstes Jahr?«

»Genau. Laut Frauenarzt bin ich in der achten Woche. Demnach kommt das Kind im November. Heiraten würde ich aber lieber im Sommer.«

»Klare Ansage.« Felix ließ die Arme sinken. »Und wann ziehen wir zusammen?«

»Wenn wir die richtige Wohnung gefunden haben.«

»Das kann ganz schnell gehen. Oder ziemlich lange dauern.«

»Mir ist jeder Termin recht.« Marie ließ ihre Hand über Felix' Bauch abwärts wandern. »Nur nicht gerade, wenn ich im neunten Monat bin. Und nicht im Winter bei Schnee und Eis. Also entweder noch in diesem Sommer oder im nächsten Frühjahr. Aber jetzt vergiss erst mal die ganze Planerei! Ich stoße nämlich gerade ... auf ... Widerstand.«

Später lagen sie erschöpft nebeneinander. »Woran denkst du?«, fragte Marie.

»An unsere gemeinsame Zukunft. Und daran, wie schnell du dich entschieden hast. Als du deinen Eltern und mir eröffnet hast, dass du schwanger bist, warst du noch nicht so sicher, ob du wirklich ein Kind willst.«

»Stimmt. Jedenfalls dachte ich, ich darf mich noch nicht festlegen. Falls ich mich doch noch anders entscheide. Aber in den Tagen danach war ich ein paar Mal bei Mareike. Nachdem sie mir alles über Schwangerschaft und Geburt erzählt hat, war diese unbestimmte Angst verflogen. Angst ist vielleicht nicht das richtige Wort. Aber die Unsicherheit. Man weiß ja nicht so genau, was auf einen zukommt. Außerdem ist die kleine Johanna-Leonie so hinreißend, dass mir ganz anders wird, wenn sie mich anlacht. Ich möchte jedenfalls auch ein Mädchen. Wir könnten sie Mia nennen.«

Felix drehte sich auf die Seite und wandte sich ihr zu. »Du machst dir Gedanken über einen Namen? Wir wissen ja noch nicht mal, ob es ein Mädchen wird.«

»Immerhin müssen wir mit der Möglichkeit rechnen. Die Alternative wäre ... Luca. Wie findest du den? Luca Janssen – klingt doch gut, oder? Genau wie Mia Janssen. Luca Dorn und Mia Dorn ginge natürlich auch. Was meinst du?«

»Ich weiß nicht«, antwortete Felix zögernd. »Mit der Frage habe ich mich noch gar nicht befasst. Ich finde Jonas schön. Und für ein Mädchen Sarah.«

Marie fuhr auf. »Sarah kommt überhaupt nicht infrage«, stieß sie heftig hervor. »Auf gar keinen Fall wird meine Tochter so heißen. Ich hätte immer Angst, dass ihr was zustößt und ...«

»Entschuldige!« Irritiert sah er sie an. »Warum reagierst du so...? Ach ja, so hieß das Mädchen, das neulich tödlich verunglückt ist. Verstehe. Von dem Fall habe ich gar nichts mehr gehört. Offenbar habt ihr den Unfallfahrer nicht ermitteln können.«

»Das ist leider wahr.« Über Maries Nasenwurzel erschien eine steile Falte. »Schon die Spurenlage war mies. Kein Hinweis auf das Tatfahrzeug oder den Fahrer. Unsere Kollegen haben sämtliche Werkstätten im Elbe-Weser-Dreieck aufgesucht, in keiner ist ein Wagen mit Kratzern an der Stoßstange aufgetaucht, nirgends sind Lackschäden am Vorderwagen beseitigt worden. Inzwischen sind die Chancen, den Unfallfahrer ausfindig zu machen, fast gegen Null gesunken. Es ist zum Verzweifeln.«

»Manchmal kommt Hilfe von Kommissar Zufall«, versuchte Felix zu trösten. »Ihr könnt nichts dafür, habt schließlich euer Bestes getan.«

Marie beugte sich über ihn und küsste ihn. »Das ist kein wirklicher Trost. Aber lieb von dir. Danke! Womit befasst du dich eigentlich zurzeit?«

»Mit der Situation der CuxStahl. Das ist auch nicht zum Lachen. Wieder mal sind mehr als hundert Arbeitsplätze bedroht. Neuerdings versucht eine Beratungsfirma, das Unternehmen zu retten. Offshore Consulting Hamburg. Aber was die wirklich vorhaben, ist schwer zu durchschauen. Sind ziemlich zugeknöpft. Ich suche jetzt nach einer Möglichkeit, bei der CuxStahl mal hinter die Kulissen zu schauen.«

»Du als Stahlarbeiter? Undercover?«, grinste Marie. »So 'ne Art Wallraff für Arme?«

»Warum nicht? Aber vielleicht gibt's noch andere Wege. Eine Idee habe ich schon.«

»Hoffentlich nichts Illegales. Besser, du erzählst mir gar nicht erst, was du vorhast.«

5

»Wenn Sie sich für diese Technik interessieren«, hatte der Berufsberater gesagt, »empfehle ich Ihnen ein Praktikum. Mit etwas Glück kommen Sie bei der CuxStahl unter. Die zahlen aber nichts dafür.«

In der zehnten Klasse hatte Daniel Peters beim Zukunftstag des Lichtenberg Gymnasiums die riesige Werkshalle der CuxStahl besichtigt. Dort hatte er nicht nur die gewaltigen Bauteile für die Windkraftanlagen auf hoher See bewundern und den Geruch von Schmierstoffen und Schweißarbeiten einatmen, sondern auch ein Gewinde auf einen Bolzen schneiden und Glasfaserverbundstoff schleifen und polieren können. Seit diesem Tag stand sein Berufswunsch fest. In den darauf folgenden Jahren hatte er sein Interesse für die Offshore-Windkraft weiter entwickelt, war während der Ferien bei BARD in Emden gewesen und hatte der Fertigung von Rotorblättern zugesehen. Freunde und Bekannte waren von seinen Plänen begeistert, hatten ihn bestärkt und ermuntert. In letzter Zeit hatte allerdings der eine oder andere ihn darauf aufmerksam gemacht, dass es mit dem Ausbau der Offshore-Technik Probleme gebe und einige Firmen aus der Branche bereits Insolvenz angemeldet hätten. Aber welche Möglichkeiten gab es für ihn in Cuxhaven? Ein Beruf in Gastronomie und Hotelgewerbe kam für ihn ebenso wenig infrage wie Lehrer oder ein anderer Beamtenjob. Also hatte er den Rat des Berufsberaters befolgt und sich für ein freiwilliges Ferienpraktikum bei der CuxStahl beworben. Trotz der Schwierigkeiten, in denen die Firma laut Cuxhavener Nachrichten steckte, hatte man ihn genommen. Die letzten Osterferien vor dem Abitur würde er weder am Strand noch auf dem Fußballplatz, sondern in der Fertigungshalle an der Offshore-Basis verbringen.

»Willst du das Praktikum nicht absagen?« Seit Sarahs Tod war Daniels Mutter ständig in Sorge um ihn, in den Ferien hätte sie ihn lieber bei sich gehabt. Offenbar befürchtete sie, ihm könnte zwischen den schweren Maschinen und Bauteilen etwas zustoßen. Doch Daniel sah in der Tätigkeit auch die Chance, von seinen belastenden Gefühlen und Gedanken abgelenkt zu werden.

An seinem ersten Tag wurde er eingekleidet, bekam Sicherheitsschuhe, einen blauen Overall und einen Helm. Dann wurde er von einem Metallbaumeister herumgeführt, der sich als Manfred Tönjes vorgestellt hatte. Dem grauhaarigen Mann schien die Unversehrtheit der Mitarbeiter am Herzen zu liegen. Er zählte Sicherheitsvorschriften auf und nannte Gefahrenpunkte, die es zu beachten galt. Dabei erwähnte er den tödlichen Unfall eines Technikers. Bei der Arbeit an einem der Tripiles hatte sich der Korb des Hubwagens festgefahren. Trotz der Warnung eines Kollegen war der Mann auf die stählerne Konstruktion geklettert, um den Korb zu lösen und den sogenannten Steiger wieder in Gang zu bringen. Dabei hatte er den Halt verloren und war aus zwanzig Metern Höhe abgestürzt.

Den Rest des Tages verbrachte Daniel in einem abgeteilten Werkstattbereich, wo er kiloschwere Schrauben, Muttern und Montageelemente sortieren und zählen musste. In der Mittagspause verschlang er hungrig die Wurstbrote, die seine Mutter ihm eingepackt hatte. Zwei jüngere Arbeiter gesellten sich zu ihm. Eine Weile saßen sie stumm nebeneinander und kauten ebenfalls mitgebrachte Stullen. Später begannen sie eine halblaute Unterhaltung. Daniel verstand nicht alles, was sie sagten, doch aus Wörtern und Satzfetzen, die er aufschnappte, glaubte er herauszuhören, worüber sie sprachen. Über die Zukunft der CuxStahl, mögliche Entlassungen und die Rolle eines Mannes, der dabei eine wichtige Funktion zu haben schien. Es hieß, er würde in den nächsten Tagen ins Unternehmen kommen und den altgedienten Meistern und Technikern einen neuen leitenden Ingenieur vor die Nase setzen.

Was den Arbeitern offensichtlich als unfreundlicher Akt erschien, stimmte Daniel hoffnungsfroh. Wenn noch Ingenieure eingestellt wurden, konnte es um die Firma nicht so schlecht bestellt sein. Vielleicht war der neue Mann an der Spitze jung und aufgeschlossen. Wenn seine Ausbildung noch nicht so lange zurücklag, konnte er ihm bestimmt Tipps für die Wahl des richtigen Studiengangs geben.

*

Drei Tage später wurde die Belegschaft zu Beginn der Mittagspause in einer Ecke der Halle zusammengerufen. Auf einem improvisierten Podest aus Paletten erschienen zwei Männer und eine Frau. Zum ersten Mal sah Daniel den Chef der CuxStahl, Arnold Bannack, aus der Nähe. Der etwas füllige Mann mit Halbglatze, dessen verbliebene graue Haare länger über den Kragen fielen, als es seinem Alter angemessen wäre, begrüßte die Mitarbeiter und gab das Wort weiter an einen Vertreter der OCH – jener Beratungsfirma, die den Betrieb sanieren und wieder in die schwarzen Zahlen bringen sollte. Er stellte ihn als Kapitän Jesko Bleeker vor. Bei der Berufsbezeichnung gab es Unruhe in der Versammlung, einige Männer lachten. Äußerlich glich der Mann weniger einem Seebären als einem Manager oder Banker. Er hatte volles dunkles Haar, wirkte durchtrainiert und trug einen eleganten Anzug. Aus der Ferne erinnerte er an Jude Law, den Daniel in der Rolle des Dr. Watson in »Sherlock Holmes: Spiel im Schatten« gesehen hatte. An seinem Ohrläppchen glitzerte ein silberner Punkt.

Bleeker lächelte verständnisvoll und erklärte, dass er tatsächlich das Kapitänspatent für große Fahrt besäße und deshalb wisse, wie man ein Schiff aus stürmischer See in ruhige Gewässer führe. In der OCH sei er für die Technik und die Entwicklung hochseegängiger Errichterschiffe zuständig. Er sei heute hier, um eine neue Mitarbeiterin vorzustellen. Sie würde von der Consulting bezahlt, ihre Arbeitskraft aber voll und ganz der Sanierung der CuxStahl widmen.

»Da ist doch was faul«, murmelte Metallbaumeister Tönjes neben Daniel. Einige der Umstehenden nickten, andere zuckten nur mit den Schultern.

Die Vorstellung geriet ein wenig wie in einer Fernsehshow. »Meine Damen und Herren, begrüßen Sie mit mir Diplomingenieurin Katharina von Rosenbach!« Nur vereinzelt erklang Beifall, der sofort wieder verebbte.

Die Frau lächelte zurückhaltend, übernahm das Mikrofon und erklärte mit sanfter Stimme, dass sie Elektrotechnik und Maschinenbau studiert und in verschiedenen Ingenieurbüros für Windkraft gearbeitet habe. Zuletzt sei sie im Bundeswirtschaftsministerium in der Abteilung Technologiepolitik tätig gewesen.

»Ich sage euch, da ist was faul«, wiederholte der Meister.

Ein jüngerer Techniker zog sein Smartphone aus der Tasche. »Mal sehen, ob die Dame schon irgendwo in Erscheinung getreten ist.« Seine Finger strichen über das Gerät. »Mist, kein Datenempfang. Ich versuch's später draußen noch mal.«

Nach der Mittagspause verbreitete sich die Nachricht wie ein Lauffeuer. Katharina von Rosenbach sei eine geborene Scharnagel und die Tochter des Inhabers der Offshore Consulting.

»Ich wusste, dass da was faul ist.« Der alte Metallbaumeister kratzte sich am Kopf. »Die setzen uns eine Spionin ins Werk, damit sie uns besser in den Griff kriegen.«

»Das kann auch ein gutes Zeichen sein«, widersprach ein Kollege. »Wenn Scharnagel seine Tochter bei uns arbeiten lässt, zeigt er Vertrauen in den Erfolg der Sanierung.«

Wieder andere reagierten mit resigniertem Achselzucken. »Die machen sowieso, was sie wollen. Wir kriegen am Ende höchstens einen Tritt in den Arsch.«

Daniel konnte die Gleichgültigkeit nicht verstehen. »Wenn alle sich anstrengen und die neue Ingenieurin die Entwicklung voranbringt, hat die CuxStahl eine Zukunft. Windkraft ist total angesagt. Und wenn ...«

»Dass du in deinem Alter noch an das Gute im Menschen glaubst, ist in Ordnung«, unterbrach ihn der Meister grimmig. »Aber wir haben unsere Erfahrungen mit solchen Typen. Die gehen über Leichen.«

Bei dem Wort zuckte Daniel zusammen. Seit er bei der CuxStahl arbeitete, hatte er nicht mehr so oft an Sarah gedacht. Nun waren die Bilder plötzlich wieder da. Er hörte ihr Lachen, sah sie mit leuchtenden Augen und wehenden Haaren durchs Haus eilen und auf dem Fahrrad durch die Straßen der Umgebung fahren. Dann den leblosen zarten Körper auf der Straße, das leichenblasse Gesicht im Krankenhaus, schließlich den Sarg, der ins Erdreich gesenkt wurde. Und er erinnerte sich an die plötzliche Windstille und das Verstummen der Vögel.

Sarahs Mörder lief frei herum, weil die Polizei nicht in der Lage war, den Wagen und seinen Fahrer ausfindig zu machen. Immer wieder hatte er sich ausgemalt, was er mit dem Mann anstellen würde, wenn er ihn erst gefunden hätte. Nein, mit allen drei Männern, auch die Mitfahrer waren schuldig. Weil sie zugelassen hatten, dass Sarah am Straßenrand innerlich verblutete. Mit Foltermethoden und Todesarten, die er aus dem Computerspiel »Hitman« kannte, würde er den Verbrechern zusetzen. Doch damit fand das Leiden des Opfers durch den Tod ein Ende. Das empfand Daniel als unbefriedigend. Irgendwann hatte er sich an einen Satz des Pfarrers bei der Beerdigung erinnert. »Der Schmerz über den Verlust eines geliebten Menschen begleitet uns ein Leben lang.« In dieser Erkenntnis lag die bessere Lösung für sein Vorhaben.

Zur Feierabendzeit strömten die Arbeiter wie jeden Tag aus der Montagehalle zum Tor des Werksgeländes. Doch heute gab es Unruhe am Ausgang. Dort hatten sich bereits zahlreiche Männer und Frauen versammelt, weitere blieben stehen. Stimmen erklangen. Daniel glaubte, wütende Rufe und die knurrige Stimme des

Metallbaumeisters zu hören. Jemand antwortete in bemüht beruhigendem Ton. Als er näherkam, erkannte er den Mann von der OCH, sein Ohrstecker glitzerte in der Abendsonne. Bleeker stand in der offenen Tür eines Autos, neben ihm die neue Ingenieurin und ein Mann, den er noch nicht gesehen hatte. Arbeiterinnen und Arbeiter hatten den Wagen umringt.

»Ach ja«, murmelte der Techniker, der die Information über die Frau verbreitete hatte. »Der schöne Schubert findet wieder schöne Worte.« Auf Daniels fragenden Blick schloss er eine Erläuterung an. »Das ist der Betriebsratsvorsitzende. Auch wenn er nicht so aussieht.«

Der Mann, auf den er deutete, erinnerte Daniel an einen Bademeister vom Duhner Strand. Sein weißes Hemd stand offen, auf der sonnenbraunen Brust baumelte eine goldene Kette mit einem glänzenden Anhänger. Das volle dunkelblonde Haar war in Wellen nach hinten gegelt. Mit den Armen vollführte er ausholende Bewegungen, wobei an Händen und Handgelenken ebenfalls Goldschmuck aufblitzte. »Kolleginnen und Kollegen«, rief er, »es gibt keinen Grund, an den Zusagen der Firmenleitung zu zweifeln. Der Betriebsrat ist ständig mit dem Management im Gespräch. Mit Hilfe der Offshore Consulting werden wir unsere Firma wieder auf Kurs bringen. Es ist wenig sinnvoll, wenn ihr die Leute aus der OCH angeht. Die machen nur ihre Arbeit. Für das Versagen der Politiker und Banken sind sie nicht verantwortlich. Also gebt den Weg frei!«

Zögernd wichen die Menschen zurück und öffneten den Ring um den dunklen Wagen. Bleeker und die Frau stiegen ein, der Motor wurde gestartet, langsam rollte das Fahrzeug davon.

Erst nachdem es die Menschengruppe hinter sich gelassen hatte und beschleunigte, erkannte Daniel das Modell. Mercedes GLK. Sein Herzschlag schien auszusetzen, als er das Firmenlogo auf der Tür entdeckte. Ein stilisiertes Windrad, das kreisförmig umrahmt war. Der Kreis bildete zugleich das O von »Offshore«. Darunter waren die Worte »Consulting« und »Hamburg« angeordnet. Daniels Puls beschleunigte sich und sein Herz begann zu rasen, während ihm der Schweiß ausbrach.

*

Konrad Röverkamp drehte das Radio lauter. Wie immer, wenn er sich auf den Weg nach Stade machte, um das Grab seiner Frau zu besuchen, hörte er NDR-Info. Der Sender brachte neben Nachrichten aus aller Welt auch Neuigkeiten aus der Region. Das Stichwort Windenergie hatte sein Interesse geweckt. Offenbar ging es einmal mehr um die Energiewende und die Probleme beim Anschluss der Offshore-Windparks ans Stromnetz.

Um den Friedhof am Geestberg zu erreichen, musste er die Stadt durchqueren. Als er von der B 73 in die Bremervörder Straße einbog und sich dem Klinikum näherte, stiegen Bilder aus den Neunzigerjahren auf. Fast ein Jahr hatte er um Ingrid gebangt und gekämpft. Schließlich hatte die Krankheit gesiegt. »Du musst dir jemanden suchen, wenn ich nicht mehr bin«, hatte sie ihm eindringlich ans Herz gelegt. »Allein kannst du nicht bleiben. Das ist nicht gut für dich. Ich möchte, dass du eine neue Liebe suchst. Versprich es mir!«

Natürlich hatte er sich geweigert, dieses Versprechen zu geben. Auch innerlich war es ihm unvorstellbar erschienen, jemals wieder mit einer Frau zusammen zu sein. Und nach Ingrids Tod hatte er keinen Gedanken an eine neue Beziehung verschwendet. Später war er allen Situationen ausgewichen, aus denen auch nur eine Bekanntschaft hätte erwachsen können. Bis ihn eine Operation nach Debstedt ins Krankenhaus gezwungen hatte. Dort war er Sabine begegnet. Ihr hatte er nicht ausweichen können.

Auf dem Rückweg nach Cuxhaven drängten sich Bilder aus dem ungelösten Fall in die Erinnerungen. Röverkamp war unzufrieden mit den Ergebnissen der kriminaltechnischen Untersuchungen. Noch nie hatte er ein Tötungsdelikt bearbeitet, bei dem die Spurenakte so wenige Seiten enthielt. Obwohl die Kollegen bestimmt ihr Bestes gegeben hatten. Auch die Befragungen waren ergebnislos geblieben. Nun blieb nur noch die Hoffnung, dass ihnen das Glück einen neuen Ansatz bescherte. Doch darauf zu warten, war ausgesprochen unbefriedigend. Zumal sich irgendwo in seinem Unterbewusstsein eine Idee versteckte, die mit dem

Fall zu tun hatte. Wie das lose Ende eines Fadens, der ihn zu seinem Gedanken führen würde, sich aber nicht greifen ließ. Hatte er etwas übersehen?

Mit der Frage kam ihm stets die Familie des getöteten Mädchens in den Sinn. Hatten er und Marie nicht alle Gesichtspunkte angesprochen? Zur Sachlage konnten Mutter und Bruder ohnehin wenig Erhellendes beitragen. Ihr Beitrag beschränkte sich auf das Umfeld des Opfers und die Umstände der Tat, soweit sie ihnen bekannt waren. Oft verschwiegen Angehörige allerdings Details, die ein ungünstiges Licht auf sie oder das Opfer werfen konnten. Im Fall von Sarah war für ein solches Verhalten jedoch kein Motiv zu erkennen. Schließlich war ihnen daran gelegen, dass der Täter ausfindig gemacht wurde. Warum nur musste er immer wieder an die Befragung denken?

Röverkamp seufzte. Morgen würde er sich die Protokolle noch einmal vornehmen und mit Marie durchgehen. Manchmal half ein Gespräch den eigenen Gedankengängen auf die Sprünge.

6

Fast eine Woche verging, bis der Mann mit dem Ohrstecker wieder auftauchte. Er kam in Begleitung der Frau, die als neue Chefingenieurin vorgestellt worden war, und verschwand nach einem Rundgang durch die Montagehalle im Verwaltungsgebäude der CuxStahl. Voller Unruhe wartete Daniel auf den Feierabend. An diesem Tag gehörte er zu den Ersten, die das Werksgelände verließen. Vor dem Tor hielt er Ausschau nach dem GLK, doch der schwarze Mercedes war nirgends zu sehen. Enttäuscht und mit zunehmender Erbitterung starrte er auf die Tür zu den Büros. Wenn der Kapitän ohne Schiff schon wieder verschwunden war, würde er sich etwas ausdenken müssen, um ihn ausfindig zu machen. Die Vorstellung, sein Praktikum zu beenden, ohne ihm auf die Spur gekommen zu sein, löste panische Gefühle in ihm aus. Bleeker musste einer der drei Männer sein, die Oskar in dem schwarzen Wagen gesehen hatte. Und er hatte am Steuer gesessen. Ossas Zeichnung war eindeutig. Also konnte nur Bleeker Sarahs Mörder sein!

Unschlüssig trat Daniel von einem Bein aufs andere, lauerte auf Personen, die den Verwaltungstrakt verließen, sah im Minutentakt auf die Uhr und erwog, in den Büroräumen nach Bleeker zu suchen. Schließlich gab er auf, öffnete das Fahrradschloss und verstaute seinen Rucksack auf dem Gepäckträger. Während er das Rad aus dem Ständer zog, öffnete sich die Bürotür. Daniels Herz machte einen Sprung, als er den Mann erkannte, der heraustrat. Er verabschiedete sich von jemandem, der nicht zu erkennen war, und eilte zum Parkplatz für Betriebsangehörige der Cux-Stahl. Dort stieg er in einen schwarzen Audi TT mit Hamburger Kennzeichen. Daniel prägte sich die Nummer ein und schwang sich auf sein Fahrrad. Der Versuch, ihm zu folgen, war aussichtslos. Dennoch trat er in die Pedale wie noch nie zuvor in seinem Leben.

Bleeker fädelte sich in den Verkehr der Neufelder Straße in Richtung Stadtmitte ein, beschleunigte mit aufheulendem Motor und verschwand aus Daniels Sichtfeld. Verzweifelt strampelte der voran, wich knapp einem Transporter aus, fegte über den Gehsteig und umkurvte schimpfende Fußgänger. Kurz darauf entdeckte er den Wagen wieder. Ein rangierender Lastwagen hatte ihn zum Halten gezwungen. Als der Verkehr wieder in Gang kam, war Daniel auf gleicher Höhe mit dem TT. Inzwischen ging es nur noch im Schritttempo voran. Plötzlich wich Bleeker auf den parallelen Fahrstreifen vor der Geschäftszeile aus und bog in eine Parkbucht ein. Die Wagentür öffnete sich, der Fahrer stieg aus und eilte ins Fischereihafen Restaurant.

Daniel näherte sich dem abgestellten Wagen und betrachtete ihn von allen Seiten. Hier fand sich kein Hinweis auf die Offshore Consulting. Offenbar waren die drei Männer in einem Firmenfahrzeug unterwegs gewesen, und der TT war Bleekers Privatwagen. Rasch stellte er sein Fahrrad ab und betrat das Restaurant.

Mit ihm drängte eine Gruppe Touristen ins Innere des roten Ziegelsteinbaus. Drinnen schlugen ihm Gesprächslärm und Küchenduft entgegen. Hastig sah er sich um. Bleeker war nirgends zu sehen.

In Daniel breitete sich ein Gefühl von Panik aus. Sollte er den Mann doch wieder verloren haben? Also musste er zurück, um den TT im Auge zu behalten. Gegen den Strom der Gäste drängte er zur Tür. Dort wandte er sich noch einmal um. In diesem Augenblick trat Bleeker im Hintergrund des Raumes aus einer Tür, die offenbar zu den Toiletten führte. Zielsicher steuerte er einen leeren Tisch an, ließ sich nieder und griff nach der Speisekarte. Mit klopfendem Herzen schob sich Daniel näher und setzte sich an den Nachbartisch. Bleeker wandte ihm den Rücken zu. Hastig zog er sein Portemonnaie hervor und überprüfte seine Barschaft. Für ein kleineres Gericht und eine Cola würde es reichen. Während er die Karte studierte, bestellte Bleeker einen Pinot Grigio. »Mit dem Essen warte ich noch, es kommt noch jemand.«

Nachdem die Kellnerin gegangen war, zog er ein iPhone aus der Tasche. Kurz darauf begrüßte er jemanden, halblaut, aber für Daniel verständlich. »Hallo Kati. Ich bin's. In der Firma konnte ich nicht offen reden. – Ja, im Fischereihafen Restaurant.« Er sah sich gründlich um. Daniel zog unbewusst die Schultern hoch und senkte den Kopf über sein Cola-Glas. »Nein, aus der CuxStahl ist niemand hier. Kommst du her?« Die Antwort schien Bleeker zufriedenzustellen. Er ließ das Telefon in die Tasche gleiten und griff zur Speisekarte.

Zahlreiche Köpfe drehten sich zur Tür, als eine hochgewachsene, schlanke, blonde Frau das Restaurant betrat. Auch Daniel starrte die Erscheinung an. Zum ersten Mal nahm er Katharina von Rosenbach als weibliches Wesen wahr. In der Werkshalle und auf dem Firmengelände hatte sie ihre üppige Mähne meist unter einem Helm versteckt und einen blauen Overall getragen. Das Gesicht war weit entfernt und teilweise beschattet gewesen. Nun öffnete die Ingenieurin ihren Mantel und zeigte sich in einem knielangen, tief ausgeschnittenen türkisfarbenen Frühlingskleid. Sie trug die langen Haare offen und war perfekt geschminkt. Ihr

Gesicht hatte ebenmäßige und klare Züge. Sie entdeckte Bleeker, zeigte die Andeutung eines Lächelns und ließ gleichmäßige weiße Zähne sehen. Für einen Moment stellte Daniel sie sich ohne Kleider vor, und ihm wurde bewusst, dass sie zwar gut aussah, aber schon ziemlich alt sein musste. Mindestens dreißig. Als sie an den Nachbartisch trat, erhob sich Bleeker und küsste sie auf die Wange.

»Schön, dass du gekommen bist.« Er rückte ihr einen Stuhl zurecht, setzte sich wieder und winkte der Kellnerin.

»Ich kann dir den Fischteller empfehlen.« Er tippte mit dem Zeigefinger auf die Karte. »Filet vom Seelachs, Seehechtröllchen mit Katenschinken umwickelt, Kabeljaufilet und Garnelenspieß, dazu Kräuterrahmsauce und kleine Schmorkartoffeln.«

Katharina von Rosenbach nickte. »Klingt gut. Ich habe seit dem Frühstück nichts gegessen.« Sie deutete auf sein Glas. »Und dazu? Trockener Weißwein?«

»Pinot Grigio. Willst du probieren?«

Daniel hätte es nicht begründen können, doch ihn beschlich das Gefühl, dass der Mann die Tochter des Consulting-Chefs schon länger kannte. Und zwar auf eine Art, die über einen beruflichen Kontakt hinausging. Der Satz des Metallbaumeisters kam ihm in den Sinn. »Da ist doch was faul.«

Er hatte Spaghetti mit Käsesahnesauce und Schnittlauch bestellt, das einzige Gericht, das zusammen mit einer Cola für weniger als zehn Euro zu haben war. So langsam wie möglich verzehrte er die Nudeln und lauschte dem Gespräch am Nachbartisch.

Aus dem, was Daniel zu hören bekam, entstand ein unschönes Bild von der Situation der CuxStahl. Offenbar war die Firma finanziell so angeschlagen, dass ihr Überleben nur durch Kredite gesichert werden konnte, die mit Bürgschaften der Landesregierung abgesichert werden mussten. Die Sanierungspläne der Offshore Consulting zielten auf weitere Einsparungen beim Personal und in der Fertigung. Katharina von Rosenbach sollte offenbar die erforderlichen Insiderinformationen liefern und das Konzept umsetzen.

Nach dem Hauptgang entwickelte sich das Gespräch in eine andere Richtung. Bleeker hatte zwischendurch schon mehrmals seine Hand auf den Unterarm der Frau gelegt. Sie schien nichts dagegen zu haben, rückte sogar etwas näher an ihn heran. Dabei glitt ihre Zunge über die glänzenden Lippen. Sie lächelte und sprach mit leicht veränderter Stimme. »Jesko, war das deine Idee, mich nach Cuxhaven zu holen?«

Bleeker lachte leise. »Du wirst es nicht glauben, der Vorschlag stammt von deinem Vater. Ich hätte nie gewagt ... Er glaubt, dass du dich leichter von deinem Mann trennen würdest, wenn du nicht mehr in Berlin bist.«

Kopfschüttelnd griff Katharina von Rosenbach zum Glas und leerte es in einem Zug. »Ich hab's geahnt. Steiner hat er aufgetragen, mir das Gegenteil zu erzählen. Alles völlig überflüssig. In Vaters Vorstellung zappele ich hilflos in Johann Jacob Ferdinands Fängen. Und der hat nichts Besseres zu tun, als mein Gehalt zu versaufen. Dabei haben wir längst getrennte Kassen. Getrennte Betten sowieso. Die Scheidung ist vorbereitet und nur noch eine Formsache. Ich bin so gut wie frei.«

»Freut mich zu hören. Fragt sich nur, für wen. Was ist mit Steiner? Neulich hatte ich das Gefühl, er und dein Vater haben über dich gesprochen. Als ich dazugekommen bin, haben sie das Thema gewechselt. Tom schien die Situation unangenehm gewesen zu sein.«

Katharina von Rosenbach seufzte. »Ich glaube, mein Vater will mich mit ihm verkuppeln. Tom ist ja ein Mann zum Heiraten. Ich weiß gar nicht, warum er geschieden ist. Irgendwas muss da gewesen sein. Jedenfalls spricht er mich nicht so richtig an. Und eine Beziehung ohne Leidenschaft habe ich lange genug gehabt. Jetzt will ich erst mal nichts Solides. Lieber was Aufregendes.«

»Bin ich dir aufregend genug?«

»Das versuche ich gerade herauszufinden.«

»Aha«, nickte Bleeker. »Wo bist du untergekommen? Und wie lange bleibst du? Wirst du den Job überhaupt annehmen?«

Sie warf den Kopf in den Nacken und ließ dabei ihr Haar schwingen. »Ich wohne im Hotel Alte Liebe. Was die berufliche

Veränderung angeht, weiß ich selbst noch nicht, wie ich mich entscheide. Ich habe mich beurlauben lassen. Ohne Bezüge. Erst mal für einen Monat. In der Zeit will ich sehen, was bei der CuxStahl geht und was nicht. Dann entscheide ich.« Sie drehte eine Haarsträhne in den Fingern. »Und du, Jesko? Ist bei dir alles im Lot? In den letzten Tagen hast du etwas angespannt gewirkt.«

Bleeker zögerte. »Es hat kürzlich einen ... etwas unangenehmen ... Zwischenfall ... gegeben. Hat aber nichts mit ... Dein Vater, Steiner und ich ...« Er brach ab.

»Vater, Steiner und du.« Katharina von Rosenbach lachte. »Das Trio infernal der Offshore Consulting. Gibt es etwas, was ihr *nicht* zusammen ausheckt?«

»Du hast Recht.« Bleekers Lachen klang unecht. »Aber vergessen wir die Arbeit! Lass uns von angenehmeren Dingen reden!« Er nahm ihre Hand. »Hast du heute Abend schon etwas vor?«

»Ja«, antwortete sie ernst und zeigte ein hintergründiges Lächeln. »Ich habe vor, mich mit einem Mann zu treffen. In einem Hotelzimmer. Oder hast du eine bessere Alternative?«

»Ein Hotel ist immer eine gute Wahl für unauffällige Begegnungen.«

Obwohl die beiden jetzt gespielt konspirativ flüsterten, erfuhr Daniel, dass Jesko Bleeker in einem Ferienappartement an der Neuen Reihe wohnte, das die Consulting für ihn angemietet hatte. Ob sich das Paar dort oder im Hotel Alte Liebe traf, war ihm gleichgültig. Er wusste nun, wo Sarahs Mörder zu finden war und wer seine Mittäter waren. Vor Erregung über diese Erkenntnis hätte er fast vergessen, sein Nudelgericht und die Cola zu bezahlen. Er verließ das Restaurant mit einem seltsamen Gefühl. Ihm war, als stünde seine Haut unter elektrischer Spannung, die ein Kribbeln von den Fußsohlen bis zu den Fingerspitzen auslöste.

*

»Der Chef möchte dich sprechen.« Marie Janssen deutete mit dem Daumen nach oben. Seit Kriminaloberrat Christiansen in den Ruhestand getreten war, befand sich das Büro des ZKD-Leiters eine

Etage höher. Kriminalrat Lütjen hatte die Stelle vor zwei Jahren angetreten, war erst Ende dreißig und hatte bei Konrad Röverkamp und seinen Kollegen im Fachkommissariat anfangs einen schweren Stand. Sein Vorgänger war ein angenehmer Vorgesetzter gewesen, der auf seine Mitarbeiter eingegangen war und es verstanden hatte, die individuellen Fähigkeiten jedes Einzelnen für die gemeinsame Arbeit zu nutzen. Er hatte Röverkamp bei der Ermittlungsarbeit alle Freiheit gelassen, war aber wenn nötig stets mit Rat und Tat zur Stelle gewesen. Gemessen an Christiansens Größe und Gelassenheit, reichte der neue Leiter des Zentralen Kriminaldienstes als Mensch und Kriminalist noch nicht an ihn heran. Doch nachdem Lütjen es aufgegeben hatte, seine fehlende Erfahrung durch forsches Auftreten auszugleichen, waren sich der altgediente Hauptkommissar und sein junger Chef näher gekommen. Inzwischen verließ sich der Kriminalrat bei strategischen und ermittlungstaktischen Fragen schon mal auf Röverkamps Rat.

»Geht es um den Fall Sarah Peters? Dann kommst du am besten gleich mit.«

Marie schüttelte den Kopf. »Ich weiß nicht, worum es geht. Aber er hat ausdrücklich betont, dass er mit *dir* sprechen möchte.«

Der Hauptkommissar zuckte mit den Schultern. »Wann?«

»So bald wie möglich.«

Röverkamp schmunzelte und ließ sich auf seinen Bürostuhl fallen. »Das ist doch ein Angebot. Früher hätte er gesagt: sofort. Also schauen wir erst mal, wer oder was sonst noch auf uns wartet und was es Neues gibt.«

Marie schüttelte stumm den Kopf. »Es gibt nichts. Jedenfalls nichts Dienstliches.«

Aufmerksam sah Röverkamp seine Kollegin an. »Also privat? Steckt dein Vater in Schwierigkeiten? Hat er einen Kollegen beleidigt oder ihm gar bei einer Demo sein Transparent auf den Kopf gehauen?«

»Nein«, grinste Marie. »Seit die Frage nach der Elbvertiefung beim Gericht liegt, hat seine Bürgerinitiative Pause. Neuerdings interessiert er sich zwar für die Situation der Arbeiter aus den CuxStahl-Werken, aber die halten noch still. Wenn es zu öffentlichen Aktionen kommen sollte, ist er sicher dabei.«

»Was ist es dann?«

»Das erzähle ich dir später. Geh erst mal zu Lütjen! Vielleicht hat er Arbeit für uns. Wär auch nicht schlecht, wenn wir etwas Ablenkung bekämen. Mit den Ermittlungen zu Sarah Peters kommen wir einfach nicht von der Stelle. Das finde ich ziemlich frustrierend.«

»Also gut.« Röverkamp erhob sich. »Bis gleich.«

An der Tür drehte er sich noch einmal um. »Wenn ich zurück bin, gehen wir die Ermittlungsakten noch einmal durch. Vielleicht finden wir doch noch einen Ansatzpunkt.«

*

Kriminalrat Lütjen gehörte zu den Menschen, die von der Natur nicht mit imposanter Körpergröße ausgestattet worden waren. Auch darin unterschied er sich von seinem Vorgänger. Christiansen war stets leicht gebeugt aufgetreten, weil er ein hochgewachsener Mann und zugleich ein den Menschen zugewandter Charakter war, so dass er sich stets zu seinen Gesprächspartnern hinunterbeugen musste. Dagegen hielt sich Lütjen aufrecht und signalisierte schon durch seine Körperhaltung Disziplin und Strenge. Um größer zu wirken, trug er Schuhe mit verstärkten Sohlen und Absätzen.

Er deutete auf einen Besuchersessel. »Danke, dass Sie gleich gekommen sind. Nehmen Sie bitte Platz, Herr Kollege.«

Röverkamp setzte sich und sah seinen Vorgesetzten erwartungsvoll an. »Gibt es Arbeit für mein Kommissariat?«

Lütjen schüttelte energisch den Kopf. »Für morgen wurde kurzfristig ein Gespräch beim Leitenden Kriminaldirektor angesetzt. Thema ist die mittelfristige Personalplanung. Dazu wüsste ich gern etwas über Ihre Pläne.«

»Meine Pläne?« Irritiert hob Hauptkommissar Röverkamp die Schultern.

Der Kriminalrat schlug eine Akte auf. Form und Farbe deuteten auf eine Personalakte. »Sie sind Jahrgang 1952. Das heißt, Sie gehen nächstes Jahr in Pension.«

»Das hatte ich eigentlich nicht vor. Wenn es geht, würde ich gern länger ...«

»Es gibt zwei Möglichkeiten«, unterbrach Lütjen ihn. »Sie können die Altersgrenze auf Antrag hinausschieben. Bis zu einem Jahr. Das müssen Sie jetzt nicht entscheiden, es reicht, wenn Sie sechs Monate vorher einen Antrag stellen. Ich würde nur gern wissen, was Sie vorhaben.«

»Nur ein Jahr?«

»So ist es.« Lütjen nickte. »Allerdings gibt es noch eine Möglichkeit. Sie können Ihre Dienstzeit um zwei weitere Jahre, eventuell auch drei, verlängern, wenn die Dienststelle darlegen kann, dass Ihr Verbleib aus dienstlichem Interesse erforderlich ist.«

»Was heißt das?«

»Das heißt, wir müssen uns eine Begründung einfallen lassen, falls Sie wirklich länger im Dienst bleiben wollen. Das dürfte schwierig werden. Es sei denn, Sie arbeiten gerade an einem schwierigen Fall und die Ermittlungen würden erheblich zurückfallen, wenn Sie ausscheiden.«

»Also können wir jetzt keine Entscheidung treffen?«

»So ist es«, wiederholte Lütjen. »Aber wenn ich weiß, was Sie vorhaben, kann ich vielleicht im Vorfeld die Weichen entsprechend stellen. Also überlegen Sie bitte, wie Sie sich entscheiden wollen, und teilen Sie mir morgen früh das Ergebnis Ihrer Überlegungen mit. Einverstanden?«

Röverkamp zuckte mit den Schultern. »Mir bleibt nichts anderes übrig. Aber so viel kann ich Ihnen schon jetzt sagen. Ich würde gern noch einige Jahre arbeiten. Um genau zu sein: noch vier Jahre. Dann kann meine Lebensgefährtin eventuell in Altersteilzeit gehen.«

*

Die Neugier stand Marie Janssen ins Gesicht geschrieben, als der Hauptkommissar in ihr gemeinsames Büro zurückkehrte. »Und?«

»Kein neuer Fall.« Röverkamp ließ sich auf seinem Stuhl nieder. »Dafür ein schwerer.«

Marie zog die Augenbrauen zusammen. »Wie – schwerer?«

»Der Fall bin ich. Es geht um meine Zukunft. Auf Amtsdeutsch: den Verbleib im Dienst über die Altersgrenze hinaus.«

»Altersgrenze?«

»Du hast anscheinend vergessen, dass du es mit einem Auslaufmodell zu tun hast. Von Rechts wegen gehe ich nächstes Jahr in Pension.«

»Aber du bist doch noch gar nicht ...«

»So alt? Finde ich ja auch. Aber schau dich mal um! Die meisten Kollegen sind mit sechzig fertig. Für die sind zweiundsechzig Jahre schon zu viel. Aber ich fühle mich fit, die Arbeit macht mir Spaß, und ich würde gern noch zwei oder drei Jahre dranhängen. Das geht aber nur aus dienstlichem Interesse. Lütjen müsste das bestätigen.«

»Das wird er doch tun, wenn du es willst. Oder?«

Röverkamp breitete die Arme aus und hob die Hände. »Vielleicht. Vielleicht auch nicht. Wir müssen abwarten. Mindestens bis nächstes Jahr. Aber nun haben wir genug über mein Problem geredet. Was wolltest du mir sagen?«

Unschlüssig kaute Marie auf ihrer Unterlippe. Wenn Konrad in einem Jahr pensioniert wird, dachte sie, wird ein anderer Kollege die Leitung des Fachkommissariats übernehmen. Dann ist erst recht unklar, wie ich nach der Rückkehr aus einer längeren Beurlaubung eingesetzt werde. Besser ich nehme nur den normalen Mutterschaftsurlaub in Anspruch. Aber wer kümmert sich um mein Kind? Mama wäre sicher glücklich, wenn sie diese Aufgabe übernehmen könnte. Will ich das?

»Du wolltest mir vorhin etwas sagen«, unterbrach Konrad ihre Gedanken.

Marie nickte. »Ich werde wohl im Herbst ... für einige Zeit ... nicht ... im Dienst sein. Ich ... bin ... schwanger.«

Ihr Chef sprang auf. »Das ist ja mal eine schöne Nachricht! Ich gratuliere dir!« Er umrundete den Schreibtisch und nahm Marie in die Arme. »Ich hoffe, du fühlst dich gut.«

»Mir geht's wunderbar«, strahlte Marie. Sie dachte an Felix und seine Berührungen. In dem Augenblick spürte sie ein Kribbeln auf der Haut und eine warme Welle durch ihren Körper rollen. Doch davon konnte sie Konrad nichts erzählen. Verlegen entzog sie sich seiner Umarmung. »Wir wollten die Akten noch einmal durchgehen«, stieß sie hastig hervor. Ihr Kollege nickte und trat einen Schritt zurück. Doch Marie schoss noch ein anderer Gedanke durch den Kopf. »Konrad, das bleibt erst mal unter uns, ja?«

»Selbstverständlich. Aber du solltest Lütjen bald informieren. Dann stellt er dich vom Außendienst frei.«

»Aber …«, entgeistert starrte Marie ihren Kollegen an. »Das will ich doch gar nicht.«

Röverkamp lächelte.

*

Der dritte Mann hieß also Tom Steiner. Wie Bleeker gehörte er zur Offshore Consulting Hamburg. Dank Google hatte Daniel rasch die Internetseite der Firma gefunden. Dort warb die OCH mit einem Mitarbeiterpool aus qualifizierten Ingenieuren, Betriebswirten und Spezialisten für Windkraft. Neben dem Logo und dem Foto eines Offshore-Windparks posierte Firmeninhaber Ralf Scharnagel mit den beiden Mitarbeitern. Die drei Männer trugen leuchtend gelbe Sicherheitshelme zu ihren dunklen Anzügen und standen breitbeinig auf der Arbeitsplattform einer Windkraftanlage. Steiner wurde als Geschäftsführer und Chef-Ökonom der OCH, Bleeker als Leiter der Logistikabteilung bezeichnet.

Scharnagel war deutlich älter als seine beiden Angestellten. Es fiel Daniel schwer, das Alter der Männer zu schätzen. Steiner und besonders Bleeker mussten deutlich unter fünfzig sein, während die grauen Haare ihres Chefs vermuten ließen, dass er schon über sechzig war.

Im Hamburger Telefonbuch suchte er nach dem Namen Steiner. Es gab viele Einträge, aber keinen mit dem Vornamen Tom. Wäre auch zu einfach gewesen. Manager seines Kalibers ließen ihre private Telefonnummer wohl nicht veröffentlichen. Bei Google stieß er zwar auf den Gesuchten, doch alle Informationen bezogen sich auf dessen Tätigkeit bei der OCH. Auch bei Facebook gab es zahlreiche Steiners, doch keinen Tom. Aber vielleicht gehörte einer von denen zur Familie, das würde er später recherchieren. Katharina von Rosenbach hatte davon gesprochen, dass er geschieden sei. Möglicherweise gab es ein Kind. Oder eine neue Frau. Zuerst würde er herausfinden, wo der Mann wohnte. Wahrscheinlich hatte seine Firma auch für ihn eine Ferienwohnung angemietet. Morgen würde er sich unauffällig umhören.

7

Der Anblick des Hubsteigers erinnerte Daniel an den tödlichen Sturz des Technikers, von dem Metallbaumeister Tönjes gesprochen hatte. Interessiert beobachtete er den Korb, der an einem Ausleger in jede Position gefahren werden konnte. Auch die Arbeitsbühne selbst ließ sich hydraulisch in alle Richtungen steuern. Die Bewegungen des Steigers wurden vom charakteristischen Surren der Hydraulikpumpen und Elektromotoren im Fahrgestell begleitet.

Offenbar kontrollierte der Mann in über zwanzig Metern Höhe gerade eine Schweißnaht. Dafür hatte er die Tür des Korbes zur Seite geschoben und führte ein Gerät über die Außenwand des stählernen Ungetüms. Daniel stellte sich vor, dass die Arbeitsbühne plötzlich zurückfuhr. Der Techniker würde unweigerlich abstürzen.

»Interessanter Job. Wär das was für dich?« Der Meister war neben Daniel getreten und folgte seinem Blick nach oben. »Dafür ist nicht jeder geeignet.«

»Muss man wohl schwindelfrei sein.«

»Stimmt«, bestätigte der Meister. »Aber es gehört noch einiges dazu. Interessiert es dich? Dann erzähle ich dir gerne mehr. Sollst ja schließlich bei uns ein bisschen was lernen.«

Dankbar ergriff Daniel die Chance. »Das wäre cool. Die Technik ist voll krass. Würde mich interessieren, wie das alles funktioniert. Besonders die Steuerung. Kann man den Korb auch von hier unten bewegen?«

*

Während Daniel konzentriert den Ausführungen des Metallbaumeisters folgte, entwickelte sich vor dem offenen Hallentor eine Auseinandersetzung. Einige Arbeiter hatten einen Mann umringt und führten eine heftige Diskussion, die von Minute zu Minute lauter wurde.

»Wir machen später weiter.« Der Meister stand auf und strebte durch die Halle auf die Gruppe zu.

Unschlüssig sah Daniel ihm nach. Schließlich siegte die Neugier, und er folgte ihm. Je näher er den Männern kam, desto deutlicher verstand er, was sie sagten.

»Die verarschen uns doch. Vor vier Wochen haben sie noch gesagt, es gibt keine Entlassungen mehr. Und jetzt sollen plötzlich doch wieder Leute gehen.« Die Stimme gehörte einem rothaarigen Arbeiter mit Sommersprossen im Gesicht und auf den Unterarmen. »Genau«, rief ein anderer. »Diese sogenannten Sanierer machen uns endgültig kaputt. Sorgt dafür, dass sie verschwinden! Der Alte soll diesen Scharnagel in den Arsch treten und sich selbst um seinen Laden kümmern.«

»Herr Bannack hat alles versucht. Die Banken ziehen nicht mehr mit. Sie wollen Sicherheiten. Bürgschaften vom Land oder vom Bund. Das ist das Problem, nicht die Offshore Consulting.«

»Das ist unser Betriebsratsvorsitzender. Der schöne Schubert«, erklärte Manfred Tönjes, als Daniel die Gruppe erreichte. »Einige von uns glauben, dass er nicht mehr unsere Interessen vertritt. Besonders Mats Flemming.« Er deutete auf den Rothaarigen. »Wenn Mats aus der Kiepe huckt, wird es gefährlich. Der hat schon mal einen … Ach, vergiss es! Das ist lange her.«

»Offshore Consulting«, äffte einer der Männer den Betriebsrat nach. »Wenn ich das schon höre! Die können wohl kein Deutsch.

Alles, was die können, ist kaputtsparen. Das nennen sie dann umstrukturieren. Ha, dass ich nicht lache!«

»Der soll kommen und uns verklickern, wie er die Produktion retten will«, rief Flemming. »Mit noch weniger Leuten und billigerem Material. Sollen wir Stahl aus China kriegen?«

»Ja«, riefen einige Männer. »Der Scharnagel soll kommen und uns das mal erklären.«

»Oder seine Tochter schicken«, rief ein anderer. »Der zeigen wir dann, wo bei uns der Hammer hängt.« In das Gelächter der Männer mischte sich erneut die Stimme des Betriebsrats. »Ich werde mit dem Chef reden. Vielleicht kann tatsächlich jemand von denen die Details besser erklären. Ich werde mich dafür einsetzen, dass ein Gespräch stattfindet. Mit Bannack und Scharnagel. Kann aber ein paar Tage dauern. Die Herren haben zurzeit viele Termine. Wer von euch dabei sein will ...« Der Rest ging im Stimmengewirr der Arbeiter unter.

»Komm!« Tönjes stieß Daniel an. »Wir kümmern uns wieder um den Hubsteiger. Du wolltest noch was über die externe Steuerung wissen. Ich zeig's dir.«

*

Als Daniel an diesem Tag das Werksgelände verließ, kreisten seine Gedanken um den Korb des Hubsteigers. Ein Arbeitsunfall wäre ideal. Vor seinem inneren Auge sah er einen Menschen in großer Höhe arbeiten, den Halt verlieren und in die Tiefe stürzen. Aber wie konnte er dafür sorgen, dass sich die richtige Person zur richtigen Zeit auf der Arbeitsbühne befand?

»Hallo! Hast du einen Augenblick Zeit?« Er schreckte auf, als plötzlich ein Mann vor ihm stand. Groß und schlank, so um die dreißig. Und sein Gesicht kam Daniel nicht ganz fremd vor. Irgendwo hatte er es schon einmal gesehen. Er sah ihn freundlich und aus wachen Augen an. Unschlüssig hob Daniel die Schultern.

Der Mann streckte die Hand aus. »Ich heiße Felix. Felix Dorn. Ich arbeite bei den Cuxhavener Nachrichten. Die Zeitung kennst du sicher.«

Daniel las zwar meistens nur den Sportteil, aber das Foto des Redakteurs hatte er schon gesehen. Er ergriff die Hand. »Ja, kenne ich. Mein Name ist Daniel Peters.«

»Ich würde mich gern mit dir unterhalten, Daniel. Hast du Lust auf ein Bier?« Dorn zeigte in Richtung Stadt. »Vielleicht möchtest du was essen. McDonald's? Oder Pizza King? Ich kann dich mitnehmen.« Mit dem Kopf deutete er auf einen rot-weißen Mini Cooper.

Die Aussicht, in diesem Flitzer fahren zu können, erschien Daniel verlockender als Pizza und Burger zusammen. »Aber mein Fahrrad …«

»Ich bringe dich wieder her. Dauert alles in allem weniger als eine Stunde. Was meinst du?«

Wenig später schoss der Mini über die Neufelder Straße in Richtung Zentrum. Bewundernd betrachtete Daniel die Instrumente am Armaturenbrett und genoss die Beschleunigung des kleinen Wagens. Was für ein Auto! Nachdem er den Führerschein gemacht hatte, durfte er gelegentlich den Corsa seiner Mutter benutzen, doch das war kein Vergleich zu diesem flotten Flitzer.

Viel zu schnell erreichten sie die Innenstadt. »Wenn du keine besonderen Wünsche hast, fahren wir zur *Kiste*«, schlug Felix Dorn vor. »Einverstanden?«

Daniel nickte. Ihm war jeder Ort recht. Und die Kneipe kannte er. Hier traf er sich gelegentlich mit Schulfreunden auf einen Cocktail.

In der Schillerstraße fand Dorn eine Parklücke und kurvte geschickt hinein. »Die haben hier leckere Tapas. Besser als Burger oder Pizza. Ich lade dich natürlich ein.«

»Worüber wollen Sie eigentlich mit mir sprechen?«, fragte Daniel, als sie aus dem Wagen stiegen.

»Du!«, erwiderte Dorn. »Felix und Du. Okay?« Er ließ die Tür zufallen und umrundete den Wagen. »Über die CuxStahl. Du gehörst doch nicht zur Belegschaft, oder? Wahrscheinlich machst du gerade ein Praktikum. Richtig?«

»Stimmt.« Daniel fand zunehmend Gefallen an der Situation. Der Redakteur behandelte ihn wie einen Gleichaltrigen, nahm sich Zeit, obwohl er bestimmt viel zu tun hatte. Als Journalist hatte er die Möglichkeit, mit ganz anderen Gesprächspartnern zusammenzukommen, konnte mit wirklich wichtigen Leuten reden, statt mit einem Praktikanten. »Wie kommen Sie ... Wie kommst du darauf?«

Felix Dorn lachte. »Berufserfahrung. Menschen werden durch ihre Arbeit geprägt. Wer dauerhaft in der Branche arbeitet, sieht anders aus als du. Komm, jetzt trinken wir erst mal einen Schluck. Und dann erkläre ich dir, was wir zusammen für die CuxStahl tun können.«

*

Katharina von Rosenbach war angenehm überrascht. Das Ferienappartement, in dem Jesko sie empfing, entsprach nicht dem üblichen Standard. Es wirkte geräumig, hatte mehrere Zimmer und war geschmackvoll und hochwertig ausgestattet. Das Bad besaß einen Doppelwaschtisch mit glänzenden Armaturen, eine elegante Runddusche und ein Bidet. Während sie sich vor dem riesigen Spiegel die Lippen nachzog und sich ein wenig Parfüm hinter die Ohren tupfte, registrierte sie zufrieden, dass die helle Beleuchtung keineswegs nachteilig für ihr Aussehen war. Sie hatte sich für ein enges rotes Kleid entschieden, das zwar hochgeschlossen war, dessen Stoff aber ausreichende Transparenz gewährleistete. Nach Jeskos allzu kurzem Besuch im Hotel hatte sich ihr Bedürfnis, die Begegnung in aller Ruhe und ausführlicher Langsamkeit zu wiederholen, fast stündlich verstärkt. Noch wusste sie nicht, was sie von der Beziehung zu dem Angestellten ihres Vaters halten sollte, doch stand immerhin fest, dass er ein guter Liebhaber und in der Lage war, sie zu den Gipfeln der Lust zu treiben. Darum hatte sie ihn beim Abschied gefragt, was er von einem Gegenbesuch hielte.

In ihrer Vorstellung drängte sich ihr Körper bereits gegen seinen, strichen ihre Hände über seinen Rücken und den flachen Bauch und provozierten vielversprechende Reaktionen. Seufzend verabschiedete sie sich von ihrem Spiegelbild. Jesko hatte in der schicken Küche einen Imbiss vorbereitet, auf einem kleinen Tisch vor dem Balkonfenster standen Gläser und ein Sektkühler. Sie sollte sich bremsen und das Spiel der bewussten Verzögerung als Steigerung der Vorfreude betrachten.

Er öffnete bereits eine Champagnerflasche, als sie den Wohnraum durchquerte. »Was für ein schöner Abend!« Er deutete zur Nordsee, die sich vom Strand bis zu einer scharfen Linie am Horizont ausbreitete.

»Und was für eine Aussicht«, fügte Katharina hinzu und trat neben ihn. Die Abendsonne beleuchtete das Meer, in dem sich die Farbe des Himmels spiegelte, und eine Reihe von Schiffen, die in der Fahrrinne unterwegs waren. Riesige Containerfrachter, kleine Schlepper und ein tausendfach leuchtendes weißes Kreuzfahrtschiff.

Jesko nickte und schenkte ein. »Freut mich, dass es dir gefällt.« Er reichte ihr ein Glas und berührte dabei ihre Hand. »Auf dein Wohl!«

Katharina durchfuhr ein Schauer. Wie gern hätte sie jetzt das Glas abgestellt und ihrem Bedürfnis nach intimen Berührungen nachgegeben. Stattdessen ging sie auf den Ritus ein, stürzte aber den gesamten Inhalt des Champagnerglases hinunter.

Nachdem Jesko nachgeschenkt hatte, trat er neben sie, legte eine Hand auf ihre Hüfte und ließ seine Finger langsam über ihren Rücken wandern. Die Wirkung ließ nicht auf sich warten. Gänsehaut am ganzen Körper, Hitze im Nacken. Katharina wusste plötzlich, dass sie das Essen nicht würde abwarten können. Sie leerte das zweite Glas, stellte es ab, schlang ihre Arme um Jeskos Hals und zog ihn zu sich heran. Während Lippen und Zungen einander fanden, presste sie ihren Unterleib gegen Jeskos Lenden.

Sekunden später zerrte sie ihn zur Couch und drückte ihn auf das kühle Leder. Die Umarmung, aus der sie sich nur halb gelöst hatte, geriet zur Ekstase. Mit fliegenden Händen zog sie Jesko das Hemd über den Kopf, ließ eine Hand unter seinen Gürtel gleiten und löste die Schnalle. Jesko öffnete den Reißverschluss auf ihrem Rücken, das Kleid glitt von den Schultern. Katharina streifte es ab, nahm seine Hand und führte sie.

Erst als sie, in ein Laken gewickelt, an dem kleinen Küchentisch saß, heißhungrig kalte Austern schlürfte und Jeskos Anblick genoss, der ihr unbekleidet gegenübersaß, abwechselnd Zitronensaft über die Muscheln träufelte und ein Baguette in kleine Stücke schnitt, begann ihr Gehirn wieder normal zu arbeiten.

»Ich weiß nicht, ob das mit uns eine Zukunft hat. Aber die Gegenwart ist … der totale Wahnsinn.«

Jesko hob die Schultern. »Genieße den Augenblick, denn der Augenblick ist dein Leben.«

Katharina schluckte eine Auster. »Klingt gut. Trotzdem mache ich mir Gedanken über meine Zukunft. Bald gehöre ich zu den Frauen über vierzig. Dann kommen die Jahre des Rückblicks, seltener des Aufbruchs, manchmal des Wechsels. Irgendwann werde ich mich fragen: Soll das alles gewesen sein?«

Verständnislos sah Jesko sie an. »Das betrifft dich doch nicht! Eine Frau wie du …«

»… wird nicht älter?« Katharina lachte bitter. »Leider doch. Und ich fürchte mich davor. Beruflicher Erfolg, gesellschaftliche Anerkennung, himmlischer Sex sind nicht alles. Jedenfalls beschleicht mich manchmal die Ahnung, ich sollte mich auf ein anderes Leben vorbereiten, das gegenwärtige kann schnell zu Ende sein.«

»Meinst du nicht, dass du dafür noch Zeit hast? Lebe hier und jetzt! Denke nicht an morgen! Vielleicht gibt es gar kein Morgen.«

»Wirst du jetzt philosophisch? Ich meinte das schon ein bisschen ernst.« Katharina stürzte ein Glas Champagner hinunter. Sie schloss die Augen, genoss das Prickeln auf der Zunge, am Gaumen und im Rachen. Schließlich hielt sie Jesko das leere Glas zum Nachfüllen hin. »Vielleicht hast du Recht. Lass uns nicht an morgen denken! Stoß mit mir an! Auf die schönen Stunden.«

*

Tom Steiner fand sich plötzlich kurz vor dem Ziel. Offenbar sah Scharnagel in ihm einen potentiellen Schwiegersohn. Seine Tochter war aus Berlin zurückgekehrt und schien im Begriff, sich von ihrem Mann zu trennen. Damit waren wichtige Weichen gestellt. Das Schicksal hatte Entscheidungen getroffen. Oder war es eher sein Chef? Vielleicht beide zusammen. Nicht zuletzt hatte Steiner selbst dazu beigetragen, indem er Disziplin, Zeit und Leidenschaft in seine Karriere bei der Offshore Consulting investierte. Oft genug hatte er die eigenen Bedürfnisse zurückgestellt, um sich unentbehrlich zu machen. Die Strategie hatte sich ausgezahlt. Wenn die Sanierung der CuxStahl gelänge, wäre dies ein weiterer Höhepunkt seiner Erfolgsbilanz. Und wenn es ihm gelang, Katharina zu gewinnen, gäbe es für die Nachfolge des Firmenchefs keinen Konkurrenten mehr. Jesko Bleeker würde sich mit der Rolle des zweiten Mannes zufriedengeben müssen. Zwar verstand Jesko von Offshore-Windkraft mehr als er, aber letztlich kam es auf die Zahlen an, nicht auf eine noch so moderne oder innovative Technik.

Wahrscheinlich war es ein Fehler gewesen, dass er in der Vergangenheit wenig Interesse an Scharnagels Tochter gezeigt hatte. Obwohl ihn Katharinas Schönheit faszinierte und ihn eine geradezu schmerzhafte Sehnsucht nach ihrem Körper befiel, wenn er sie sah, war er bisher von falschen Voraussetzungen ausgegangen. Die Hochzeit mit Johann Jakob Ferdinand von Rosenbach war dermaßen prunkvoll und mit viel Prominenz im Hotel Vier Jahreszeiten gefeiert worden, dass Steiner, der aus kleinbürgerlichen Verhältnissen stammte, deutlich gespürt hatte, wie weit Katharina von ihm entfernt war. Dieses Bewusstsein und die Annahme, sie und der Berliner Künstler hätten aus Liebe geheiratet, hatten ihm jedes Bemühen um die junge Frau aussichtslos erscheinen lassen. Später war von zahlreichen Eskapaden die Rede gewesen, bei denen Katharina jüngere Männer bevorzugt haben sollte. Nicht zuletzt war er selbst beziehungsgeschädigt, zahlte Unterhalt für seine Ex und seine Tochter, die er über alles liebte, aber nur selten zu Gesicht bekam.

Von seiner gescheiterten Ehe wusste auch Scharnagel. Dennoch hatte er ihn ermuntert, um seine Tochter zu werben. Das änderte alles. Plötzlich erschien Steiner die Zukunft in einem neuen Licht. Deutlich sah er die Szene vor sich. Nicht in den Vier Jahreszeiten. Aber vielleicht in der Alsterlounge. Zum Anlass seiner Hochzeit mit Katharina würde ihm Ralf Scharnagel symbolisch den Schlüssel für die Offshore Consulting Hamburg übergeben. Der Wirtschaftssenator würde ihn beglückwünschen, über die Heirat und die Regelung der Nachfolge würde nicht nur im Abendblatt, sondern auch in der WirtschaftsWoche berichtet. Damit wäre er endgültig in der Hamburger Gesellschaft angekommen.

Nachdem er in Scharnagels Auftrag mit Katharina telefoniert und einige E-Mails mit ihr ausgetauscht hatte, hatte sie sich überraschend kurzfristig entschlossen, nach Cuxhaven zu kommen. Er hatte für sie eine Suite im Hotel Alte Liebe gebucht. Vielleicht konnte er sie dort treffen. Oder sollte er anrufen, um sich mit ihr zu verabreden? Er stellte sich vor, wie sie zum Telefon griff. Um diese Zeit war sie wahrscheinlich dabei, sich für den Abend umzuziehen. Vielleicht duschte sie gerade. Steiner genoss das Bild mit geschlossenen Augen. Schließlich griff er zum Smartphone und ließ sich die Nummer des Hotels anzeigen. Doch in dem Augenblick, als der Rufton zum ersten Mal erklang, legte er wieder auf. Eine persönliche Begegnung erschien ihm günstiger. Er warf einen Blick auf die Uhr. Noch war es dafür nicht zu spät.

Das Haus am Seedeich war ursprünglich ein kleines, aber feines Hotel mit mehr als hundertjähriger Tradition gewesen. Anfang der Neunzigerjahre hatte der Cuxhavener Hotelier Börnsen das Anwesen vergrößert, die Gemäuer renoviert, erweitert und aufgestockt und es zum ersten Haus am Platz gemacht. Während andere Häuser noch immer den Charme der Siebzigerjahre ausstrahlten und ihren Gästen ein gediegen-plüschiges Ambiente boten, hatte Börnsen und später sein Schwiegersohn Christopher Hansen für eine zeitgemäße Innenarchitektur und moderne Ausstattung gesorgt, ohne das hanseatische Flair aufzugeben. Das Konzept war offenbar aufgegangen. Im Hotel Alte Liebe ein Zimmer zu bekommen, war zu jeder Jahreszeit schwierig. Es hatte jedoch nur einer SMS von Scharnagel an einen Parteifreund bedurft, und schon war der Weg für die Reservierung frei gewesen. Steiner hatte für Katharina die teuerste Suite gebucht. Bei ihrer ersten Begegnung im Chefbüro der CuxStahl hatte sie ihm beiläufig dafür gedankt.

Am Empfang wurde er freundlich begrüßt. Offenbar erinnerte man sich an die Buchung. »Tut mir leid«, erklärte der Empfangschef nach einem Blick auf seinen Monitor bedauernd. »Frau von Rosenbach ist nicht im Haus. Möchten Sie eine Nachricht hinterlassen?«

Steiner schüttelte den Kopf. »Danke. Ich warte noch ein wenig.« Er sah sich um. »Drüben an der Bar. Wenn Sie so freundlich wären …«

»Selbstverständlich. Ich informiere Frau von Rosenbach, wenn sie kommt.«

Nach einem Bier und einem Aquavit begann er, an seinem Vorhaben zu zweifeln. Zwei Getränke später waren die Bedenken verflogen. Vor seinem inneren Auge entstand eine vielversprechende Szene. Katharina durchquerte das Foyer, wurde am Empfang auf ihren Besucher aufmerksam gemacht, erschien an der Bar und begrüßte ihn mit einem Kuss auf die Wange. Seiner Umarmung, die ein wenig inniger ausfiel, als es unter Kollegen üblich war, entzog sie sich nicht. Im Gegenteil, er spürte ihren Busen an seiner Brust und ihre Schenkel an seinen. Wenig später befanden sie sich in Katis Zimmer und halfen sich gegenseitig aus der Kleidung.

»Haben Sie noch einen Getränkewunsch?« Die Stimme der Bardame riss ihn aus seinen Träumen. Sie deutete auf sein leeres Glas. »Der Jubiläumsaquavit scheint Ihnen gut zu bekommen. Sie strahlen Zufriedenheit aus.«

Erstmals registrierte Steiner das üppige Dekolleté der Frau.

»Danke, sehr aufmerksam.« Er hob das frisch gefüllte Glas und beugte sich vor. »Ich warte auf eine Dame«, erklärte er. »Wirklich zufrieden bin ich erst, wenn sie kommt.«

Katharina von Rosenbach erschien, als Steiner sich gerade entschlossen hatte zu zahlen. Die Kreditkarte fiel ihm aus der Hand und landete auf dem Fußboden. Beim Versuch, vom Barhocker zu gleiten, um die Karte aufzuheben, verlor er das Gleichgewicht und rutschte zwischen Theke und Hocker. Als er sich aus der misslichen Lage befreit hatte, stand sie plötzlich vor ihm.

»Was verschafft mir die Ehre Ihres Besuches, Herr Steiner?« Katharina trug ein elegantes rotes Kleid, ihre Augen leuchteten spöttisch und ihr Haar wirkte leicht zerzaust. Sie sah atemberaubend aus.

»Ich wollte, dachte … Guten Abend, Frau von Rosenbach. Entschuldigen Sie die späte Störung. Darf ich Sie zu einem Glas Champagner einladen?«

Katharina lächelte amüsiert, schwang sich mit einer eleganten Bewegung auf den Barhocker neben ihm und kreuzte die Beine. Ihr Anblick trieb Steiner Schweißperlen auf die Stirn. »Sehr gern. Danke! Für Champagner bin ich immer zu haben.«

Im nächsten Augenblick standen zwei beschlagene Gläser auf der Theke, und Steiner stieß mit ihr an. »Auf ein erfolgreiches Projekt!«

»Sie wollen doch jetzt nicht mit mir über die Arbeit reden, oder?«

Steiner schüttelte den Kopf und versuchte die Kurve zu kriegen. »Entschuldigung! Ich meinte natürlich Ihren ganz persönlichen Erfolg. Also trinken wir auf Sie! Cuxhavens derzeit beste Ingenieurin.«

Die Gläser klirrten. »Das klingt schon besser.« Katharina sah ihn prüfend an. »Und was kommt nun?«

Aus Verlegenheit leerte Steiner sein Glas, suchte fieberhaft nach einer intelligenten Wendung in die von ihm gewünschte Richtung. Abenteuerliche Formulierungen schossen ihm durch den Kopf, doch kein einziges Wort, kein Satz wäre geeignet gewesen, ihn seinem Ziel näher zu bringen. »Ich wollte einfach mal mit Ihnen reden«, stieß er schließlich hervor. »Außerhalb der Arbeit. Sie sind …« Er brach ab. Eine ungewöhnliche Frau? Die Tochter des Chefs? Eine attraktive Kollegin? Lächerlich, ihr etwas mitzuteilen, was sie längst wusste. Er öffnete den Mund und schloss ihn wieder, ohne den Satz zu beenden.

Sie rettete ihn schließlich, indem sie der Bardame bedeutete, sein Glas zu füllen. »Bevor wir weiterreden, Herr Kollege, sollten wir die Dinge ein wenig vereinfachen. Wir werden in der Tat in nächster Zeit eng zusammenarbeiten, darum schlage ich vor, dass wir uns duzen.« Sie hob ihr Glas und stieß nun ihrerseits mit ihm an. »Einverstanden, Tom?«

»Sehr einverstanden, Kati. Auf ... dein Wohl!«

»Gut. Und nun sage ich dir, warum du gekommen bist.« Sie machte eine bedeutungsvolle Pause. »Du willst mit mir ins Bett.«

Tom Steiner verschluckte sich am Champagner und wurde von einem Hustenanfall geschüttelt. Als er wieder normal atmen und sprechen konnte, spürte er die Hitze in den Wangen. Ob aus Verlegenheit oder von der Anstrengung, spielte jetzt keine Rolle mehr. Er hatte sich unmöglich gemacht, und obendrein hatte Katharina ihn durchschaut. Am liebsten wäre er im Erdboden versunken.

Zu seiner Überraschung lächelte sie nachsichtig und nahm seine Hand. »Ist doch keine schlechte Idee. Man lebt nur einmal, und zwar hier und jetzt. Komm, wir gehen auf mein Zimmer.«

Er hatte das Gefühl, neben sich zu schweben und eine unwirkliche Szene zu beobachten. Ralf Scharnagels Tochter zog ihn, Tom Steiner, aus der Bar, durchquerte mit ihm im Schlepptau das Foyer, drückte den Knopf für den Lift, schob ihn durch die sich öffnenden Türen. In der Kabine drängte sie ihn gegen die Wand und küsste ihn. Das Blut rauschte in seinen Ohren, als sich ihre Zungen umkreisten und er ihren Duft einsog. Sie schmeckte nach Champagner und Meeresfrüchten, roch nach einem edlen Parfüm, einer Mischung aus Limette, Apfel und Zeder. Übertönt wurden die Aromen jedoch durch einen anderen Duft. Katharina von Rosenbach verströmte den unverkennbaren Geruch eines jüngst vollzogenen Liebesaktes.

8

Surrend bewegte sich der Korb des Hubsteigers mit seinem teleskopartigen Ausleger an der Außenwand des Tripiles entlang aufwärts und trug die menschliche Arbeitskraft in schwindelerregende Höhe. Solche Untersuchungen, Reparaturen und Montagearbeiten gehörten in der Fertigungshalle der CuxStahl zum Alltag. Trotzdem verfolgten stets einige Augenpaare die Männer bei ihrer gefahrvollen Tätigkeit. Gewöhnlich waren sie zu zweit. Heute befand sich nur eine Person im Korb. Fast alle Anwesenden legten den Kopf in den Nacken, um sich das Schauspiel nicht entgehen zu lassen. Zum ersten Mal sahen sie einer Frau bei diesem Spektakel zu, eine willkommene Abwechslung.

Langsam tastete sich Katharina von Rosenbach an den Schweißnähten entlang, bestrich den Stahl mit einem Gleitmittel und bewegte das Ultraschallgerät Zentimeter für Zentimeter über die Außenhaut des stählernen Riesen. Wenn der Korb anhielt, schwankte der Ausleger, der gut fünfzehn Meter in die Höhe ragte, ein wenig. Nach einiger Zeit wurden die hydraulischen Stützen eingefahren, das elektrisch betriebene Fahrgestell am Boden setzte sich in Bewegung, manövrierte die Bühne um einen halben oder ganzen Meter weiter und ließ die Stützen wieder ausfahren. Dann steuerte die Ingenieurin ihren beweglichen Arbeitsplatz erneut an die Stahlwand und untersuchte den nächsten Abschnitt.

An der Seite von Metallbaumeister Tönjes beobachtete auch Daniel die Frau. »Was macht die da?«

»Qualitätskontrolle.« Sein Ton war abfällig. Als traute er ihr diese Tätigkeit nicht zu. Daniel fragte nach. »Was genau wird denn da oben untersucht?«

»Alles Mögliche. Ob die Schweißnähte in Ordnung sind, wo es Poreneinschlüsse gibt oder Materialfehler.« Der Meister schüttelte den Kopf. »Als ob wir das nicht selber könnten. Aber neuerdings mischt sich die Consulting überall ein. Die wollen alles mit eigenen Augen sehen und mit eigenen Händen anfassen.«

Nach und nach wandten sich die Männer wieder ihrer Arbeit zu. Besonderheiten waren nicht zu erkennen, die Frau verhielt sich nicht anders als ihre männlichen Kollegen. Sie sah vom Hallenboden aus betrachtet auch nicht anders aus, und so ließ das Interesse rasch nach.

Bis etwas geschah, was niemand wirklich erwartet hatte, obwohl es natürlich nicht ausgeschlossen war, denn schon einmal war ein Techniker aus großer Höhe abgestürzt. Die Motoren des

Fahrgestells drehten plötzlich hoch, bewegten den Ausleger ruckartig zur Seite, so dass er ins Schwanken geriet und die Bühne des Hubsteigers eine elliptische Bewegung vollführte, an deren Ende sie gegen die Metallwand schlug. Entsetzt sahen die Männer am Boden zu, wie die Figur im blauen Overall aus dem Korb geschleudert wurde. Ein gellender Schrei erklang, der Sicherheitshelm flog davon, lange blonde Haare breiteten sich aus, bildeten einen Schweif am abstürzenden Körper. Bis zum dumpfen Aufschlag.

Daniel erwachte aus seiner Erstarrung, als Männer aus allen Ecken der Halle auf die Unfallstelle zuliefen, laut nach dem Notarzt riefen und einer der Ingenieure in sein Handy sprach. Wenig später kamen zwei Manager und der Betriebssanitäter aus dem Verwaltungsgebäude gerannt. Der Ring, den die Arbeiter um die Unfallstelle gebildet hatten, teilte sich und schloss sich wieder. Was dahinter geschah, konnte Daniel nicht erkennen.

»Du gehst jetzt besser«, murmelte Tönjes neben ihm mit bebender Stimme. »Das ist kein Anblick für junge Menschen wie dich. Pack deine Sachen und geh nach Hause!«

Irritiert sah Daniel den Meister an, dem die Farbe aus dem Gesicht gewichen war und dessen Hände zitterten. »Aber … meine Arbeit …«

»Kannst du morgen fertig machen. Geh jetzt.« In den Augenwinkeln des alten Mannes sah Daniel Tränen glitzern.

Als er das Werksgelände verließ, war der Rettungswagen bereits eingetroffen. Ein Arzt und zwei Sanitäter kümmerten sich um das Unfallopfer. Vor dem Tor zog er sein Mobiltelefon aus der Tasche. Felix Dorn hatte ihm seine Handynummer gegeben und ihn gebeten, Augen und Ohren offen zu halten. Und ihn zu informieren, wenn er etwas Besonderes oder Auffälliges bemerken würde. Der Sturz der Ingenieurin war ganz gewiss ein besonderes Ereignis.

»Kannst du ein Foto machen?«, fragte Felix sofort.

»Ich bin schon draußen. Höchstens vom Rettungswagen auf dem Werksgelände. Mit der Halle im Hintergrund. Ist das okay?«

»Wunderbar!« Der Redakteur klang begeistert. »Schick es mir mit WhatsApp auf mein Handy. Oder per E-Mail.« Er nannte die Adresse.

*

»Was für eine Sauerei!« Ralf Scharnagel knallte die Cuxhavener Nachrichten auf den Schreibtisch. »Diese Schmierfinken machen vor nichts Halt«, brüllte er. »Woher hat der das? Haben diese Idioten von der CuxStahl nichts Besseres zu tun, als ihren eigenen Mist brühwarm an die Presse zu liefern? Mit Foto! Irgendein Schwachkopf muss denen das verkauft haben! In den nächsten Tagen will ich euch hier nicht sehen. Ihr seid drüben in der Fertigung, übernehmt Katis Kontrollen und findet heraus, wer die Informationen weitergegeben hat. Bietet den Leuten Geld. Der Betrag spielt keine Rolle. Ich will wissen, wer das war. Inzwischen spreche ich mit Bannack. Er muss sich um diesen Journalisten kümmern.«

Stumm standen Tom Steiner und Jesko Bleeker vor dem Schreibtisch ihres Chefs. Dessen Stimme war bei den letzten Worten leiser geworden, fast schien es, als sei alle Kraft aus ihm gewichen. Scharnagel war blass und wirkte übernächtigt, die Wangen waren eingefallen. Tiefe Augenringe gaben dem Gesicht etwas Eulenhaftes, die Lippen waren blutleer und zu einem Strich zusammengepresst, die grauen Haare hingen strähnig herab. Ausnahmsweise war ihm sein Alter anzusehen. Steiner wusste, dass er den halben Tag und die ganze Nacht im Krankenhaus verbracht hatte. Trotzdem erregte er sich über die Zeitungsmeldung. Steiner interessierte herzlich wenig, was das Blatt über den Unfall schrieb, nur eine Frage brannte wie Feuer in ihm. »Wie geht es Kati?«

Scharnagel sackte noch ein wenig mehr in sich zusammen. »Sie liegt im Koma. Die Ärzte wissen nicht, ob sie überlebt. Jede Menge Knochenbrüche, schweres Schädel-Hirn-Trauma, mehrere Rückenwirbel verletzt. Wenn sie das Krankenhaus lebend verlässt, dann wahrscheinlich im Rollstuhl.« Die letzten Worte waren nur noch geflüstert.

Aus den Augenwinkeln hatte Steiner Jeskos verwunderten Blick registriert, als er Scharnagels Kosenamen für die Tochter des Chefs benutzt hatte. Bleeker gegenüber hatte er immer von

Frau von Rosenbach gesprochen. Seit dem Abend im Hotel Alte Liebe war ihm die Frage durch den Kopf gegangen, mit wem Katharina kurz zuvor zusammen gewesen sein konnte. Es sprach einiges dafür, dass Bleeker dieser Mann war. Katharina hatte keine Bekanntschaften in dieser Stadt, und von den Mitarbeitern der Consulting passte nur er in ihr Beuteschema.

Ihr eindeutig zweideutiges Angebot hätte er nicht annehmen sollen. Nachdem sie sich ausgezogen hatten, war das eingetreten, wovor er sich gefürchtet hatte, seit er diesen Geruch an ihr wahrgenommen hatte. Obwohl ihr Anblick ihn erregt hatte, war im entscheidenden Augenblick nichts passiert. Sie hatte nicht gelacht, auch keine Bemerkung gemacht, aber ihr Blick hatte ihn im Innersten getroffen. Dennoch hegte er keinen Groll gegen Katharina. Die Nachricht, sie könnte womöglich nicht überleben oder an einen Rollstuhl gefesselt sein, verursachte ihm Übelkeit und nervösen Schwindel. Gern hätte er ihrem Vater etwas Tröstendes gesagt, aber sein Kopf war leer.

»So schlimm wird's schon nicht kommen«, füllte Jesko die Lücke. »Die Medizin bewirkt heutzutage wahre Wunder.«

Was für ein banales Gerede! Steiner wurde plötzlich von einer Welle des Hasses auf diesen unbedarften Jungingenieur überrollt. Am liebsten hätte er ihn auf der Stelle bei Scharnagel angeschwärzt. Als Casanova und verantwortungslosen Mitarbeiter. Dass Bleeker sich mit Katharina vergnügt hatte und an ihrem Unfall nicht schuldlos war, würde er bei passender Gelegenheit erwähnen. Beides hing schließlich zusammen. Keinesfalls hätte er sie allein mit dem Hubsteiger arbeiten lassen dürfen. Wahrscheinlich hatte sie es von ihm verlangt, und er war leichtfertig genug gewesen, es zuzulassen. Weil er sich mehr von ihr erhoffte. Mindestens das eine oder andere Schäferstündchen. Und nun rang Kati mit dem Tod …

Scharnagel unterbrach Steiners Gedanken. »Ich habe für Banack eine Presseerklärung vorbereitet. Er wird den Unfall bedauern, über die Folgen entsetzt sein und mit Hochdruck nach dem Fehler suchen lassen, der zu dem Absturz geführt hat. Du, Jesko, sorgst dafür, dass es sich um ein technisches Versagen handelt, nichts anderes. Denk dir was aus! Es muss plausibel sein und darf von niemandem in Zweifel gezogen werden können. Weder von der Berufsgenossenschaft noch vom TÜV oder der Polizei.«

»Polizei?« Bestürzt sah Bleeker Scharnagel an. »Wieso ...?«

Eine abwehrende Handbewegung ließ ihn verstummen. »Ich rechne nicht damit, dass es polizeiliche Ermittlungen gibt. Aber man weiß ja nie. Wenn jemand der Firma schaden will, genügt eine anonyme Anzeige. Und dann haben wir nicht nur die Presse am Hals.«

Mit einem Wink entließ er seine Angestellten. Im Hinausgehen nahm Steiner wahr, dass ihr Chef zum Telefonhörer griff. Wahrscheinlich rief er wieder im Krankenhaus an. Die Ungewissheit war unerträglich, aber besuchen konnte er Kati nicht. Niemand außer ihrem Vater wurde zu ihr gelassen. »Man lebt nur einmal und zwar hier und jetzt«, hatte sie gesagt. Wie wahr! Von einer Sekunde zur nächsten konnte es zu Ende sein. Aber sie war nicht gestorben, sie lag auf der Intensivstation des Cuxhavener Krankenhauses. Und wenn es Zweifel an der Fähigkeit der Ärzte gäbe, hätte ihr Vater nicht gezögert, sie nach Bremen oder Hamburg fliegen zu lassen. Also gab es Hoffnung für ein Überleben. Aber wie würde das aussehen? Sie konnte gelähmt, für den Rest ihres Lebens auf einen Rollstuhl angewiesen oder gar ans Bett gefesselt sein. Für Männer wie Jesko war sie dann nicht mehr interessant. Aber er würde zu ihr halten, sie heiraten und für sie sorgen.

*

Es kam nicht oft vor, dass Hajo Sommer einzelne Redakteure zu einem Vieraugengespräch in sein Büro bat. Felix hatte nicht die geringste Ahnung, warum er ihn sprechen wollte. Sein Redaktionsleiter ließ ihn nicht lange im Unklaren. »Ich hatte einen Anruf aus dem Bremerhavener Pressehaus. Von ganz oben. Doktor Müller-Tiedemann.« Er machte eine bedeutungsvolle Pause.

Felix war gespannt. Wenn der Verlagsleiter höchstpersönlich anrief, musste es einen bedeutenden Grund geben. Ging es um Sommers Nachfolge?

»Und?«

»Dein Artikel über den Unfall bei der CuxStahl hat eine gewisse … Besorgnis ausgelöst.«

»In welcher Hinsicht?«

»Der Inhaber, Herr Bannack, ist der Meinung, dass wir ohne Erlaubnis und sachlich falsch über firmeninterne Vorgänge berichtet haben. Eine Richtigstellung hat er gleich mitgeliefert. Die Information in deinem Beitrag sei illegal beschafft worden. So hat er sich ausgedrückt. Und er wollte den Namen des Informanten wissen. Aber den Zahn hat Müller-Tiedemann ihm gleich gezogen.«

»Illegal beschafft?« Felix spürte die Empörung in seiner Stimme. »Das gibt es doch gar nicht.«

Hajo Sommer hob die Hände. »Natürlich gibt es das nicht. Aber wenn sich der Verleger besorgt zeigt, ist das für uns ein Alarmsignal. Falls die Geschichte eine Fortsetzung bekommen sollte, bitte ich dich um Rücksprache. Wir müssen ganz sicher sein, keinen Fehler zu machen. Eine Klage, sei sie auch ohne jede Erfolgsaussicht, kann Kollateralschäden zur Folge haben. Zum Beispiel für die Karriere eines Redakteurs.«

Dorn öffnete den Mund und schloss ihn wieder. Die Miene des Redaktionsleiters zeigte Bedauern. »Es tut mir leid. Ich hoffe, du verstehst das nicht als Drohung. Aber wenn du dir nicht schaden willst, hältst du dich besser an die Spielregeln. Und die werden nun mal nicht von uns gemacht.«

Er schob ein Blatt über den Tisch. »Hier ist die offizielle Presseerklärung der CuxStahl. Schau sie dir an! Ignorieren können wir sie nicht. Wir drucken sie mit dem Hinweis ab, dass es sich um die Darstellung der Firma handelt. Sobald du handfeste Beweise hast, dass die Angaben nicht stimmen, sehen wir weiter.«

Benommen verließ Felix das Büro. Wenn Arnold Bannack seine Beziehungen für den Versuch nutzte, auf die Berichterstattung der Zeitung Einfluss zu nehmen, hatte er etwas zu verbergen. Den Unfall hätte er sicher gern geheim gehalten. So etwas schadete dem Image. Aber der Artikel war erschienen, daran war nun nichts mehr zu ändern. Arbeitsunfälle kamen vor. Dieser war nicht der erste und würde auch nicht der letzte bleiben. Es war normal, wenn darüber berichtet wurde. Fürchtete Bannack weitere Veröffentlichungen? Gab es Hintergründe oder Zusammenhänge, die nicht bekannt werden sollten? Felix nahm sich vor, an der Geschichte dranzubleiben. Zum Glück hatte er diesen Jungen. Er würde ihn bitten, Augen und Ohren weiter offen zu halten.

Dann las er die Pressemitteilung.

> Cuxhaven. Der bedauerliche Arbeitsunfall auf dem Werksgelände der CuxStahl, über den bereits in dieser Zeitung berichtet wurde, ist weniger dramatisch verlaufen, als er zunächst dargestellt wurde. Bei einer Qualitätskontrolle stürzte eine Mitarbeiterin aus geringer Höhe aus dem Förderkorb eines Hubsteigers und zog sich dabei Verletzungen zu. Sie wurde sofort notärztlich behandelt und ins Krankenhaus gebracht. Einzelheiten über die Verletzungen sind noch nicht bekannt, die Firmenleitung geht jedoch davon aus, dass die Mitarbeiterin ihre Arbeit bald wieder aufnehmen kann. Als Ursache für den Unfall wurde technisches Versagen in der Elektronik des Steuergeräts festgestellt. Es wurde sofort ausgetauscht und der Herstellerfirma zur Untersuchung übersandt. Insofern besteht keine Gefahr, dass sich der Vorgang wiederholt. Die Arbeiten gehen unvermindert weiter.

Geräuschvoll stieß Felix die Luft aus, die er während der Lektüre angehalten hatte. Wenn Daniel Peters nicht maßlos übertrieben hatte, versuchte die CuxStahl, einen schweren Arbeitsunfall als harmloses Ereignis darzustellen. Aber das würde nicht gelingen. Nach Daniels Bericht musste die Frau extreme Verletzungen davongetragen haben. Da sie offenbar im Krankenhaus an der Altenwalder Chaussee behandelt wurde, würde er dort nachforschen. Natürlich würde keiner der Ärzte ihm Auskunft geben, schon gar nicht am Telefon. Aber vielleicht gab es eine Möglichkeit, auf andere Weise an die Informationen zu kommen. War im Krankenhaus nicht gerade eine Delegation aus Schweden zu Besuch? Wenn er seine dürftigen Schwedischkenntnisse richtig einsetzte, ließe sich vielleicht etwas machen.

*

»Wir müssen zumindest herausfinden, was da los ist.« Kriminalrat Lütjen schob die Kopie zweier Zeitungsartikel über den Schreibtisch. »Zwei Versionen von einem Arbeitsunfall bei der CuxStahl. Sie haben das sicher gelesen. Im Fall schwerer und lebensbedrohlicher Verletzungen hätten uns die Firma und der Notarzt informieren müssen. Bei derartigen Unfällen besteht generell ein besonderes öffentliches Interesse an der Aufklärung. Sollte die zweite Darstellung zutreffen, wäre das wohl nicht der Fall.«

Konrad Röverkamp und Marie Janssen saßen auf den Besucherstühlen in Lütjens Büro, in das er sie gerufen hatte. Der Hauptkommissar warf einen Blick auf das Blatt. »Ja, das habe ich gelesen. Hat mich auch gewundert, dass davon nichts zu uns durchgedrungen ist. Haben Sie schon mit Krebsfänger gesprochen?«

Lütjen nickte. »Der Staatsanwalt eröffnet ein Ermittlungsverfahren, wenn wir ihm glaubhaft versichern, dass das Unfallopfer schwer verletzt wurde. Das herauszufinden, sollte nicht allzu schwer sein. Allerdings bittet er um Fingerspitzengefühl und diskrete Handhabung der Ermittlungen. Für den Fall, dass es sich um falschen Alarm handelt. Dem Ruf des Unternehmens soll ohne Grund kein Schaden zugefügt werden. Seine Formulierung.«

»Ja, das kennen wir schon.« Marie Janssen hatte das Blatt genommen und überflogen. »Aber ich verstehe den bisherigen Ablauf nicht. Normalerweise müsste eine Streife mit dem Rettungswagen vor Ort gewesen sein. Dann hätten wir informiert werden müssen, um die Fakten zu eruieren und eventuelle Beweismittel sicherzustellen. Zum Beispiel dieses Steuergerät. Womöglich ist das längst zerlegt. Außerdem hätten wir uns Gefährdungsbeurteilungen und Unterweisungsnachweise vorlegen lassen. Und Krebsfänger hätte über die Eröffnung eines Ermittlungsverfahrens entscheiden können. Wieso wurden wir nicht informiert?«

»Das herauszufinden, Frau Kommissarin«, antwortete Lütjen, »wird zu Ihren Aufgaben gehören.«

»Der erste Artikel war mit fdo gezeichnet«, bemerkte Röverkamp, als sie das Büro des Chefs verließen. »Das ist doch Felix. Hat er mit dir nicht darüber gesprochen?«

Marie machte ein ratloses Gesicht. »Ja und nein. Er wollte sich bei der CuxStahl umsehen, aber dabei ging es um deren Zukunft. Das hat er mir vor ein paar Tagen gesagt. Von dem Unfall konnte er ja noch nichts wissen.«

»Vielleicht hat er einen Informanten dort. Und der hat ihm die Sache gesteckt. Wie auch immer, wir müssen uns darum kümmern. Rufst du im Krankenhaus an? Besser, wenn du das machst. Inzwischen weiß dort jeder, dass Sabine und ich zusammen sind. Ich hole schon mal einen Autoschlüssel. Und dann fahren wir hin.« Er wandte sich zum Gehen, drehte sich aber noch einmal um. »Weißt du eigentlich, was die genau machen?«

»Du meinst die CuxStahl?« Marie nickte. »Ungefähr jedenfalls. Aber ich besorge uns noch ein paar Informationen aus dem Internet, während ich mit dem Krankenhaus telefoniere.«

»So wird das nichts«, empfing Marie ihren Kollegen, als sie sich am Dienstwagen trafen. »Die Ärzte im Krankenhaus berufen sich auf ihre Schweigepflicht. Auch die Verwaltung ist wenig kooperativ.«

»Das ist ärgerlich.« Röverkamp schob die Unterlippe vor. »Dann müssen wir …«

»Ich habe schon mit Lütjen gesprochen«, unterbrach Marie ihn. »Er will mit dem Staatsanwalt telefonieren und ihn bitten, sich darum zu kümmern. Wenn er das macht, geht's leichter und schneller. Bis wir Krebsfänger erreichen und er für uns zu sprechen ist, können Stunden vergehen. Die Zeit nutzen wir besser für die CuxStahl. Ich habe schon mal ein paar Informationen ausgedruckt.«

»Gut gemacht, Marie. Nimm sie mit! Das Wichtigste kannst du mir unterwegs erzählen.«

*

Das Büro von Arnold Bannack war auf eine altmodische Weise luxuriös ausgestattet. Schwere Eichenmöbel statt moderner Ausstattung mit Glas und Chrom, wie man sie in einem Unternehmen der Zukunftsbranche erwartet hätte, gaben dem Raum den Charakter eines großbürgerlichen Herrenzimmers. Der dunkel glänzende Schreibtisch besaß keinen integrierten Besprechungstisch, so dass der Firmeninhaber und seine Besucher an einem gesonderten Tisch Platz genommen hatten.

Nachdem Bannacks Sekretärin Kaffee, Cognac und Mineralwasser serviert und sich zurückgezogen hatte, ergriff Tom Steiner auf Scharnagels Zeichen das Wort. »Wir sind über den Vorfall außerordentlich betrübt. Aber die tragischen Umstände haben uns natürlich nicht davon abgehalten, Nachforschungen über die Ursachen anzustellen. Und über die Hintergründe für die nicht autorisierte Veröffentlichung.« Er nickte Jesko zu. »Mein Kollege wird zunächst die technischen Zusammenhänge darstellen. Anschließend berichte ich über den Stand unserer Nachforschungen hinsichtlich möglicher Sabotageakte und der Indiskretion. Außerdem sollten wir die Gelegenheit nutzen und uns mal über den Herrn Betriebsratsvorsitzenden Schubert austauschen.«

Bleeker zog eine Handvoll Blätter aus seiner Aktentasche und breitete sie auf dem Tisch aus. »Die Befragung des anwesenden Personals hat ergeben, dass die Ursache des Unfalls in einem plötzlichen und heftigen Anrucken des Hubsteigers zu sehen ist. Dadurch wurde der fast vollständig ausgefahrene Ausleger in Schwingungen versetzt, die sich am oberen Ende besonders stark ausgewirkt haben. Das Fahrgestell fuhr plötzlich an und beschleunigte stark. Dieses ist normalerweise bei ausgefahrener Arbeitsbühne nicht möglich. Sobald sie im Einsatz ist, wird der Fahrmodus blockiert. Es sind dann nur Bewegungen bis zu 0,1 Meter pro Sekunde möglich. Erst wenn der Ausleger vollständig heruntergefahren und der Korb auf dem Fahrgestell eingerastet ist, kann der Hubsteiger schneller werden. Dieser Modus erlaubt es, ihn beispielsweise zügig durch die Halle oder nach draußen zu fahren, um ihn an anderer Stelle einzusetzen.«

Bleeker sah von einem zum anderen. Als niemand reagierte, deutete er auf einen Computerausdruck, der eng mit Zahlen und Buchstaben beschrieben war. »Die Frage ist nun, wie die Sperre aufgehoben oder umgangen werden konnte. Dabei handelt es sich um ein reines Softwareproblem. Es gibt keine mechanische Sicherung gegen einen plötzlichen Start der Motoren mit voller Leistung. Die Steuerung ist jedoch so programmiert, dass die Drehzahl der Antriebsmotoren im Arbeitsmodus nicht erhöht werden und damit keine höhere Geschwindigkeit als die eben genannte erreicht werden kann.« Er hob das Blatt auf. »Was Sie hier sehen, ist ein Auszug aus dem Programmcode, den ich aus dem Steuergerät geladen habe. Was die einzelnen Zeichen konkret bedeuten, kann ich nicht sagen. Ich bin kein Programmierer. Aber wenn man das Original danebenlegt, wird deutlich, dass hier etliche Zeilen fehlen. Unser EDV-Experte hat mir bestätigt, wofür die Zeilen gesorgt hätten. Sie hätten die Bewegung des Fahrgestells auf 0,1 Meter pro Sekunde begrenzt und damit das heftige Anrucken des Hubsteigers verhindert, das zu dem Unfall geführt hat.«

»Heißt das«, fragte Ralf Scharnagel mit schleppender Stimme, »Kati hat die Bewegung selbst ausgelöst?«

»Möglich.« Bleeker hob die Schultern. »Aber nicht wahrscheinlich. Weil Kat…, ich meine Frau von Rosenbach, keine Erfahrung mit dem Hubsteiger hatte und diesen streng genommen auch nicht bedienen durfte. Möglicherweise hat ein Mitarbeiter mit Bedienberechtigung die Steuerung übernommen. Vom Boden aus. Das hat aber niemand mitbekommen.«

»Und wer könnte das gewesen sein?« Arnold Bannack klang ungeduldig.

Erneut zog Bleeker ein Blatt hervor. »Dafür kommen zwei Leute infrage. Einer heißt … Mats Flemming.«

Bannack schnaufte. »Der!«

»Der Name sagt Ihnen etwas?«, fragte Scharnagel. »Was ist mit ihm?«

»Guter Mann. Aber schwierig. Hat schon öfter Ärger gemacht. Sozialdemokrat oder sogar Linker. Und Gewerkschafter. Hätte ihn längst rausgeschmissen, wenn er nicht so viel auf dem Kasten hätte. Fachlich hat der richtig was drauf. Ersetzt einen Techniker und einen halben Ingenieur. Tatsächlich hat er sogar mal studiert. Aber keinen Abschluss.«

»Und der zweite Mann?«

»Manfred Tönjes, Metallbaumeister.«

Scharnagel zog ein Notizbuch aus der Tasche und schrieb etwas hinein. »Um die Herren werden wir uns kümmern.« Er hob den Kopf. »Und wer hätte die Programmierung des Steuergeräts ändern können?«

»Diese Frage haben wir uns natürlich auch schon gestellt«, antwortete Tom Steiner. »Nur wenige Personen kommen dafür infrage.« Er klappte ein Notebook auf. »Nach den Unterlagen der Personalabteilung könnten nur die schon genannten Flemming und Tönjes eine Umprogrammierung vorgenommen haben. Außerdem unser geschätzter Kollege Bleeker. Letztgenannter natürlich nur theoretisch. Ach ja, dann gibt es noch einen Praktikanten, über den wir keine Unterlagen haben. Schüler oder Student. Hatte durch Tönjes Zugang zu dem Notebook für die Programmierung. Aber der ist insgesamt nur drei Wochen da. Sein Name …«

Er wurde unterbrochen, als die Tür aufging und die Sekretärin plötzlich im Raum stand. Verärgert wandte Bannack sich um. »Was soll das?«, bellte er. »Ich hatte gesagt, keine Störung.«

»Es tut mir leid.« Die Sekretärin wedelte hilflos mit den Händen. »Ich konnte die Herrschaften nicht aufhalten. Sie sind von der Polizei.«

*

Nachdem sich die Sekretärin mit entschuldigenden Gesten und Blicken zurückgezogen hatte, wiesen sich Konrad Röverkamp und Marie Janssen aus. Arnold Bannack ließ sich nichts anmerken und stellte seine Gäste als »Herr Scharnagel von der Unternehmensberatung Offshore Consulting mit zwei Mitarbeitern« vor, ohne weitere Erläuterungen zu geben.

»Das trifft sich gut.« Röverkamp nickte den Männern zu. »Möglicherweise betrifft der Fall auch Sie.«

»Welcher Fall?« Bannack schüttelte energisch den Kopf. »Es gibt keinen Fall. Schon gar keinen Kriminalfall. Weshalb haben Sie sich herbemüht, Herr Hauptkommissar?«

»Wegen des Unfalls in Ihrer Produktionshalle«, warf Marie Janssen ein. »Die Zeitung hat darüber berichtet.«

»Die Zeitung!« Mit einer Handbewegung schien Bannack Maries Bemerkung wegwischen zu wollen. Er sprach nicht sie an, sondern wandte sich an Röverkamp. »Die Falschmeldung haben wir bereits richtiggestellt. Im Übrigen handelt es sich um eine firmeninterne Angelegenheit. Sie geht niemanden etwas an. Auch nicht die Polizei. Wenn Sie also kein anderes Anliegen haben, möchte ich Sie bitten, jetzt zu gehen. Wir sind in einer wichtigen Besprechung.«

»Ich muss Sie korrigieren.« Röverkamp sprach mit leicht erhobener Stimme. »Wenn es bei einem Arbeitsunfall Schwerverletzte gibt, besteht ein besonderes öffentliches Interesse an der Aufklärung. Deshalb ermitteln wir von Amts wegen die Umstände und klären gegebenenfalls die Schuldfrage.«

Bannack fuhr auf. »Sie können doch die Behauptung eines Zeitungsredakteurs nicht zur Grundlage polizeilicher Ermittlungen machen!«

»Das tun wir auch nicht«, bestätigte Marie. »In Ihrer Darstellung, die wir ebenfalls der Presse entnehmen konnten, ist von einem Sturz aus dem Förderkorb eines Hubsteigers die Rede. Wenn das kein Arbeitsunfall ist …«

»Nennen Sie es, wie Sie wollen!«, fauchte Bannack. »Jedenfalls gab es weder Tote noch Schwerverletzte. Außerdem handelt es sich um technisches Versagen, niemand ist schuld. Also gibt es auch nichts zu ermitteln.« Er deutete zur Tür seines Büros. »Wenn Sie jetzt bitte gehen! Meine Sekretärin wird Sie hinausbegleiten.«

Konrad Röverkamp und Marie Janssen sahen sich an. Marie hob unmerklich die Schultern. Sie trat ans Fenster des Büros und sah hinaus.

»Wenn Sie jetzt nicht kooperieren …«, der Hauptkommissar betonte jedes Wort, »… werden wir mit einem richterlichen Durchsuchungsbeschluss wiederkommen und dieses Büro auf den Kopf stellen. Ihre Produktionshalle übrigens auch. Und das kann sich hinziehen.«

»Und wenn Sie jetzt nicht gehen, rufe ich meinen Anwalt an.« Bannack war aufgestanden und hinter seinen Schreibtisch getreten. Er hatte bereits den Telefonhörer in der Hand und wählte. Irritiert unterbrach er die Eingabe, als es im Raum klingelte.

Marie zog ihr Handy aus der Tasche und meldete sich. »Danke«, sagte sie nur, nachdem sie einige Sekunden gelauscht hatte, und schob das Telefon zurück. Ihrem Kollegen warf sie einen zufriedenen Blick zu. »Dem Staatsanwalt genügt *ein* Unfallopfer mit schweren Verletzungen, um ein Ermittlungsverfahren einzuleiten«, verkündete sie. »Das ist soeben geschehen. Hintergrund ist die Tatsache, dass die Person, die am Tag des Arbeitsunfalls vom Rettungsdienst ins Krankenhaus eingeliefert wurde, wegen ihres ernsten Zustands nach wie vor auf der Intensivstation liegt. Dort landet niemand wegen ein paar Schrammen oder blauer Flecken. Auch nicht wegen eines Beinbruchs. Wir haben über den Rettungsdienst davon erfahren, und ein Arzt hat dem Staatsanwalt den Namen des Unfallopfers bestätigt.«

Sie wandte sich an Ralf Scharnagel. »Sie wissen doch sicher, wie es um Ihre Tochter bestellt ist?«

Scharnagel sah Marie wütend an. »Das ist …«

»Wenn es sein muss«, unterbrach ihn Röverkamp, »können Ermittlungsbehörden blitzschnell arbeiten. Sie und die Verantwortlichen der CuxStahl haben offenbar versucht, die Angelegenheit zu vertuschen. Dadurch haben Sie die Aufklärung des Unfalls verzögert und sich die Zeit verschafft, um mögliche Beweismittel vernichten oder beiseite schaffen zu können. Insofern war unsererseits Eile geboten. Das hat wohl auch der Staatsanwalt so gesehen.«

Ein Piepton ließ Marie ihr Smartphone erneut hervorholen. Sie warf einen Blick auf das Display und hielt das Gerät hoch. »Gerade ist mir die Durchsuchungsanordnung für die Produktionshallen und Geschäftsräume der CuxStahl als Mailanhang zugesandt worden. Wenn Sie den Text auf diesem kleinen Display nicht lesen mögen, können Sie mir eine E-Mail-Adresse geben. Dann leite ich das Dokument sofort an Sie weiter, und Sie können es ausdrucken lassen. Unsere Kollegen von der Spurensicherung sind jedenfalls unterwegs.«

Bannack schüttelte ungläubig den Kopf, nahm den Hörer wieder auf und tippte auf die Tasten seines Telefons. »Ich rufe jetzt doch meinen Anwalt an.« Während er darauf wartete, dass sich jemand meldete, wandte er sich seinen Gästen von der Consulting zu. »Solange Doktor Lindhorst nicht da ist, sagen wir nichts.« In spöttischem Ton fügte er hinzu: »Die Herrschaften von der Kriminalpolizei dürfen in der Zwischenzeit aber gern unsere Personalien aufnehmen. So sagt man doch, oder?«

Scharnagel gab seinen Leuten ein Zeichen. Steiner klappte das Notebook zu, Bleeker räumte seine Unterlagen zusammen und steckte sie ein. »Meine Mitarbeiter und ich gehören nicht der CuxStahl an«, erklärte Scharnagel. »Wir sind also von der Maßnahme nicht betroffen. Sie haben doch sicher nichts dagegen, Herr Hauptkommissar, wenn wir jetzt gehen? Es gibt noch viel zu tun, fürs Herumsitzen und Warten werden wir nicht bezahlt.«

»Moment bitte«, zischte Arnold Bannack in den Telefonhörer und hielt die Sprechmuschel zu. Irritiert sah er Scharnagel an, suchte anscheinend nach Worten. Schließlich nahm er den Hörer wieder auf. »Ich rufe später zurück.« Mit einer Mischung aus Fassungslosigkeit und Verärgerung sah er den Männern zu, die aufgestanden waren und sich mit einer angedeuteten Verbeugung verabschiedeten.

»Selbstverständlich können Sie gehen«, kommentierte Kommissar Röverkamp den Abgang der drei Herren. »Aber wenn Sie unsere Fragen jetzt nicht beantworten, müssen wir Sie vorladen.«

Keiner der Männer reagierte. Stumm marschierten sie durch die Tür und verschwanden.

Röverkamp wandte sich dem Firmenchef zu. »Nun zu uns, Herr Bannack. Von Ihnen hätten wir gern ein Verzeichnis aller Mitarbeiter und eine Liste derjenigen, die am Tag des Unfalls in der

Werkhalle anwesend waren. Und dann wüsste ich gerne, in welcher Funktion die drei Herren tätig sind, die uns gerade verlassen haben, und was sie konkret in Ihrer Firma tun.«

Unschlüssig sah Bannack ihn an. Schließlich drückte er eine Taste auf dem Telefon und sprach in Richtung des Geräts. »Frau Brütt, drucken Sie bitte eine Liste aller Arbeiter und Angestellten aus!« Er hob den Kopf und sah Röverkamp fragend an. »Nur die Namen?«

»Name, Vorname, Alter, Anschrift, Beruf und Funktion im Betrieb«, antwortete Marie an Röverkamps Stelle.

Der Inhaber der CuxStahl gab die Information weiter, deutete auf die freigewordenen Stühle und kehrte selbst an den Tisch zurück. »Bitte nehmen Sie Platz! Bevor Sie hier alles durchwühlen, beantworte ich Ihnen lieber Ihre Fragen.« Marie winkte dankend ab und blieb am Fenster stehen. Konrad Röverkamp ließ sich mit einem kaum wahrnehmbaren Lächeln nieder. »Also? Was machen diese Unternehmensberater?«

»Wie Sie vielleicht gehört oder gelesen haben, befindet sich unsere Branche in einer schwierigen Situation. Energiewende hin oder her. Mein Unternehmen ist da keine Ausnahme. Wir benötigen ein Sanierungskonzept, das es uns erlaubt, weiter zu investieren. Das soll von der Offshore Consulting erarbeitet werden. Darum sind Herr Scharnagel und seine Mitarbeiter hier.«

»Welche Aufgabe war der Tochter von Herrn Scharnagel zugedacht?«, fragte Marie.

Bannack zögerte einen Moment. »Im Detail weiß ich das selbst nicht«, gab er schließlich zu. »Er hat sie uns gewissermaßen aufgedrückt. Für die Qualitätskontrolle und zur Reorganisation von Arbeitsabläufen. Außerdem soll sie offshore-technische Aspekte, insbesondere die Weiterentwicklung unserer Gründungsstrukturen im Auge behalten. Nicht zuletzt wird sie unser Konzept gegenüber unseren Geldgebern vertreten. Sie war zuletzt im Bundeswirtschaftsministerium tätig und kennt sich mit Öffentlichkeitsarbeit und Kontaktpflege aus.«

»Aus alledem wird ja nun nichts«, stellte Röverkamp fest. »Was wissen Sie über die Verletzungen, die sie sich bei dem Sturz zugezogen hat?«

»Ich war nicht dabei«, antwortete Bannack. »Scharnagel hat nicht viel erzählt, nur dass sie ins Krankenhaus musste. Ich hoffe, sie kommt bald wieder raus. Wir können uns keine Verzögerung leisten.«

Konrad Röverkamp warf seiner Kollegin einen Blick zu. Wieder zuckte Marie unmerklich mit den Schultern. Ihr Blick wanderte nach draußen. »Unsere Kollegen sind da. Tatortgruppe und Spurensicherung. Wollen wir rüber zur Halle gehen?«

*

»Wir hätten vielleicht doch lieber dableiben sollen«, murmelte Jesko Bleeker, als sie in Scharnagels Mercedes in Richtung Stadtzentrum unterwegs waren und ihnen mehrere Polizeifahrzeuge entgegenkamen. »Dann bekämen wir zumindest einen Überblick über das, was die dort anstellen.«

»Das erfahren wir auch so«, knurrte sein Chef. »Und zwar ohne jedes Risiko. Stell dir vor, die hätten sich Toms Notebook gekrallt. Das wäre eine Katastrophe. Da ist unser Konzeptionsentwurf drauf. Wenn der vorzeitig bekannt geworden wäre, hätten wir sämtliche Bürgschaften in den Wind schreiben können. Damit wäre der gesamte Deal mit der CuxStahl geplatzt.«

»Bei uns werden die auch noch auftauchen«, wandte Tom Steiner ein. »Wenn dieser Kriminalhauptkommissar herausfindet, dass deine Tochter nicht von Bannack, sondern von uns bezahlt wird, hat er einen Vorwand, wegen des Unfalls auch bei uns zu ermitteln.«

»Er wird aber nichts finden«, widersprach Scharnagel. »Du sorgst dafür, dass keiner unserer Computer verräterische Informationen enthält. Versteck sie bei deiner Ex oder im Internet, was weiß ich. Ihr kennt euch da besser aus. Dann können sie sich an uns die Zähne ausbeißen. Wenn es überhaupt so weit kommt. Ich spreche morgen mit einem alten Freund. Staatssekretär im Justizministerium. Der lässt dann beim Leitenden Oberstaatsanwalt anrufen, und schon wird sich ein kleiner Ankläger fragen, ob es seiner Karriere zuträglich ist, wenn er sich zu weit aus dem Fenster lehnt.«

»Ausgezeichnete Maßnahme.« Steiner deutete nach vorn. »An der Ampel kannst du mich rauslassen. Das letzte Stück ...«

Scharnagel schüttelte den Kopf. »Jetzt gehen wir erst mal einen trinken. Außerdem müssen wir noch ein paar Dinge klären, zum Beispiel, wie wir den Betriebsrat einkaufen.« Er sprach in den Rückspiegel. »Hast du was herausgefunden, Jesko?«

»Die Unterlagen sind in Toms Notebook. Schuberts Kontobewegungen der letzten vier Jahre. Vor zwei Jahren hat er ein Motorboot der Klasse B gekauft. Für hundertzwanzigtausend Euro. Vorher hat's ein paar Bareinzahlungen gegeben. Dreimal dreißigtausend und einmal zwanzigtausend. Den Rest hat er wohl selbst beigesteuert.«

Am Ende der Deichstraße stoppte Scharnagel den Wagen und drehte sich um. »Und? Wissen wir, woher das Geld ist?«

Bleeker schüttelte den Kopf. »Noch nicht. Aber ich bin dran.«

»Wie bist du an die Bankdaten gekommen?«, fragte Tom Steiner. »Das ist ja geradezu unheimlich.«

»Dafür gibt es Spezialisten. Scheint nicht so schwierig zu sein. Der Schubert macht Online-Banking mit dem Handy. Das lässt sich offenbar ziemlich leicht knacken. Hat fünfhundert Euro gekostet.«

Die Männer stiegen aus und überquerten die Straße. »Ist das dein Ernst?« Mit kritischer Miene betrachtete Steiner das blassgelb verklinkerte Haus, auf das sie zugingen. »*Die Kleine Kneipe* – scheint irgendwie aus der Zeit gefallen. Sieht nicht gerade einladend aus. Da willst du mit uns ...?«

»Wenn es euch nicht gefällt, gehen wir woanders hin«, unterbrach Scharnagel ihn. »Ich war hier schon als junger Mann. Als meine Eltern in den Sechzigerjahren in Duhnen Urlaub gemacht haben. Damals war es eine von vielen Fischerkneipen. Heute gibt's von den vielen nur noch die eine, und drinnen sieht es fast so aus wie früher. Außerdem kann man da rauchen.«

Drinnen war es gemütlicher, als man der Kneipe von außen ansehen konnte. Der schmale Gastraum besaß links eine Theke aus hellem Holz. Die Barhocker aus dem gleichen Material hatten Rückenlehnen, die dem Zecher auch nach vielen Bieren noch Halt gaben. Sie waren überwiegend von nicht mehr ganz jungen Männern besetzt. Fast alle rauchten, die Luft war zum Schneiden. Scharnagel und seine Angestellten ließen sich an einem Nischentisch nieder und quetschten sich in die hölzernen Bänke. »Das nenne ich maritimes Ambiente.« Jesko Bleeker deutete auf die zahlreichen Ausstellungsstücke. »Vom Fischkutter über den Leuchtturm bis zum Modell der Kugelbake ist alles vorhanden, was man in einer Hafenkneipe erwarten sollte.«

Als das Bier vor ihnen stand und sein Chef sich eine Zigarette angezündet hatte, erinnerte Bleeker an den Anlass der Zusammenkunft, indem er auf das Notebook deutete. »Zeig Ralf mal die Daten!« Steiner klappte den Computer auf, drückte ein paar Tasten und drehte das Gerät in Scharnagels Richtung, so dass dieser die Seite mit den Kontoauszügen auf dem Display erkennen konnte.

Wenige Augenblicke später stieß Scharnagel eine Rauchwolke aus. »Das dürfte schon fast reichen. Wenn du noch dahinterkommst, woher die Bareinzahlungen stammen, haben wir ihn im Sack.« Er schob den Computer zurück. »Jetzt sieh noch mal nach. Als die Bullen uns gestört haben, warst du gerade dabei, die Personen zu nennen, die für eine Manipulation des Steuergeräts infrage kommen.«

Steiner drückte ein paar weitere Tasten. »Das waren schon alle. Bis auf diesen Praktikanten. Aber warum sollte der …? Hier habe ich ihn. Ein Schüler. Kurz vor dem Abi. Macht ein freiwilliges Praktikum. Bei Metallbaumeister Tönjes. Sein Name ist … Daniel Peters.«

Ralf Scharnagel zuckte zusammen und starrte seinen Mitarbeiter mit zusammengekniffenen Augenlidern an. »Daniel Peters? Hast du auch die Adresse?«

*

Kriminalrat Lütjen empfing seine Beamten mit erwartungsvoller Miene. »Ist der Durchsuchungsbeschluss angekommen? Gibt es schon Ergebnisse?«

Marie Janssen nickte, Konrad Röverkamp schüttelte den Kopf.

»Wie jetzt? Ja oder nein?« Unwillig zog Lütjen die Augenbrauen zusammen und legte die Stirn in Falten. Sein Blick wanderte zwischen den Beamten hin und her.

»Der Beschluss ist angekommen«, antwortete Marie. »Gerade rechtzeitig.« Sie verstummte und sah Röverkamp an.

»Erkenntnisse ja, Ergebnisse nein«, ergänzte der Hauptkommissar. »Erstaunlich, wie das geklappt hat. Wie haben Sie das so schnell hingekriegt?«

»Die Übermittlung der Dokumente?« Lütjen lächelte generös. »Das, mein lieber Kollege Röverkamp, ist heutzutage kein Problem mehr. Die Poststelle der Staatsanwaltschaft hat uns die Dokumente per E-Mail übersandt, und ich habe sie an Frau Janssen weiterge…«

»Ich meinte eigentlich das Tempo«, unterbrach Röverkamp ihn, »mit dem Staatsanwalt Krebsfänger reagiert und gehandelt hat. Das ist nicht gerade typisch für ihn.«

Lütjens Lächeln verzog sich zu einem Grinsen. »Ich habe ein bisschen Druck gemacht. Bei mir hat nämlich ein Redakteur der Cuxhavener Nachrichten angerufen. Wollte wissen, warum wir im Zusammenhang mit dem Arbeitsunfall nicht ermitteln. Ich habe ihm erklärt, dass die Staatsanwaltschaft Herrin jedes Ermittlungsverfahrens ist und wir nur ausführendes Organ. Dann habe ich ihm Krebsfängers Telefonnummer gegeben, damit er ihm die Frage stellen kann. Offenbar hat er das sofort getan. Jedenfalls ging plötzlich alles ganz schnell. Wie auch immer – worin bestehen denn nun Ihre Erkenntnisse?«

»Wir brauchen ein Druckmittel, am besten einen Durchsuchungsbeschluss«, antwortete der Hauptkommissar. »Für eine Unternehmensberatung, die zurzeit bei der CuxStahl tätig ist. Offshore Consulting Hamburg.«

»Bei dem Unfallopfer«, fügte Marie hinzu, »handelt es sich um die Tochter des Firmeninhabers. Sie war angeblich nicht bei Bannack angestellt. Welche Rolle sie in der Firma ihres Vaters spielt, müssen wir noch prüfen. Laut Internet war sie bis vor Kurzem im Bundeswirtschaftsministerium tätig.«

Der Kriminalrat blies die Backen auf. »Das wird ja immer unübersichtlicher. Aber für einen Durchsuchungsbeschluss für die Beratungsfirma gibt es bei der Beweislage keine Grundlage. Das können Sie vergessen. Wir könnten Krebsfänger nicht erklären, welche konkreten Beweismittel dort aufgefunden werden sollten. Den arbeitsrechtlichen Hintergrund des Unfallopfers auszuforschen, ist kein tragfähiger Ansatz.«

Unwillig schüttelte Röverkamp den Kopf. »Die Frau liegt im Koma, ist also in absehbarer Zeit nicht vernehmungsfähig. Es ist nicht einmal sicher, dass sie überlebt. Wir müssen also in ihrem Umfeld ermitteln. Die Herren von der Offshore Consulting waren alles andere als kooperativ. Ohne Druckmittel bekommen wir von denen gar nichts.«

Lütjen schob die Unterlippe vor. »Lassen Sie sich was einfallen. Und halten Sie mich auf dem Laufenden, was die Ermittlungen betrifft.«

Konrad Röverkamp und Marie Janssen kehrten in ihr Büro zurück. Er sah sie fragend an. »Der Anrufer von der Zeitung, dem wir Krebsfängers schnelles Handeln verdanken, kann ja nur Felix gewesen sein. Oder?«

Marie hob die Schultern. »Ich weiß es nicht. Aber wahrscheinlich hast du Recht.« Sie zog die Namenslisten der CuxStahl-Mitarbeiter hervor und legte die Blätter auf dem Schreibtisch ab. »Schauen wir mal, wen wir uns zuerst vornehmen. Ich schlage diesen Flemming vor. Der scheint eine kritische Grundhaltung zu haben und wird uns vielleicht Informationen geben, die andere lieber unter der Decke halten.« Ihr Kollege brummte zustimmend.

Marie überflog die Listen und sah plötzlich auf. »Hier hat die Sekretärin etwas handschriftlich eingefügt: Praktikant, männlich. Daten noch nicht erfasst. Betreuer Metallbaumeister Tönjes.«

»Dann häng dich ans Telefon! Sie sollen Name und Adresse feststellen und uns mitteilen. Bei der Gelegenheit kannst du auch gleich diesen Flemming herbestellen.« Röverkamp wandte sich zur Tür. »Ich schaue inzwischen zur Kriminaltechnik. Mal sehen, ob die schon mehr sagen können.«

Als der Hauptkommissar zurückkehrte, legte Marie gerade den Hörer auf. »Bannacks Sekretärin erkundigt sich nach dem Praktikanten und schickt uns die Daten.«

»Gut! Und wann ist dieser Flemming hier?«

»Den müssen wir erst mal finden. Er ist heute nicht in der Firma. Hat zwei Tage Urlaub genommen. Zu Hause erreiche ich ihn aber nicht. Und eine Handynummer ist bei der CuxStahl nicht bekannt. – Hast du bei der KTU etwas Interessantes erfahren?«

»Wie man's nimmt.« Röverkamp ließ sich auf seinen Bürostuhl fallen. »Die Untersuchung des Hubsteigers hat nichts gebracht. Jedenfalls keine neuen Erkenntnisse. Die Spuren bestätigen, dass die Frau aus dem Arbeitskorb gestürzt ist, sie erklären aber nicht, warum der in unkontrollierte Bewegung geraten konnte. Die Kollegen haben das mobile Ersatzsteuergerät mitgebracht und werden mithilfe des TÜV und eines Spezialisten vom LKA die Software checken. Vor Ort, an dem Steiger, hat die Steuerung problemlos funktioniert.« Er deutete auf Maries Monitor. »Wir können uns das gleich noch mal ansehen. Die haben mit dieser Spheron-Kamera 360-Grad-Aufnahmen gemacht.«

Marie schaltete den Computer ein. »Und sonst? Nichts?«

»Einer von den Kollegen war so schlau, sich mit der Herstellerfirma in Verbindung zu setzen. Bannack hat das Original tatsächlich dorthin schicken lassen. Die haben das Gerät getestet und festgestellt, dass eine Fehlfunktion vorliegt. Sie vermuten einen Softwarefehler und überprüfen das gerade. Sobald sie etwas herausgefunden haben, melden sie sich bei uns. Sicherheitshalber habe ich Lütjen gebeten, dafür zu sorgen, dass die Staatsanwaltschaft bei der Firma im Münsterland das Steuergerät beschlagnahmen lässt.«

Der Computer signalisierte seine Startbereitschaft. Mit einigen Mausklicks rief Marie die Aufnahme der Kriminaltechnik auf den Monitor. Das Foto zeigte das Innere der Montagehalle mit den fast fertiggestellten Tripiles. Zwischen den stählernen Ungetümen wirkten die Menschen wie Spielfiguren. Langsam ließ sie die Aufnahme über den Bildschirm laufen. Von den Werkzeugwagen im Vordergrund über die gelben Stahlkonstruktionen bis zu den

Wänden der Halle ließ sich der gesamte Innenraum lückenlos anschauen. Der Hubsteiger war in die vermutete Unfallposition gefahren worden, und auf dem Boden hatten die Kollegen der Spurensicherung den Aufschlagpunkt mit einer Puppe markiert.

Röverkamp schüttelte den Kopf. »Wer aus dieser Höhe abstürzt, hat kaum Überlebenschancen. Hoffentlich bringen die Ärzte die Frau durch. Sie wird uns zwar kaum etwas über die Ursache sagen können, aber niemand kann ihr ein solches Ende wünschen.«

»Na ja«, wandte Marie ein, »einer vielleicht doch. Wenn es sich nicht um einen technischen Defekt handelt, hätten wir ...« Sie unterbrach sich, als der Computer mit einem Ton auf eine eingegangene E-Mail aufmerksam machte. »Das ist bestimmt die Antwort von Bannacks Sekretärin.« Marie klickte auf das Symbol des Mailprogramms und öffnete die Nachricht. Im nächsten Augenblick stieß sie einen Laut der Verwunderung aus. »Das gibt's doch nicht! Weißt du, wer da als Praktikant bei der CuxStahl arbeitet?«

Ihr Kollege hob die Schultern. »Jemand, den wir kennen?«

»Allerdings«, bestätigte Marie. »Der junge Mann heißt Daniel Peters.«

9

Begleitet von seltsam gemischten Gefühlen schlenderte Daniel durch die Nordersteinstraße. Seit Jahren war die Fußgängerzone der Stadt Baustelle, und noch immer wurde an der Pflasterung gearbeitet. Ob Cuxhaven dabei sei, seine letzten Geldgeber – die Feriengäste – zu vergraulen, hatten Leserbriefschreiber in der Zeitung gefragt. Warum ausgerechnet während der Saison die Straße aufgegraben und wieder zugemacht, dann erneut aufgerissen und mit neuem Pflaster versehen wurde, hatten sie nicht verstehen können. Auch die Strandpromenade befand sich seit vielen

Monaten im Umbau. Daniel war das gleichgültig. In der Stadt und an der Grimmershörnbucht sah man ohnehin nur alte Leute. Egal zu welcher Jahreszeit man dort unterwegs war. Jugendliche traf man allenfalls im Einkaufszentrum am Bahnhof, abends eher in der »Kiste«, im »Nautiko« oder »Im Bett«. Im Sommer natürlich an den Stränden von Döse, Duhnen und Sahlenburg. Aber dafür musste man sich verabreden. Nur im Meerwasserfreibad Steinmarne waren immer Leute aus seiner Altersgruppe anzutreffen.

Für einen Einkaufsbummel war die Stadt eher mau. Darum nutzte Daniel jede Gelegenheit, nach Bremerhaven zu fahren. Auf der »Bürger« und im Columbus Center gab es Geschäfte, von denen man in Cuxhaven nur träumen konnte. Dennoch war er auf dem Weg zu einer Neuerwerbung. Felix Dorn hatte ihm nach dem Gespräch einen Hundert-Euro-Schein in die Hand gedrückt. Damit war seine Barschaft auf einen Betrag angewachsen, der ihm erlaubte, sich einen lang gehegten Wunsch zu erfüllen. Sein Smartphone besaß eine Prepaid-SIM-Karte und war schon über zwei Jahre alt, es wurde Zeit für ein neues Modell mit einem richtigen Vertrag. Einige aus seiner Klasse besaßen bereits das iPhone 5, nun würde auch er zu dieser exklusiven Gruppe gehören.

Als Daniel den Laden verließ, empfand er zum ersten Mal seit dem Tod seiner Schwester so etwas wie Glücksgefühl. Obwohl der Kauf sein Budget belastet hatte, steuerte er auf das Eiscafé Da Dalto zu und ließ sich am Fenster nieder. Vielleicht kam jemand vorbei und bewunderte sein neues Mobiltelefon. Aber vor allem wollte er es ausprobieren und gleich ein paar Nachrichten verschicken. Er bestellte einen Stracciatella-Becher und konzentrierte sich auf das Display mit dem typischen Homescreen.

Nachdem er ein Foto gemacht und einigen Freunden und Mitschülern mitgeteilt hatte, wo er sich gerade befand und dass er gleich einen Eisbecher genießen würde, begann er, seine vom alten Handy übertragenen Bilder in Alben zu sortieren. Als er auf Porträts von Sarah stieß, zögerte er. Doch schließlich legte er auch für sie ein Album an. Wie oft er seine kleine Schwester aufgenommen hatte, war ihm nicht mehr bewusst gewesen. Nun blätterte er die Fotos durch. Auf allen war sie in Bewegung, lachte, strahlte den Betrachter an, winkte oder rief etwas. Die meisten waren an den Stränden von Duhnen oder Sahlenburg entstanden, einige auch im Schwimmbad Steinmarne, wenige nur zeigten sie am Haus oder im Garten. Hier hatte er sie im Kreis ihrer Freundinnen bei einer Geburtstagsfeier fotografiert. Fast hörte er das fröhliche Geschnatter der Mädchen, roch den Duft des Kuchens, den die Mutter gebacken hatte und gerade auf die Teller der Geburtstagsgäste verteilte.

Am Duhner Strand hatte sie einmal ein tiefes Loch in den Sand gebuddelt. Als darin Wasser zusammengeflossen war, hatte sie gefragt, wo sie ankommen würde, wenn sie weitergraben würde. »Irgendwo im südlichen Pazifischen Ozean, bei Neuseeland«, hatte er geantwortet. »Aber du müsstest ziemlich lange graben. Über 12.700 Kilometer.« Sie hatte eine Weile nachgedacht und schließlich gefragt, wohin dann das Wasser fließen würde – von der Nordsee in den Ozean oder vom Ozean in die Nordsee. So sehr er sein Gedächtnis bemühte, an seine Antwort auf diese Frage konnte er sich nicht erinnern. Das erschien ihm wie ein Verrat an Sarah, und dieses Versagen seiner Erinnerung quälte ihn. Ihren aufmerksam-fragenden Blick, der ihm ein wenig schelmisch erschienen war, sah er noch immer auf sich gerichtet. Heute sah er nichts Schelmisches in ihren Augen. Nur Sehnsucht. Sehnsucht nach dem Leben. Er spürte wieder diesen Schmerz. Druck in der Magengegend und ein scharfes Brennen in der Brust.

Vor seinen Augen verschwamm das Display des iPhones. Daniel kniff die Lider zusammen und wischte sich mit dem Handrücken die Tränen aus den Augenwinkeln. Von ihm unbemerkt hatte die Bedienung den Stracciatella-Becher gebracht, doch der Appetit auf Eis war ihm vergangen. Er legte Geld auf den Tisch, steckte das Telefon ein und verließ das Café. Eilig überquerte er den Vanneter Platz, um sein Fahrrad zu holen, das er vor dem City-Center abgestellt hatte.

Wenig später trat er kräftig in die Pedale, so dass er Altenwalde in Rekordzeit erreichte. Seine Gedanken kreisten um die Frage, wie er Sarahs Mördern ihre Bestrafung ankündigen konnte. Er war davon überzeugt, dass der Chef der Beratungsfirma und zwei seiner Mitarbeiter in dem Mercedes gesessen hatten. Auch wenn er an dem Wagen keinerlei Spuren hatte finden können. Einmal hatte der GLK vor der CuxStahl-Halle gestanden, und er hatte ihn unauffällig untersucht. Aber vielleicht hatte Scharnagel die Stoßstange erneuern lassen. Der Mann war ein eiskalter Manager, der es gewohnt war, Hindernisse aus dem Weg zu räumen. Am Steuer musste Bleeker gesessen haben; er war der einzige, der einen Ohrstecker trug.

Daniel fragte sich, ob die Mörder durch den Unfall der Ingenieurin bei der CuxStahl getroffen worden waren. Wahrscheinlich nur der Vater der Frau. Und Bleeker vielleicht, der offenbar etwas mit ihr hatte. Aber wenn es ihm nur ums Poppen ging, hatte er nicht wirklich einen Verlust zu ertragen.

Vielleicht sollte er sich für jeden von ihnen eine andere Strafe ausdenken. Wenn die Frau starb oder schwerbehindert überlebte, konnte er Scharnagel abhaken. Dann blieben die beiden Angestellten. Über sie hatte er noch nicht viel herausgefunden. Bleeker hatte weder Frau noch Kinder. Steiner war geschieden. In der Darstellung seines beruflichen Werdegangs auf der Internetseite der Offshore Consulting wurde eine Tätigkeit in Bremerhaven erwähnt. Dort, hatte Daniel über Facebook herausgefunden, lebte ein sechzehnjähriges Mädchen gleichen Namens. Ihrem Profil hatte er entnommen, dass Lea Steiner bei ihrer Mutter wohnte. Es gab zahlreiche Fotos auf ihrer Seite, die sie mit Freundinnen zeigte, eins auch mit der Mutter. Auf den Bildern glaubte Daniel eine Ähnlichkeit mit Steiner zu erkennen. Wenn das Mädchen tatsächlich seine Tochter war, würde ihr etwas zustoßen.

Doch so weit war er noch nicht. Zuerst würde er die Männer in Unruhe versetzen, ihnen Angst einjagen und sie weiter beobachten. Und nach einer Lösung für Jesko Bleeker suchen. Schließlich war er der Haupttäter.

Zu Hause verkroch er sich in sein Zimmer und schaltete den Computer ein. Dann suchte er nach einem Internetportal, von dem aus man anonyme E-Mails verschicken konnte. Auf der Website der Offshore Consulting hatte er die Mailadressen des Firmenchefs und seiner beiden Mitarbeiter gefunden. Über sendananonymail.com verschickte er schließlich drei gleichlautende Nachrichten. »Mörder werden bestraft.« Mit einem Foto von Sarah als Mailanhang.

*

Jesko Bleeker war die veränderte Stimmung nicht entgangen. Der Alte hatte sich gefangen und zu seiner gewohnten Selbstsicherheit zurückgefunden. Anfangs hatte Bleeker befürchtet, Ralf Scharnagel könnte durch den Unfall seiner Tochter aus der Bahn geworfen werden. Doch dann hatte sich gezeigt, aus welch hartem Holz dieser Mann geschnitzt war. Dagegen war Tom Steiner ungewöhnlich zurückhaltend gewesen, hatte vielfach einsilbig geantwortet und es vermieden, seine Gesprächspartner anzusehen. Vielleicht hatte er sich in der Raucherkneipe unwohl gefühlt, vielleicht hatte er einen schlechten Tag, aber Bleeker war ziemlich sicher, dass sein Kollege innerlich mit anderen Problemen als der möglichen Bestechlichkeit eines Betriebsrats, der Suche nach dem Verursacher des Unfalls mit dem Hubsteiger oder der Rolle eines Praktikanten bei der CuxStahl beschäftigt war.

Der Gedanke an seinen Kollegen verflüchtigte sich in dem Augenblick, als er die Wohnung betrat. Seit Katharina ihn hier besucht und auf so besondere Weise beglückt hatte, erinnerte ihn alles an diesen Abend. Der Blick aufs Meer und auf die Schiffe am Horizont, den sie bewundert hatte, der Tisch, an dem sie mit Champagner angestoßen hatten, die Ledercouch, auf der sie ihn mehr als einmal zum Höhepunkt getrieben hatte. Sogar am kleinen Esstisch in der Küche sah er sie sitzen und Austern schlürfen. Eine ungewöhnliche Frau mit einer unbändigen Lebenslust. Plötzlich war alles zu Ende. Niemand außer Scharnagel wusste wirklich, wie es ihr ging. Aber aus dessen Andeutungen und den wenigen Informationen, die im Betrieb kursierten, war ein unschönes Bild entstanden. Katharina war offenbar so schwer verletzt, dass sie nicht transportfähig war. Sonst hätte ihr Vater sie zu Spezialisten in die Schweiz oder in die USA fliegen oder wenigstens nach Hamburg verlegen lassen.

Nun fragte er sich, ob es eines Tages eine Fortsetzung des Abenteuers geben würde, das sie ihm beschert hatte. Oder ob die Schönheit ihres Körpers und die Eleganz ihrer Bewegungen, die Frivolität ihres Geistes und die Zügellosigkeit ihres Begehrens durch den Unfall für immer zerstört sein würden.

Wenn es ein Unfall war. Mehr und mehr zweifelte er daran. Die Veränderung der Steuerungssoftware konnte durch einen Speicherfehler verursacht worden sein, mindestens ebenso wahrscheinlich war jedoch ein Eingriff von außen. An dieser Stelle seiner Überlegungen wurde ihm plötzlich klar, dass Steiner bei der Aufzählung der möglichen Experten, die dafür infrage kamen, einen Namen nicht genannt hatte – seinen eigenen.

Bleeker schaltete sein Notebook ein, um sich zu vergewissern, ob ihn sein Gedächtnis nicht trog. Routinemäßig kontrollierte er zuerst seinen Posteingang. Das Fach mit der offiziellen Firmenadresse war durch Werbung und branchentypische Anfragen überfüllt. Darunter die Bitte eines Headhunters um Kontaktaufnahme. Die verschob er in einen Ordner für unerledigte Privatangelegenheiten. Alle anderen Mails markierte er, um sie zu löschen. In dem Augenblick, als er die Maustaste drückte, fiel ihm ein Wort ins Auge, das nicht zu den üblichen Werbetexten passte: »Mörder!«

Rasch holte er die gelöschte Nachricht aus dem Papierkorb zurück. Sie bestand aus einem einzigen Satz und enthielt eine Bilddatei als Anhang. Noreply@sendananonymail.com lautete die Absenderzeile. Verärgert über die Geschmacklosigkeit schob er die Nachricht wieder in den Papierkorb, ohne den Anhang zu öffnen.

In diesem Augenblick meldete sich sein Handy mit einem Anruf von Tom Steiner. Bleeker verspürte wenig Neigung, mit Steiner zu sprechen. Doch nach dem vierten Klingeln nahm er das Gespräch entgegen.

»Hast du schon deine Mails von heute gesehen?« Kein Gruß, keine Einleitung. Der Ton war schroff.

Bleeker antwortete unwillig. »Es ist spät. Was willst du?«

»Jemand weiß von dem Unfall.« Steiners Stimme wirkte gehetzt. »Ich habe eine Mail bekommen, wir alle haben eine bekommen. Anonym. Du, Ralf und ich stehen in der Adresszeile. Hast du das nicht gesehen? Mörder werden bestraft. Und ein Foto. Von dem Mädchen.«

»Das glaube ich nicht.« Widerstrebend öffnete Bleeker erneut den Papierkorb seines Mailprogramms und zog die anonyme Nachricht heraus. Diesmal ließ er sich das angehängte Foto anzeigen. Ein blondes Mädchen von ungefähr dreizehn Jahren. Sie winkte dem Betrachter zu, saß auf einem Fahrrad, hatte einen Fuß auf dem Pedal, den anderen auf dem Gehsteig. Den Hintergrund bildeten Vorgarten und Fassade eines Einfamilienhauses.

»Wer soll das sein?« Bleeker blieb skeptisch. »Mit dem Gesicht kann ich nichts anfangen. Diese kleinen Lolitas sehen doch alle gleich aus. Oder meinst du das Fahrrad? Daran kann ich mich überhaupt nicht erinnern. Und was den Unfall betrifft – niemand kann davon wissen. Mach dich nicht verrückt.«

Steiner stöhnte. »So blind kann man doch gar nicht sein. Das ist das Mädchen! Wir müssen etwas unternehmen. So schnell wie möglich. Scharnagel ist heute nicht mehr zu erreichen. Aber morgen können wir uns treffen.«

Genervt gab Bleeker nach. »Was sollen wir deiner Meinung nach tun?«

»Den Absender herausfinden.«

»Und dann?«

Während Bleeker wartete, hörte er seinen Gesprächspartner atmen. Schließlich kam eine Antwort. »Dann ziehen wir ihn aus dem Verkehr.«

10

Er hatte zwei Tage Urlaub genommen, um die Ferienwohnung herzurichten, mit der seine Familie ein nicht unerhebliches Zubrot verdiente. Über die Osterfeiertage würden die ersten Gäste kommen, bis dahin mussten die Wände im Schlafzimmer gestrichen, die Tapeten im Wohnraum erneuert und einige kleine Reparaturen durchgeführt werden. Überhaupt gab es am Haus einiges zu tun. Nicht alles hatte er abends und an den Wochenenden schaffen können. Zumal Andrea in letzter Zeit häufig Spätschicht hatte und die Kinder, seit sie in der Oberstufe waren, kaum noch Zeit für häusliche Arbeiten erübrigen konnten. Obwohl Mats Flemming keine Hilfe hatte, lag er gut in der Zeit. Der erste Anstrich im Schlafraum war fast trocken, die alte Tapete im Wohnzimmer entfernt, Kleister für die neue angerührt. Er gönnte sich eine Pause und verließ die Ferienwohnung, um vor der Tür eine Zigarette zu rauchen.

Trotz Sonnenscheins war es draußen noch ungewöhnlich kalt, ein starker Nordost wehte Meeresluft und Möwengeschrei über den Deich. In der Nachbarschaft hatten die Menschen begonnen, Häuser und Gärten für die Saison vorzubereiten. Die Siedlungen am Vogelsand waren herausgeputzt, einige Strandkörbe warteten schon auf Besucher, hier und da waren die ersten Gäste eingezogen. Doch noch immer waren die Straßenränder von Schneeresten gesäumt. Flemming blinzelte gegen die Morgensonne, zündete seine Zigarette an, inhalierte tief und bestaunte ein älteres Ehepaar, das bereits zu dieser frühen Stunde Koffer, Kisten und Kleidung aus seinem Opel mit Dortmunder Kennzeichen in eine der benachbarten Ferienwohnungen trug.

Der erste Ansturm, dachte Flemming, steht in den nächsten Tagen bevor. An den Strandaufgängen würden wieder Zugangskontrollen eingerichtet. Trotz des anhaltenden Winterwetters waren Kurgäste auf der Deichkrone unterwegs. Dort gab es gelegentlich unschöne Szenen, weil Kontrolleure – die Kurverwaltung nannte sie »Gästebetreuer« – die Besucher anhielten, um deren Kurkarten zu kontrollieren. Konnten sie die nicht vorweisen, wurden sie aus dem Strandgebiet verwiesen. Einige Gäste empfanden die Pflicht zur Zahlung einer Kurtaxe als Wegelagerei. Auch Flemming waren die Kosten, die seinen Gästen für den Besuch des Strandes entstanden, ein Dorn im Auge. Von den Leistungen der Kurverwaltung, die sie dafür in Anspruch nehmen konnten, hatten die meisten nichts. Sie wollten weder Konzertveranstaltungen besuchen noch Gymnastik am Strand betreiben oder an Volleyball-Turnieren teilnehmen. Andrea und er mussten sich mit ihren Gästen regelmäßig darüber auseinandersetzen, denn sie waren verpflichtet, jede Übernachtung in eine Liste einzutragen und den Kurbeitrag zu kassieren. Gelegentlich tauchten städtische Kurbeitragsbeauftragte auf, um sich von der ordnungsgemäßen Listenführung zu überzeugen. Flemming war überzeugt, dass die ersten Kontrolleure schon unterwegs waren.

Als wollte die Stadtverwaltung ihm seine Gedanken bestätigen, rollte in diesem Augenblick ein blauer Passat Kombi heran und stoppte vor dem Grundstück. Ein dunkelhaariger Mann mit grauen Schläfen und eine junge blonde Frau stiegen aus und kamen auf ihn zu. Flemming zog heftig an seiner Zigarette und stieß den Rauch in die Luft. »Wenn du an den Teufel denkst«, murmelte er, »hat er dich schon am Arsch.«

Der Mann zog einen Ausweis aus der Tasche und hielt ihn hoch. »Auf euch habe ich gerade gewartet«, sagte Flemming laut, drückte seine Zigarette in einem Blumentopf aus und breitete die Arme aus. »Bei mir gibt's nichts zu holen. Keine Gäste. Nur Arbeit.«

»Dabei werden wir Sie nicht lange stören.« Vor seiner Nase tanzte der Ausweis. »Mein Name ist Röverkamp, Kriminalhauptkommissar. Das ist meine Kollegin Janssen.«

Flemming grinste erleichtert. »Nicht von der Kurverwaltung? Das ist ja mal eine Überraschung.«

»Sind Sie Mats Flemming?«, fragte die Blonde.

Interessiert musterte er die junge Frau. »Für Sie gerne Mats. Was kann ich für Sie tun?«

Sie verdrehte die Augen, ihr Kollege antwortete an ihrer Stelle. »Wir haben ein paar Fragen an Sie. Im Zusammenhang mit dem Unfall an Ihrem Arbeitsplatz in der CuxStahl.«

»Dafür interessiert sich die Polizei?«

»Es könnte sein«, antwortete der Hauptkommissar, »dass bei dem Absturz Ihrer Kollegin jemand nachgeholfen hat. Durch Manipulation an der Steuerung oder der Steuerungssoftware des Hubsteigers.«

»Dafür kommen nur wenige Personen infrage«, ergänzte die Frau. »Gehören Sie dazu?«

Mats Flemming erschrak. In rascher Folge schossen Szenen durch seinen Kopf. Von Auseinandersetzungen mit der Firmenleitung über Streit mit dem einen oder anderen Ingenieur, der alles besser zu wissen glaubte, bis zu einer Rangelei mit Betriebsrat Schubert, in dessen Verlauf er ihm eins aufs Maul gegeben hatte. Wollte einer von denen ihm etwas in die Schuhe schieben? Auch mit der Tochter des Unternehmensberaters hatte er sich angelegt. Konnte man ihm daraus einen Strick drehen?

»Hätten Sie die Steuerung manipulieren können?«, erneuerte die Polizistin ihre Frage.

»Was heißt können? Natürlich kenne ich mich aus, natürlich könnte ich da was machen. Ich weiß, wie man das Gerät an einen Computer anschließt und wie man die Parameter einstellt oder verändert. Aber das würde ich niemals tun. Das wäre gegen meine ...« Berufsehre, hatte er sagen wollen, aber das Wort erschien ihm zu hochtrabend, also ließ er den Satz unvollendet.

»Und wer ist noch in der Lage, die Einstellungen zu verändern?«

»Manni. Ich meine Manfred Tönjes. Ob der Chef das noch drauf hat, weiß ich nicht. Auf jeden Fall Schubert, der Betriebsarsch. Entschuldigung. Aber das ist meine Meinung. Und nicht nur meine. Außerdem der sogenannte Kapitän von der OCH. Ja, und die von Rosenbach selbst. Aber das ist doch alles theoretisch. Wer sollte denn der Frau was antun wollen? Wenn da einer was gedreht hat, dann war das gegen Schubert gerichtet. Der wäre nämlich normalerweise an dem Tag mit dem Steiger gefahren. Das würde auch Sinn ...« Flemming brach ab, als ihm bewusst wurde, in welche Lage er sich gerade manövrierte.

Der Kriminalbeamte fixierte ihn. »Sie meinen, jemand könnte versucht haben, Schubert umzubringen? Oder ihm einen gehörigen Denkzettel zu verpassen?«

»Hätten Sie dafür nicht ein Motiv?«, fragte die junge Frau. »Sie haben offenbar etwas gegen Schubert. Und wenn es mehr sein sollte als nur etwas, bekommen wir das heraus.«

Flemming spürte, wie ihm der Schweiß ausbrach.

*

Bevor er sich auf den Weg zum Krankenhaus machte, hatte Felix Dorn sich noch einmal gefragt, auf welchem Wege er die größere Chance hätte, an seine Information zu kommen. Manchmal war es von Vorteil, wenn man ihn kannte. Wie Firmenchefs und Behördenleiter waren auch Chefärzte und Krankenhausdirektoren an einer guten Presse interessiert. Für einen positiven Beitrag in der Zeitung waren sie manchmal erstaunlich auskunftsbereit. Ob er allerdings etwas über den Zustand einer bestimmten Patientin erfahren würde, erschien ihm zweifelhaft. Über einen Pfleger oder eine Krankenschwester etwas herauszubekommen, war in diesen Tagen unmöglich, weil der junge Mann, der sich sonst gern etwas dazu verdiente, im Urlaub war. Schließlich hatte er sich für den dritten Weg entschieden und entsprechende Vorbereitungen getroffen.

Für seinen Besuch im Krankenhaus hatte er eine helle Hose und weiße Turnschuhe angezogen und sich ein paar Formulierungen auf Schwedisch eingeprägt. Sein Plan konnte nur gelingen, wenn ihn niemand erkannte. Darum stellte er seinen auffälligen rotweißen Mini Cooper außerhalb des Krankenhausgeländes auf der Altenwalder Chaussee ab. Mit einem Einkaufsbeutel in der Hand schlenderte er zunächst zu den Rauchern, die sich in einem gläsernen Unterstand vor dem Hauptportal drängten. Es dauerte nicht lange, bis sich ein kleiner Pulk männlicher Bademantelträger aus der Versammlung löste und den Weg zum Eingang einschlug. Im Gefolge der Gruppe und mit gesenktem Kopf kam er ungesehen am Informationsschalter vorbei.

Gemächlich wanderte er den Gang entlang, der zum Trakt mit der Intensivstation führte. Patienten schlenderten durch die Flure und redeten mit Besuchern. Schwestern und Pfleger eilten mit Akten oder medizinischen Utensilien zwischen verschiedenen Stationen hin und her. Türen klappten. Niemand schien ihn zu beachten. Vor der Tür mit der Aufschrift »Intensivstation – Zutritt verboten« zog er einen weißen Kittel aus dem Einkaufsbeutel und schlüpfte hinein. Ein Namensschild an der Brusttasche wies ihn als »Dr. Johansson« aus.

Mit klopfendem Herzen betrat er die Station. Hinter der Tür empfing ihn eine unwirkliche Geräuschkulisse aus summenden und piependen Geräten, dem Rauschen der Klimaanlage und halblaut geführten Unterhaltungen zwischen Ärzten und Pflegepersonal. Auch hier nahm niemand von ihm Notiz. Erst als er sich dem Raum mit den Patientenbetten näherte und suchend Ausschau hielt, wurde er von einem Pfleger angesprochen. »Kann ich Ihnen helfen, Herr Doktor?«

»God dag«, antwortete Felix. »Hur länge skall komapatienten stanna på intensivavdelningen.«

Der Mann hob bedauernd die Schultern und grinste verlegen. »Ich kann Sie leider nicht richtig verstehen. Geht es um Komapatienten? Ah, bestimmt möchten Sie unsere Frau von Rosenbach sehen. Sie ist die einzige Komapatientin. Kommen Sie!« Er zog einen Mundschutz aus der Tasche, nahm einen weiteren aus einem Regalfach und drückte ihn Felix in die Hand. »Das ist ein schwieriger Fall.«

»Hjärtligt tack.« Felix nickte, streifte den Mundschutz über und folgte dem Pfleger.

Wenig später standen sie vor einem Krankenbett. Die Beschriftung wies die Patientin als Katharina von Rosenbach aus. »Ich weiß ja nicht, ob Sie mich verstehen«, sagte der Pfleger. »Ich versuche, langsam zu sprechen.«

Mit gemischten Gefühlen betrachtete Felix Dorn die fast vollständig verbundene Frau, deren Körper durch eine Reihe von Schläuchen und Kabeln mit blinkenden Apparaturen hinter dem Bett verbunden war, und lauschte den medizinischen Erläuterungen. Er verstand nur die Hälfte, war aber schon durch den Anblick der bandagierten Patientin überzeugt, dass die Frau um ihr Leben kämpfte. Nach den Ausführungen des Pflegers lag sie im Koma, wurde künstlich beatmet und ernährt. Er schloss mit dem Satz. »Hier glaubt keiner, dass sie überlebt.«

Ein Satz, den Felix sich merken wollte. Für seinen nächsten Beitrag. Und Hajo Sommer würde sich nicht querstellen, wenn er ihm berichtete, was er hier mit eigenen Augen gesehen hatte.

Mit einem verständnisvollen Nicken verabschiedete er sich und bedankte sich erneut. »Hjärtligt tack. Ni har hjälpt mig mycket.« Zügig verließ er die Intensivstation, zog den weißen Kittel aus, verstaute ihn in seinem Einkaufsbeutel und eilte zum Ausgang.

*

Scharnagel hatte ihnen den GLK gegeben. »Schnappt euch den Jungen und bringt ihn her. Scheint der Bruder des Mädchens zu sein. Ich muss wissen, was er über den Unfall weiß. Wenn er nicht freiwillig mitkommt, schnürt ihr ihn zusammen. Der Gepäckraum ist groß genug.«

Auf dem Weg nach Altenwalde herrschte Stille zwischen Tom Steiner und Jesko Bleeker. Im Radio lief eine Kuppelsendung. Günter, zweiundsiebzig, sportlich, Nichtraucher, Liebhaber von Tiersendungen und Hausmannskost, suchte eine Lebensgefährtin bis Mitte sechzig. Schlank, gesundheitsbewusst und treu.

Erst als sie die Ortsmitte erreicht hatten und das Navi ihnen empfahl, rechts abzubiegen, brach Bleeker das Schweigen. »Wenn wir diesen Daniel bei Scharnagel abliefern, was glaubst du, wird er mit ihm machen?«

»Nichts.« Steiner stieß einen grimmigen Lacher aus. »Das wird er uns überlassen. Sollte sich herausstellen, dass der Junge für Katis Absturz verantwortlich ist, muss Ralf ihn aus dem Verkehr ziehen. Denn es würde bedeuten, dass er etwas über den Unfall mit dem Mädchen herausgefunden hat, was Scharnagel gefährlich werden könnte. Uns übrigens auch.«

»Du meinst, der Schüler weiß, wem dieser Wagen gehört?« Bleeker schlug mit der flachen Hand auf das Armaturenbrett. »Und er weiß, dass mit diesem Wagen ...? Dann ist der schlauer als die Polizei. Wie sollte er darauf gekommen sein?«

»Keine Ahnung«, murmelte Steiner und folgte den Anweisungen der Stimme aus dem Navigationsgerät. »Zufall. Vielleicht war er in der Nähe und hat uns gesehen. Oder den Wagen.«

»Das glaube ich nicht.« Bleeker schüttelte den Kopf. »Angenommen, er hat den Unfall beobachtet, dann hätte er doch sofort die Polizei angerufen.«

»Vielleicht hat er davon gar nichts mitbekommen, nur den Wagen gesehen und sich später alles zusammengereimt.«

»Falls das stimmt, war es ein Fehler, mit Ralfs Wagen herzukommen. Wenn der Junge ihn sieht, wird er auf der Stelle verschwinden.«

»Wir parken hinter den Häusern, dort wo das freie Gelände beginnt, und gehen die paar Schritte zu Fuß.«

»Sie haben Ihr Ziel erreicht«, teilte die Computerstimme mit. »Ihr Ziel liegt auf der rechten Straßenseite.«

Tom Steiner deutete auf ein Einfamilienhaus. »Das muss es sein. Ich suche einen unauffälligen Platz zum Halten. Gehst du dann zurück?«

Bleeker nickte und zog sein Handy aus der Tasche. »Ich rufe erst mal an.«

Als abgenommen wurde, gab Bleeker seiner Stimme einen freundlichen Klang. »Entschuldigen Sie bitte die Störung, Frau Peters. Mein Name ist Schmidt, ich bin von der Firma CuxStahl. Ihr Sohn Daniel absolviert gerade ein Praktikum bei uns. Wir würden gern mit ihm sprechen.«

»Daniel ist nicht da. Die Jungs sind ... Was wollen Sie von Daniel?«

Bleeker folgte einer Eingebung »Uns ist aufgefallen, dass Ihr Sohn besonders begabt ist, verehrte Frau Peters. Wir sind immer auf der Suche nach talentierten jungen Leuten, die eines Tages bei uns arbeiten könnten. Darum fördern wir sie, indem wir ihnen Unterstützung während des Studiums anbieten. Auch finanziell. Darüber würden wir gern mit Daniel sprechen. Am besten persönlich. Wir sind gerade in der Nähe.«

»Daniel ist ... bei einem Freund in Cuxhaven. Ich könnte ihn anrufen. Wenn Sie in einer Viertelstunde vorbeikommen wollen, ist er sicher hier.«

»Das wäre sehr freundlich, Frau Peters. Vielen Dank.« Bleeker drückte die Ende-Taste und verstaute das Telefon. »Er ist nicht da. Aber die Mutter ruft ihn an. Wir müssen nur auf ihn warten. Ich gehe hin und fange ihn ab.«

*

Anrufe seiner Mutter empfand Daniel gewöhnlich als lästig. Sie wollte meistens wissen, wo er war, was er machte und wann er nach Hause kam. Manchmal trug sie ihm auch Besorgungen auf. Diesmal jedoch empfand er den Klingelton seines neuen iPhones als angenehme Überraschung. Er ließ das Telefon in seiner Hand noch zweimal klingeln und nahm es dann mit einer lässigen Geste ans Ohr. Aus den Augenwinkeln nahm er wahr, dass der eine oder andere Junge in der Gruppe große Augen machte. Mit zufriedenem Lächeln meldete er sich. Doch je länger er den Worten seiner Mutter lauschte, desto mehr verzog sich sein Gesicht zum Ausdruck einer gewissen Ratlosigkeit. Ein Herr von der CuxStahl wolle ihn sprechen. Darum müsse er unbedingt nach Hause kommen, redete seine Mutter auf ihn ein. Es ginge um seine Zukunft. Er sei wegen seiner Fähigkeiten aufgefallen und könne von der Firma ein Stipendium bekommen. Wo er denn sei und wann er da sein könne. Zur Not solle er ein Taxi nehmen, die Kosten dafür spielten in diesem Fall keine Rolle.

Daniel dachte an Metallbaumeister Tönjes. Mit ihm hatte er sich ein wenig angefreundet. Der alte Herr wurde nicht müde, ihm Arbeitsabläufe und die Handhabung von Werkzeugen zu erklären. Daniels Interesse an Details und seine gezielten Nachfragen schienen ihm zu gefallen. Mehr als einmal hatte er ihn wegen seines technischen Verständnisses und seiner Geschicklichkeit gelobt. Wenn Tönjes bei seiner Mutter aufgetaucht war, hatte das bestimmt etwas zu bedeuten. Nur komisch, dass er nichts gesagt und sich nicht angekündigt hatte. Daniel versprach, sich sofort auf den Weg zu machen und in zehn Minuten da zu sein.

»Ich muss nach Hause«, erklärte Daniel seinen Freunden. Auf eine Begründung verzichtete er. Dass er sie verließ, war peinlich genug, der Abend hatte noch gar nicht richtig begonnen. Sie hatten sich zum Vorglühen bei einem Freund in der Jacobistraße in Lüdingworth getroffen, um anschließend in gehobener Stimmung zu Janssens Tanzpalast zu ziehen, wo sie sich nach Mädchen umsehen wollten. Später eventuell auch noch in der Stadt.

In »Phase III« lief jeden Freitagabend die U-25-Party. Er bestellte einen Wagen und verabschiedete sich. »Wir sehen uns später im Janssens.«

*

Als Daniel vor dem Haus aus dem Taxi stieg, stand plötzlich ein Mann neben ihm. In seinem Ohr glitzerte ein Brillant. »Guten Abend, Herr Peters. Wir hätten etwas mit Ihnen zu besprechen.«

Durch Daniels Kopf rasten die Bilder eines verworrenen Films. Sarah im Krankenhaus, die Unfallstelle, der Sarg, wie er im Boden des Friedhofs verschwindet. Oskars Zeichnung, das Firmenlogo der OCH, der schwarze Mercedes GLK. Bleeker und die blonde Frau im Fischereihafen Restaurant, ihr Sturz aus dem Hubsteiger. Hastig drehte er sich um, stieß Bleeker zur Seite und rannte los. In der Altenwalder Heide kannte er sich aus, spätestens dort würde er Bleeker abschütteln können. Dessen Absätze schlugen hart auf das Pflaster, aber seine Schritte kamen nicht näher. Als Daniel sich einem dunklen Wagen näherte, sprang plötzlich die Tür auf der Beifahrerseite auf. Er versuchte auszuweichen, geriet ins Straucheln und stürzte auf die Gehwegplatten. Im nächsten Augenblick war ein Mann über ihm, packte seine Arme und stellte ihn auf die Füße.

»Hoppla, junger Freund. Nicht so schnell.« Tom Steiner drückte ihn gegen den Wagen. Daniel wehrte sich mit Händen und Füßen, schlug und trat um sich, doch dann war auch Bleeker da. Gemeinsam drehten die Männer ihm die Arme auf den Rücken und banden seine Handgelenke mit Klebeband zusammen. Dann warfen sie ihn zu Boden, einer kniete sich auf seinen Rücken, der andere fesselte seine Füße. Gemeinsam hoben sie ihn auf und warfen ihn in den Kofferraum des Wagens, neben einen Werkzeugkasten. Als er begann, um Hilfe zu schreien, stopfte einer der Männer ihm einen nach Öl stinkenden Lappen in den Mund. Im nächsten Augenblick wurde der Motor gestartet, und der Wagen rollte an. Mit rasch zunehmender Geschwindigkeit fuhr er zur Hauptstraße, bog in Richtung Cuxhaven ab und folgte der Verbindung zur

B 73. Daniel würgte, versuchte vergeblich, den Lappen loszuwerden. Er hielt inne, als er einen der Männer telefonieren hörte. Nur Bruchstücke waren zu verstehen, aus denen er sich zusammenreimte, dass Bleeker oder Steiner seinen Gesprächspartner fragte, wohin die Ladung gebracht werden sollte. Die Antwort schien ihn zufriedenzustellen. »Eine gute Idee«, sagte er.

Viel konnte Daniel nicht sehen, glaubte aber zu erkennen, dass sie über Heerstraße, Abschnede und Humphry-Davy-Straße fuhren, um wieder auf die B 73 zu stoßen. Jenseits der Bundesstraße lag das Werksgelände der CuxStahl. Hier befanden sich auch die anderen Firmen, die an der Produktion der Windanlagen beteiligt waren, nicht zuletzt der Offshore-Basishafen, an dem die Errichterschiffe mit den Tripiles beladen wurden, um sie zu den Standorten der Windparks auf hoher See zu bringen.

Nachdem der Wagen zum Stillstand gekommen war, geschah eine Weile nichts. Daniel hörte die Wellen der Nordsee rauschen, die Männer unterhielten sich leise. Dann wurde der Wagen wieder gestartet. Nach wenigen hundert Metern, so schien es ihm, hielt er erneut, setzte zurück, rangierte ein paar Mal hin und her. Schließlich wurde der Motor abgestellt, Türen klappten, Schritte näherten sich der Hecktür. Als sie geöffnet wurde, schoss frischer Seewind herein. Einer der Männer griff nach dem Werkzeugkasten und zog ihn heraus. Die Tür schlug wieder zu. Irgendwann wurde sie erneut geöffnet, zwei Hände packten Daniels Oberarme und zerrten ihn aus dem Wagen. Sie stellten ihn auf die Füße und tasteten ihn ab. Eine Hand entdeckte das iPhone und zog es aus seiner Tasche. Es verschwand in Bleekers Jackett.

Während der Fahrt war die Dunkelheit hereingebrochen. Schemenhaft erkannte Daniel vor sich die Silhouette eines Tripiles. An einem der riesigen Stahlrohre stand eine Montagebrücke, eine Art Gangway, wie sie auch für Flugzeuge verwendet wurde. Die Stufen führten zu einer der Luken, über die Techniker während der Endmontage ins Innere des Tripiles kletterten, um dort Leitungen zu verlegen und Sensoren zu installieren.

Daniel ahnte, was Bleeker und Steiner vorhatten. Als sie ihn in Richtung der Montagebrücke zerrten, knickten seine Beine ein, aus seinem geknebelten Mund drangen dumpf verzweifelte Laute, Tränen schossen ihm in die Augen. Doch die Männer schleppten ihn weiter.

Der Versuch, Daniel trotz seiner gefesselten Füße über die Stufen nach oben zu schleppen, misslang. Für drei Personen nebeneinander war die Treppe zu schmal. Nach kurzer Diskussion mit Steiner durchschnitt Bleeker mit einem Taschenmesser das Klebeband an den Knöcheln. Dann stießen sie ihn voran. Daniel ließ sich auf die Knie fallen. Die scharfen Kanten des stählernen Aufstiegs verursachten höllische Schmerzen, die ihn aufschreien ließen, aber nur ein dunkles Wimmern drang durch den öligen Lappen. Steiner fasste Daniel unter die Achseln, Bleeker umklammerte seine Beine an den Waden. Gemeinsam wuchteten sie ihn Stufe für Stufe die Stahltreppe hinauf.

Auf der Plattform vor der offenen Luke verharrten sie keuchend. Bleeker zog eine Taschenlampe hervor, beugte sich in die Öffnung und leuchtete hinein. In diesem Augenblick erkannte Daniel seine Chance. Als Bleeker sich durch die Luke nach innen beugte, warf sich Daniel gegen dessen Hinterteil. Mit einem Aufschrei verschwand der Oberkörper des Mannes in der Öffnung, die Taschenlampe polterte ins Innere des stählernen Ungetüms. Erschreckt sprang Steiner zur Tür, packte die Beine seines Kollegen und zerrte ihn auf die Plattform zurück.

Daniel hastete die Stufen hinab, erreichte festen Boden und rannte über den Kai davon. Obwohl ihn die zusammengebundenen Hände behinderten, schaffte er rasch eine deutliche Distanz zwischen sich und den Männern. Im Laufen warf er einen Blick über die Schulter. Bleeker und Steiner hatten ebenfalls den Boden erreicht, einer lief zum Wagen, der andere nahm zu Fuß die Verfolgung auf. Gehetzt sah Daniel sich um. Inzwischen war es fast dunkel. Die Lampen der Montagehalle warfen ein diffuses Licht und zeigten den Weg zum CuxStahl-Gelände. In der anderen Richtung duckte sich eine Reihe niedriger Schuppen in die Nacht. Als der Motor des Mercedes aufheulte, wurde Daniel klar, dass er keine Chance hatte, seinen Verfolgern zu entkommen, wenn er auf der freien Fläche des Hafenkais blieb. Entschlossen wandte er sich dem nächstgelegenen Fluchtpunkt zu, einer endlosen Reihe von Stahlrohrelementen, aus denen die Masten der Windkrafträder zusammengesetzt wurden. Sie lagerten nebeneinander auf Betonstützen, ihr Inneres war an den offenen Enden durch grüne Planen gegen Witterungseinflüsse geschützt.

Keuchend erreichte er das Lager und kroch unter die Rohre. Hier war es vollständig dunkel. Kaum hatte sich sein Atem beruhigt, stoppte der Mercedes in der Nähe, seine Scheinwerfer warfen scharfe Lichtbündel in die Nacht, erreichten Daniel aber nicht. Die Männer liefen an den Rohren entlang. Sie würden sich denken können, dass er sich irgendwo darunter versteckte. Sie würden eine Weile brauchen, aber es war nur eine Frage der Zeit, bis sie ihn fanden. Wenn es ihm gelang, eine der Planen zu öffnen und sich im Inneren eines Rohres zu verstecken, wäre er sicherer. Mit angehaltenem Atem lauschte Daniel auf die Schritte. Als sie sich mehr und mehr entfernten, begann er, die gefesselten Hände an der Kante einer Betonstütze zu reiben. Wenig später bluteten seine Handgelenke, aber schließlich waren seine Arme frei. Vorsichtig robbte er zum Ende der Stahlelemente und zerrte so lange an der Plane, bis sie sich lösen ließ. In dem Augenblick, als er sich über die Kante des Rohres ins Innere schwang, drangen wieder die Schritte der Männer an sein Ohr. Rasch zog er die Beine nach und schob die Verkleidung zurück an ihren Platz.

Als die Männer in der Nähe stehenblieben und sich berieten, hielt Daniel erneut den Atem an. Sein Herz raste und seine Hände zitterten. Irgendwann entfernten sich die Stimmen. Kurz darauf sprang ein Motor an, lief eine Weile im Leerlauf, drehte dann hoch. Schließlich wurde er leiser, und das Geräusch verschwand ganz.

Daniel wartete noch eine Weile, bevor er aus seinem Versteck schlüpfte. Vorsichtig sah er sich um und lauschte in die Dunkelheit. Niemand schien mehr in der Nähe auf ihn zu warten. Noch einmal verharrte er eine endlose Minute, dann machte er sich auf den Weg in die Stadt, noch immer voller Angst, der Wagen könnte wieder auftauchen.

11

»CuxStahl-Unfall: Opfer ringt mit dem Tod.« Die Überschrift auf der Lokalseite sprang ihn geradezu an. Sabine hatte die Zeitung aufgeschlagen auf den Frühstückstisch gelegt. Konrad Röverkamp setzte seine Lesebrille auf und überflog den Artikel.

> »Hier glaubt keiner, dass sie überlebt.« Diese Meinung scheint im Kreis des medizinischen Personals zu herrschen, das auf der Intensivstation des Cuxhavener Krankenhauses um das Leben der Patientin Katharina v. R. kämpft. Wie berichtet, war die Ingenieurin bei Kontrollarbeiten aus großer Höhe abgestürzt. Entgegen der Darstellung des Unternehmens hat sie sich dabei lebensgefährliche Verletzungen zugezogen. Inzwischen befasst sich die Kriminalpolizei mit dem Fall. »Wir ermitteln in alle Richtungen«, betonte Staatsanwalt Krebsfänger. Ob es sich tatsächlich um einen Unfall handelt, ließ er offen. Nach uns vorliegenden Informationen wurden in der CuxStahl Unterlagen beschlagnahmt, die noch ausgewertet werden. Anne Lüken, Leiterin der Pressestelle der Polizeiinspektion Cuxhaven, teilte auf Anfrage mit, die Beamten des zuständigen Kommissariats arbeiteten mit Hochdruck an der Aufklärung. Wegen der laufenden Ermittlungen könnten jedoch derzeit keine Details bekannt gegeben werden.

»Das ist doch nicht zu fassen. Woher haben die das?« Verärgert warf Röverkamp die Zeitungsseiten auf den Tisch. Die Blätter rutschten über die Kante und segelten zu Boden. »Wer gibt denn der Presse Auskunft über den Zustand von Patienten?«

Sabine Cordes hob die Zeitung auf, faltete sie zusammen und legte sie zurück. »Bei uns im Krankenhaus macht das niemand. Ich kann es mir jedenfalls nicht vorstellen.« Sie tippte auf die Blätter. »Hast du gesehen, wer den Beitrag geschrieben hat? Vielleicht ist die undichte Stelle bei euch.«

Röverkamp schüttelte unwillig den Kopf, griff erneut nach den Seiten und blätterte sie durch, bis er den Artikel wiederfand. »Felix Dorn«, stöhnte er. »Ich glaub es nicht.« Er stand auf, verließ die Küche und kehrte mit dem Telefon in der Hand zurück. »Ich rufe Marie an.«

Sie meldete sich nach dem vierten Klingeln, ihre Stimme klang etwas undeutlich. »Moin Konrad.«

»Moin. Hast du schon Zeitung gelesen?«

Marie war verunsichert. Es war ungewöhnlich, dass Konrad um diese Zeit anrief. Und ausgerechnet heute war sie spät dran. Sie hatte den Wecker überhört, eine morgendliche Übelkeit niedergekämpft und gerade begonnen, sich die Zähne zu putzen, als das Telefon klingelte. Sie meldete sich und bereute sofort, das Gespräch angenommen zu haben, denn Konrads Ton war barsch.

»Entschuldige. Ich muss mir gerade mal den Mund ausspülen. – So, jetzt bin ich ganz Ohr. Nein, die Zeitung habe ich noch nicht gelesen. Steht was Interessantes über uns drin?«

Mit zunehmender Irritation folgte sie dem Text, den Röverkamp ihr vorlas. »Kann es sein«, fragte er schließlich, »dass Felix die Information von dir hat?«

»Natürlich nicht.« Marie war empört. »Was denkst du, Konrad? Dass ich interne Ermittlungsergebnisse an ihn weitergebe, damit er sie in der Zeitung ausbreiten kann? Das habe ich nie gemacht, das werde ich auch in Zukunft nicht tun. Er muss das woanders herhaben.«

»Dann frag ihn bitte.« Konrad Röverkamp klang jetzt versöhnlicher. »Wir sollten das klären, bevor wir in die Dienststelle kommen und Lütjen uns den Kopf abreißt. Bis dahin.«

*

Während Marie das Telefon ablegte, drängte sich die Erinnerung an den Vortag in ihr Bewusstsein. Felix hatte bei ihr übernachtet, war am Morgen bereits wach gewesen, als sie die Augen aufgeschlagen hatte. Er hatte neben ihr im Bett gesessen, das Mobiltelefon in der Hand. Ihr Mobiltelefon. Sollte er darin nach dienstlichen Dokumenten gesucht haben? Unbewusst schüttelte sie den Kopf. Das wäre ein ungeheurer Vertrauensbruch, niemals würde er … Oder doch? Ein leichter Zweifel blieb. Sie nahm das Telefon wieder auf, um Felix anzurufen. Doch dann ließ sie es wieder sinken. Das war eine Sache, die man nur von Angesicht zu Angesicht besprechen konnte. Um diese Zeit schlief er noch, weil er gestern Spätdienst hatte. Sie würde ihn aus dem Bett klingeln müssen, aber das spielte in diesem Fall keine Rolle.

»Ich soll was?« Felix starrte sie aus verschlafenen Augen entgeistert an. »Das traust du mir zu?« Marie hatte ihre Morgentoilette im Eiltempo zu Ende gebracht, aufs Frühstück verzichtet und war zu ihm gefahren. Die Zeitung hatte sie im Vorbeigehen aus dem Briefkasten gezogen. Nun hielt sie ihm die Blätter unter die Nase. »Woher hast du die Information über den Zustand von Katharina von Rosenbach? Doch nicht aus dem Krankenhaus. Dort hätten nicht einmal wir sie bekommen. – Also?« Sie spürte, wie ihre Stimme zu zittern begann, kam aber nicht dagegen an.

Felix verschränkte die Arme, seine Wangenmuskeln arbeiteten. »Wir haben auch unsere Quellen. Und die bleiben geschützt. Auch wenn sich die Polizei dafür interessiert. Auf deinem Handy habe ich nur nach dem Wetter gesehen. Weil meins in der Küche am Ladegerät hing. Das ist alles.«

Das Stichwort Polizei versetzte Marie einen Stich. Tränen drangen in ihre Augen. »Ich bin nicht dienstlich hier. Ich will nur wissen, ob ich dir vertrauen kann. Sonst kannst du die Hochzeit gleich wieder vergessen.« In dem Augenblick, in dem sie ihn ausgesprochen hatte, bereute sie den Satz.

Doch Felix ging nicht darauf ein. Er öffnete den Mund und schloss ihn wieder, ohne ein Wort hervorzubringen. Stumm sah er sie an. In seinem Blick las Marie eine Mischung aus Unverständnis, Verärgerung und Zweifel. Sie wartete auf eine Erklärung. Er brauchte doch nur zu sagen, woher er die Information hatte. Warum schwieg er? Jede Erwiderung wäre besser gewesen als dieses Schweigen.

Schließlich hielt sie es nicht mehr aus. »Felix, ich möchte …«

»Wir sprechen am besten später darüber«, unterbrach er sie. »Wenn du dich beruhigt hast. Was immer du glaubst, Marie – ich habe die Information nicht aus deinem Handy.«

Jetzt waren die Tränen kaum noch aufzuhalten. Wie gern wäre sie ihm um den Hals gefallen, hätte ihn geküsst und um Verzeihung gebeten. Stattdessen wandte sie sich hastig ab. »Ich muss zum Dienst.«

*

Konrad Röverkamp war bereits im Büro. Er empfing sie mit fragendem Blick. »Felix hat die Information nicht von mir«, behauptete sie trotzig, obwohl in ihrem Hinterkopf noch immer irgendwo der Zweifel kratzte. »Er hat seine eigene Quelle. Die darf er natürlich nicht preisgeben.«

Ihr Kollege nickte bedächtig. »Hätte mich schon interessiert, welche das ist. Sabine ist davon überzeugt, dass im Krankenhaus niemand Patientendaten an Außenstehende gibt. Aber vielleicht erzählt Felix es dir eines Tages.« Er lächelte Marie aufmunternd zu. »Für unsere Köpfe besteht jedenfalls vorerst keine Gefahr. Lütjen ist mit unserem obersten Chef im Innenministerium in Hannover. Personalplanungsgespräche.«

Marie blieb stumm und ließ sich an ihrem Schreibtisch nieder. Dort lag das Vernehmungsprotokoll vom Vortag. Sie tippte auf die Seiten. »Was fangen wir mit den Aussagen von Mats Flemming an? Wenn der Mann nicht fantasievoll gelogen hat, stellt sich der Fall Rosenbach vielleicht völlig anders dar.«

»Wir sprechen nachher mit Oliver Schubert, dem Betriebsrat«, kündigte Röverkamp an. »Ich habe ihn schon herbestellt.«

»Falls Flemmings Darstellung stimmt, müssen wir noch einmal von vorn anfangen. Dann hat sich die Tat gar nicht gegen Scharnagels Tochter gerichtet. Sofern es kein Unfall war. Gibt es inzwischen Ergebnisse aus der KTU?«

Der Hauptkommissar schob einen Ordner über den Schreibtisch. »Hier. So richtig hilft uns das aber auch nicht weiter. Fest steht nur, dass die Software für das Steuergerät des Hubsteigers fehlerhaft war. Nach Angaben der Herstellerfirma deutet alles darauf hin, dass jemand die Daten manipuliert hat. Theoretisch ist aber auch ein temporärer technischer Defekt denkbar. Ein Speicherchip, der kurze Zeit ausgesetzt und danach wieder funktioniert hat. Dadurch könnte das Programm beschädigt worden sein.«

»Also bleibt wieder alles an uns hängen«, seufzte Marie. »Wir müssen nach einem Täter suchen, den es vielleicht gar nicht gibt. Und wenn es ihn gibt, kommen über hundert Mitarbeiter der CuxStahl dafür infrage.«

Röverkamp sah zur Uhr. »Hören wir mal, was dieser Schubert zu sagen hat. Er muss jeden Augenblick hier sein. Scheint eine schillernde Persönlichkeit ...«

Das Telefon unterbrach ihn, er nahm ab und meldete sich. Nachdem er wortlos dem Anrufer zugehört hatte, legte er auf und sah seine Kollegin an. »Schubert muss warten. Wir fahren nach Altenwalde. Zu Frau Peters. Der Sohn ist verschwunden.«

»Aber das ist nicht unsere Sache«, wandte Marie ein. »Sollen wir nach einem Jugendlichen suchen? Der hat vielleicht die Nacht durchgemacht und taucht im Laufe des Tages wieder auf.«

»Kann sein«, gab Röverkamp zu. »Das hat der Kollege von der Polizeistation Altenwalde auch gesagt. Aber es besteht noch eine andere Möglichkeit. Hast du nicht gesagt, dass Daniel Peters gerade ein Praktikum bei der CuxStahl macht?«

»Ja, aber ...«

»Gestern Abend hatte sich bei Familie Peters ein angeblicher Mitarbeiter der CuxStahl angekündigt. Nach Aussage der Mutter wollte er mit Daniel über ein Stipendium sprechen, mit dem die Firma talentierte junge Leute fördert, um sie später einzustellen. Daraufhin hat sie ihren Sohn angerufen. Er wollte sofort mit einem Taxi nach Hause fahren, ist aber nicht angekommen. Die Mutter hat heute Morgen bei den Kollegen so lange Druck gemacht hat, bis sie zugesagt haben, die Information an uns weiterzugeben.«

Marie erhob sich. »Klingt beunruhigend. Da muss Schubert eben warten. Ich kümmere mich um einen Wagen.«

*

Daniels Mutter empfing sie an der Haustür. Sie war schwarz gekleidet und wirkte noch bleicher, als Marie sie in Erinnerung hatte. »Danke, dass Sie gekommen sind«, sagte sie mit leicht schleppender Stimme. »Wissen Sie schon etwas über meinen Jungen?«

Konrad Röverkamp schüttelte bedauernd den Kopf. »Es tut mir leid. Wir haben erst vor einer halben Stunde vom Verschwinden Ihres Sohnes erfahren. Dürfen wir eintreten?«

»Natürlich. Entschuldigen Sie.« Stefanie Peters führte sie in das Wohnzimmer, das sie schon kannten. »Bitte nehmen Sie Platz! Kann ich Ihnen etwas anbieten? Einen Kaffee vielleicht?«

»Danke, nein.« Der Hauptkommissar versank in einem Ledersessel. »Wir wollen keine Zeit verlieren.« Marie hockte sich vorsichtig auf die Kante des Sofas und sah sich um. Auf einem niedrigen Eckschrank brannten zwei Kerzen neben einem silbern gerahmten Foto der Tochter. Weitere Aufnahmen dokumentierten nahezu jedes Lebensalter des Mädchens. Vasen mit weißen Lilien ergänzten das Arrangement zu einer Art Gedenkstätte. Dass die Mutter unter dem Verlust ihres Kindes litt, erschien ihr verständlich. Aber den Anblick dieses Altars empfand sie als beunruhigend.

»Was geschieht denn jetzt?« Mit unerwarteter Heftigkeit hatte Stefanie Peters ihre Frage hervorgestoßen. »Sie haben schon den Tod meiner Tochter nicht aufklären können, und nun ist mein Sohn verschwunden. Aber Sie unternehmen nichts. Oder?«

»Wir sind hier«, entgegnete Röverkamp ruhig, »um ihn zu finden. Dafür werden wir alles tun, was in unserer Macht steht. Aber zuerst brauchen wir ein paar Informationen. Ich weiß, dass Sie den Kollegen der Polizeistation schon alles gesagt haben. Ich möchte trotzdem noch einmal jede Einzelheit hören. Es ginge schneller, wenn Sie meiner Kollegin erlauben würden, sich schon mal in Daniels Zimmer umzusehen, während Sie mir berichten, was sich gestern Abend ereignet hat.«

Mit einer unbestimmten Handbewegung signalisierte Stefanie Peters Zustimmung. Marie erhob sich.

Als sie den Raum verließ, begann ihr Kollege mit der Befragung. »Wo befand sich Ihr Sohn gestern Abend, als sich der unbekannte Anrufer gemeldet hat?«

»Er war bei einem Freund in Cuxhaven. Die Jungen wollten später noch irgendwo hingehen. Ich weiß nicht genau ...« Marie schloss die Tür hinter sich und nahm die Treppe zum Obergeschoss.

In Daniels Zimmer herrschte erstaunliche Ordnung. Hatte die Mutter aufgeräumt? Oder gehörte ihr Sohn zu der Minderheit der jungen Männer, die kein Chaos in ihren Räumen verursachten? Bei Felix sah es weniger ordentlich aus. Auf dem Schreibtisch fiel ein Notebook ins Auge, daneben ein Stapel Ausdrucke. Sonst lag nichts herum. Das Bett war gemacht, Schranktüren und Schubfächer geschlossen.

Ihr Blick fiel auf ein grünes Werder-Bremen-Memoboard an der Wand. Rautenförmige Magnete mit dem Logo des Fußballclubs hielten Zeitungsausschnitte und Notizzettel. Daneben hingen Werder-Wimpel und ein grünes T-Shirt, auf dem in roter Schrift der Name eines Geflügelproduzenten prangte. Sie trat näher heran. Daniel hatte Artikel über die CuxStahl ausgeschnitten, darunter Beiträge von Felix. Einer war schon älter, er bezog sich auf Gerüchte über eine drohende Insolvenz der Firma. In zwei weiteren Berichten ging es um den Unfall mit dem Hubsteiger. Marie fragte sich, ob das Ereignis für Daniel von besonderer Bedeutung war. Auf einem Zettel hatte er eine Telefonnummer notiert. Sie erkannte die Ziffernfolge sofort. Die Handynummer von Felix. Ein ungutes Gefühl breitete sich in ihr aus. Sie hatten die Frage nach der Informationsquelle über den Gesundheitszustand von Katharina von Rosenbach noch nicht geklärt. Und nun traf sie schon wieder auf eine Querverbindung, die ihre Arbeit betraf. Was hatte Felix mit Daniel zu tun? Hatte er ihm die Informationen geliefert? Woher kannten sich die beiden? Irgendwas spielte sich in ihrem Umfeld ab, von dem sie nichts wusste. Bestimmt gab es dafür eine harmlose Erklärung, dennoch beunruhigte sie der Gedanke. Auf jeden Fall würde sie Felix nach Daniel fragen müssen. Unwahrscheinlich, dass er wertvolle Hinweise zu dessen Verschwinden geben konnte, aber in einem solchen Fall zählte jedes noch so kleine Detail. In ihrer Vorstellung reagierte Felix unwirsch auf die Frage. Vielleicht sollte sie Konrad diese Aufgabe überlassen.

Marie wandte sich dem Schreibtisch zu, öffnete das Notebook und schaltete es ein. Während sie wartete, blätterte sie die Ausdrucke durch, die neben dem Computer lagen. Der Junge schien sich mit komplizierten technischen Vorgängen zu befassen. Sie sah Schalt- und Verdrahtungspläne, Buchstaben- und Zahlenkolonnen, las Begriffe wie »Stromregelventil«, »Differenzialschaltung« und »Flügelzellenpumpe«, mit denen sie nichts anfangen konnte.

Als das Notebook seine Bereitschaft signalisierte, suchte Marie nach den zuletzt geöffneten Dokumenten. Auch hier stieß sie auf technische Darstellungen, die ihr nichts sagten, weil sie sich auf elektronische Steuerungen bezogen. Im Browserverlauf fand sie Internetseiten, auf denen es um Musik von 2Pac, Chiddy Bang und Taio Cruz und ging. Namen, von denen sie noch nie gehört hatte. Hatte sie mit einunddreißig Jahren bereits so viel Abstand zur Jugend, dass sie nicht einmal deren Musikvorlieben kannte?

Seufzend ging sie die übrigen angewählten Adressen durch. Sie führten nicht zu Musikinterpreten, sondern auf Seiten, die sich mit Hydraulik und deren Steuerung befassten. Erstaunlich, wofür Daniel sich interessierte. Plötzlich hielt sie inne. Auf einer der Webseiten war von einem Steuergerät die Rede, das zu jener Art Maschine gehörte, der sie erst kürzlich zum ersten Mal begegnet war. Zu einem Hubsteiger. Marie stieß einen Laut der Überraschung aus. Bezogen sich die ausgedruckten technischen Daten ebenfalls auf ein solches Gerät? Das würde bedeuten, dass Daniel … Unwillkürlich schüttelte sie den Kopf. Konnte ein achtzehnjähriger Schüler hinter der Tragödie stecken? Schwer vorstellbar. Aber ausschließen durfte sie nichts. Klarheit über mögliche Zusammenhänge zwischen diesen Daten und dem Sturz der Ingenieurin mussten die Kriminaltechniker schaffen.

Rasch beendete sie Programme und Betriebssystem, klappte das Notebook zu und löste die Verbindungskabel zu Drucker und Scanner, das Netzteil steckte sie ein. Die Ausdrucke ließ sie liegen, ihre Gedanken waren schon wieder bei der Frage, was Daniel mit Felix zu tun haben mochte. Mit dem Gerät unter dem Arm kehrte sie ins Wohnzimmer der Familie zurück. »Wir müssen Daniels Computer mitnehmen«, erklärte sie Stefanie Peters. »Möglicherweise finden unsere Techniker Hinweise, die Rückschlüsse auf seinen Aufenthaltsort zulassen.«

Die Mutter nickte ergeben. »Bitte finden Sie Daniel! Wenn meinem Jungen etwas zustößt, weiß ich nicht, wie ich ...« Sie ließ den Satz in der Schwebe.

Der Hauptkommissar erhob sich. »Vielen Dank, Frau Peters. Sie haben uns sehr geholfen. Wir werden alles tun, was in unserer Macht steht. Sobald wir auf Hinweise über den möglichen Aufenthaltsort Ihres Sohnes stoßen, setzen wir uns mit Ihnen in Verbindung.« Er zog eine Visitenkarte aus der Tasche. »Und bitte melden Sie sich bei uns, falls er auftaucht oder wenn Ihnen noch etwas einfällt.«

»Was willst du mit dem Computer?«, fragte Röverkamp, als sie wieder im Auto saßen.

»Darin steckt möglicherweise die Lösung für unseren Fall.«

Ungläubig sah Konrad sie an. »Die Lösung? In dem Ding?«

»Fahr los!« Marie deutete nach vorn. »Unterwegs erzähle ich dir, was ich in Daniels Notebook gefunden habe. Wenn er sich versteckt, hat er vielleicht allen Grund dazu.«

*

Als Glück im Unglück hatte Daniel empfunden, dass er in der Nacht noch einen Teil der Clique vor der Haustür seines Freundes in Lüdingworth getroffen hatte. Seine Verletzungen und den Zustand seiner Kleidung hatte er mit einem Fahrradunfall erklärt, was niemanden ernsthaft zu interessieren schien, alle waren mehr oder weniger betankt oder mit den abgeschleppten Mädchen aus der Disco beschäftigt gewesen. Und keiner hatte ihn bedauert, als er den Verlust seines nagelneuen iPhones beklagt hatte. Immerhin war es für seinen Freund selbstverständlich gewesen, ihn bei sich übernachten zu lassen.

Nach einer unruhigen Nacht und einem hastigen Frühstück war er aufgebrochen, um Altenwalde über die Lüdingworther Straße zu Fuß zu erreichen. Wenn sich ein Auto näherte, versteckte er sich am Straßenrand hinter Büschen oder Bäumen. Schließlich erreichte er das Café Schwein. Davor parkte ein dunkler Mercedes GLK. Daniel wich über die Felder aus, schlug einen großen Bogen und stieß schließlich auf die Hauptstraße. Als er sie überquert hatte, stoppte plötzlich ein Wagen neben ihm, eine Tür sprang auf und die Beifahrerin stieg aus. Er erkannte sie erst auf den zweiten Blick. Die Polizistin! Instinktiv rannte er los.

Wieder nahm er Kurs auf die Altenwalder Heide und betete, dass es im Zaun des ehemaligen Munitionsdepots den Durchschlupf noch gab, den er und seine Freunde in der Kindheit benutzt hatten, um auf dem Gelände Abenteuer erleben zu können. Später war er mit seiner ersten Liebe durch die Absperrung gekrochen. Dahinter fanden sich verborgene Plätze, an denen man unbeobachtet Annäherungsversuche riskieren konnte.

»Daniel! Bleiben Sie stehen! Daniel!« Mit durchdringender Stimme rief die Verfolgerin seinen Namen. Sie war schnell, aber nicht schnell genug. Trotz des langen Fußmarsches, den er hinter sich hatte, vergrößerte er den Abstand. Schließlich überquerte er das Gleisbett der ehemaligen Schmalspurbahn und tauchte ins Dickicht ein.

Er brauchte eine Weile, um den Durchschlupf zu finden. Das Loch im Zaun war von Pflanzen überwuchert, und er musste es weiten, um hindurchkriechen zu können. Keuchend erreichte er die andere Seite, hockte sich ins Unterholz und lauschte. Schließlich hörte er die Stimme der Polizistin. Sie war weit genug entfernt, dass er riskieren konnte, aufzustehen und weiter auf das Gelände vorzudringen.

Zu einem der vielen Munitionsbunker hatten sie schon als Kinder einen Zugang entdeckt. Wenn er ihn wiederfand, hätte er ein sicheres Versteck. Dann hatten weder Scharnagels Männer noch die Polizei eine Chance, ihn aufzuspüren. Während er nach dem Bunker suchte, fragte er sich, was die Kommissarin von ihm gewollt haben könnte. Der Wagen war aus seiner Straße gekommen, also waren sie schon bei seiner Mutter gewesen. Wenn es Neuigkeiten bei der Suche nach Sarahs Mördern gab, hätte sie sich wohl nicht die Mühe gemacht, ihn zu verfolgen. Waren sie aus einem anderen Grund gekommen? Ermittelten sie wegen des Unfalls bei der CuxStahl? Aber wie hätten sie auf die Idee kommen können, dass er etwas damit zu tun haben könnte? Steckten Steiner und Bleeker dahinter? Hatten sie die Bullen auf ihn aufmerksam gemacht? Oder war Metallbaumeister Tönjes sein Interesse an der Programmierung der Hubsteiger-Steuerung aufgefallen und im Nachhinein verdächtig erschienen?

Wenn die Polizisten bei ihm zu Hause gewesen waren, hatten sie mit seiner Mutter gesprochen. Vielleicht hatte sie ihnen sein Zimmer gezeigt. Würden sie mit den Ausdrucken, die neben seinem Computer lagen, etwas anfangen können? Schmerzlich wurde ihm der Verlust seines Handys bewusst. Wie gern hätte er seine Mutter jetzt angerufen, um ihr zu sagen, dass sie sich um ihn keine Sorgen zu machen brauchte. Und um sie zu fragen, was die Polizei gewollt hatte. So blieb ihm nichts anderes übrig, als sich irgendwann nach Hause zu schleichen. Weder Scharnagels Leute noch die Polizei würden so weit gehen, das Haus zu bewachen. Oder doch?

Daniel beschloss, bis zum Abend zu warten und im Schutz der Dämmerung nach Hause zurückzukehren. Im Notfall würde er sich erneut auf dem Gelände des ehemaligen Munitionsdepots verstecken.

*

Missmutig betrachtete Ralf Scharnagel seine Mitarbeiter. »Wie kann euch ein Achtzehnjähriger entkommen? Zwei ausgewachsene Männer werden doch wohl mit einem Schüler fertig werden.«

»Es war eine Verkettung unglücklicher Umstände«, entgegnete Steiner. »Die Idee mit dem Tripile war vielleicht doch nicht so gut. Wir hätten ihn ohne Probleme in einem Baucontainer oder …«

»Quatsch keine Opern!«, fuhr Scharnagel ihm über den Mund. »Seht zu, dass ihr den Jungen schnappt. Das liegt auch in eurem

Interesse. Wenn ihr ihn habt, meldet ihr euch bei mir.« Mit einer Handbewegung bedeutete er den Angestellten, sich zu entfernen.

»Was machen wir?«, fragte Bleeker, als sie wieder im Wagen saßen. »Fahren wir noch mal hin?« Steiner schüttelte den Kopf. »Jedenfalls nicht mit diesem Auto. Und nicht am helllichten Tag. Wir warten bis heute Abend und nehmen deinen Privatwagen. Den kennt er nicht. Vorher rufst du noch mal bei der Mutter an. Nein, warte, das mache ich selbst. Eine andere Stimme mit einer anderen Geschichte. Das ist sicherer. Irgendwie müssen wir den Burschen ja wieder einfangen.«

*

»Sie werden meinem Arbeitgeber erklären müssen, warum Sie mich hier zwei Stunden nutzlos herumsitzen lassen.« Oliver Schubert drehte einen mit Steinen besetzten goldenen Ring an seinem Finger.

»Das sollte Ihr geringstes Problem sein«, entgegnete der Hauptkommissar. »Wir ermitteln in einem Fall fahrlässiger Körperverletzung. Daraus kann noch immer ein Tötungsdelikt werden. Und nach unseren bisherigen Ermittlungen betrifft der Fall auch Sie.«

Das Gespräch mit dem Betriebsratsvorsitzenden fand im Vernehmungsraum statt. Röverkamp hatte sich dafür entschieden, nachdem er den Eindruck gewonnen hatte, dass Schubert ein großkotziges Gehabe an den Tag legte und deutlich zu erkennen gab, wie sehr er die polizeiliche Ermittlungsarbeit als Belästigung ansah. Im Übrigen fand er diesen Typ Mann, der für die Jahreszeit zu braun gebrannt war, sich mit goldenen Ketten und Ringen schmückte und mit offenem Hemd seine Brustbehaarung präsentierte, unsympathisch. Breitbeinig saß der auf seinem Stuhl, lehnte sich zurück und verschränkte die Arme. »Da bin ich aber sehr gespannt. Brauche ich einen Anwalt?«

»In dieser Angelegenheit nicht«, gab Röverkamp zurück. »Aber die Notwendigkeit könnte sich für Sie durchaus noch ergeben.«

Schubert sah demonstrativ auf die Uhr. »Sie muten mir einiges zu, Herr Kommissar. Vielleicht kommen Sie mal zur Sache. Ich habe hier schon viel Zeit verplempert und keine Lust ...«

»Hauptkommissar«, fuhr Marie Janssen ihm über den Mund. »Mein Kollege ist Kriminalhauptkommissar. So viel Zeit muss sein.«

Amüsiert sah er sie an. »Wie Sie meinen.« Er zuckte mit den Schultern. »Mir ist relativ schnuppe, was Sie sind. Ich möchte jetzt meine Aussage machen und dann gehen. Also, worum geht es?«

»Um den Unfall in Ihrem Betrieb. Den Sturz der Frau von Rosenbach aus dem Förderkorb des Hubsteigers.«

»Damit habe ich nichts zu tun. So bedauerlich der Unfall ist, verantwortlich dafür ist die Dame selbst. Sie hätte den Steiger niemals fahren dürfen, schon gar nicht allein. Und steuern erst recht nicht. Diese überflüssigen Kontrollen sind auf dem Mist der Consulting gewachsen. Genau genommen, trägt der alte Scharnagel die Schuld. Es war ein Fehler, uns seine Tochter vor die Nase zu setzen.«

»Heißt das«, schaltete Röverkamp sich ein, »Sie wären sie gern wieder losgeworden?«

»Ja. Nein. Natürlich wäre es allen lieber gewesen, wenn sie so schnell verschwunden wäre, wie sie aufgetaucht ist. Aber natürlich nicht auf diese Art.«

»Auf welche Art sonst?«

Schubert hob die Hände. »Ganz normal eben. Sie oder der alte Scharnagel hätten erkennen müssen, dass es böses Blut gibt, wenn eine Frau, die von unserem Job keine Ahnung hat, plötzlich bestimmen soll, wo es langgeht. Ich habe denen das gleich gesagt. Sie hätten sie sofort wieder zurückziehen müssen. Dann wäre ihr auch nichts passiert.«

»Also ist sie abgestürzt«, schloss Marie, »weil man sie nicht akzeptieren wollte.«

»Quatsch!« Unwillig schüttelte der Betriebsratsvorsitzende den Kopf. »Das eine hat mit dem anderen nichts zu tun. Wir wollten sie nicht. Aber den Unfall hat sie selbst verursacht. Sie hat den Steiger falsch bedient.«

»Wenn Sie oder ein anderer die Maschine gesteuert hätten, wäre das nicht passiert?«

»So ist es.« Schubert nickte zufrieden. Dann hob er seine beringte Hand und tippte auf das Zifferblatt seiner Rolex. »Damit ist jetzt alles geklärt. Oder?«

»Schöne Uhr«, bemerkte Marie. »Ziemlich teuer. Wie viel verdienen Sie eigentlich bei der CuxStahl?«

Stumm hob Schubert die Schultern, ohne sie anzusehen. Dann wandte er sich an den Hauptkommissar. »Mein Einkommen steht hier ja wohl nicht zur Debatte.«

»Vielleicht doch. Nicht so sehr Ihr Monatsgehalt. Aber es gibt Hinweise auf außertarifliche Sonderzahlungen.« Röverkamp blätterte in den Unterlagen, die er vor sich hatte. »Aus dem Kreis Ihrer Kollegen liegt uns eine Aussage vor, wonach Sie in der Vergangenheit mehrfach dafür gesorgt haben sollen, dass Entlassungen geräuschlos über die Bühne gegangen sind. Für dieses Entgegenkommen soll sich die Firmenleitung mit beträchtlichen Summen bedankt haben.«

»Beträchtliche Summen?« Schubert verzog ablehnend das Gesicht. »Wer sagt das?«

»Das spielt keine Rolle.« Marie war der innerliche Triumph anzumerken. »Wenn Geld geflossen ist, bekommen wir das heraus. Und auch, wofür Sie es ausgegeben haben. Vielleicht für eine Motoryacht mit dem schönen Namen Olivia?«

Der Schreck stand Schubert ins Gesicht geschrieben. »Das hat alles nichts mit dem Unfall der Frau von Rosenbach zu tun«, murmelte er und sackte in sich zusammen. Von seinem großspurigen Auftreten war nichts mehr übrig geblieben. Unsicher flog sein Blick zwischen den Kriminalbeamten hin und her.

Jetzt ist er reif für die Kernfrage, dachte Röverkamp und nickte Marie zu. Mit sanfter Stimme wandte sie sich an Schubert. »Wir interessieren uns im Moment nicht für Ihre krummen Geschäfte. Aber sie könnten den Hintergrund bilden für ein Szenario, in dem Sie eine Rolle spielen. Laut Dienstplan hätten Sie an jenem Tag mit dem Hubsteiger gearbeitet. Der Anschlag wäre dann gegen Sie gerichtet gewesen.«

»Anschlag? Gegen mich?« Entgeistert starrte er Marie an.

»Das Steuergerät wurde manipuliert«, stellte der Hauptkommissar fest. »Wenn Sie an dem Tag Ihrer regulären Arbeit nachgegangen wären, hätte es Sie getroffen. Sie wären aus dem Korb geschleudert worden.«

Schubert schnappte nach Luft. Er öffnete den Mund und schloss ihn wieder, ohne ein Wort hervorzubringen. Marie deutete mit einem Blick auf seine rechte Hand, sie zitterte. »Haben Sie irgendeine Vorstellung«, fragte sie, »wer dafür infrage kommt? Jemand aus der Firma, der Ihnen Schaden zufügen will?«

Noch immer stumm, schüttelte Schubert den Kopf. Dennoch glaubte Röverkamp, ein kurzes Aufblitzen in seinen Augen bemerkt zu haben. »Sie wissen es!«, behauptete er. »Und Sie werden es uns nicht verschweigen. Wir warten.«

In Schubert arbeitete es. »Was ist mit der anderen Sache?«

»Sie meinen die Bestechungsgelder?« Der Hauptkommissar breitete die Arme aus. »Das ist nicht unsere Aufgabe. Uns interessiert dieser Anschlag, dem Frau von Rosenbach zum Opfer gefallen ist.«

»Sonderzahlungen«, warf der Betriebsratsvorsitzende hastig ein. »Keine Bestechung. Sonderzahlungen an verdiente Mitarbeiter sind nicht illegal.«

»Das müssen Sie mit Ihrer Kollegenschaft ausmachen. Ob sich der Staatsanwalt dafür interessiert, weiß ich nicht.«

»Also gut. Für so eine Schweinerei kommt nur einer infrage.« Er machte eine Pause, holte tief Luft und spuckte den Namen förmlich aus.

*

Die Zeit wurde lang. Daniel hatte den Bunker gefunden, in den sie schon als Kinder durch einen seitlichen Schacht geklettert waren. Sogar die alte Decke war noch da, die er aus der Gartenlaube seiner Großeltern hatte mitgehen lassen. Um eine Unterlage zu haben. Für den Fall der Fälle. Leider war der nie eingetreten. Das eine oder andere Mädchen hatte er zwar überreden können, mit auf das Gelände zu kommen, aber nur Lisa war bereit gewesen, mit ihm in den Bunker zu kriechen. Unter freiem Himmel, zwischen Büschen und Hecken war nie mehr als Knutschen und ein bisschen Fummeln möglich gewesen. Er hatte das auf fehlende Wände geschoben, die eindeutigen Schutz vor überraschenden Zaungästen geboten hätten. Hinter Mauern hätte er *es* bestimmt tun können. Zumindest mit Lisa. Die war nicht die Hübscheste, aber entgegenkommender als alle anderen. Sie hatte ihm sogar zu verstehen gegeben, dass sie ihn für ihr erstes Mal auserkoren hatte. »Aber nicht in dieser Höhle. Hier ist es nicht romantisch. Zu kalt und zu viel Schmutz.« Immerhin hatte sie dann doch für Hitze gesorgt. Zumindest bei ihm.

An jenem Abend, als es »richtig« passieren sollte, waren sie ebenfalls im Janssens gewesen. Später wollten sie zu ihr gehen, sie hatte sturmfreie Bude. Schon beim ersten Tanz hatte sie ihn so scharf gemacht, dass seine Kumpels anzügliche Bemerkungen losgelassen hatten. Doch dann war Annika aufgetaucht. Auf der Stelle hatte er sich in sie verliebt. Plötzlich war es ihm nicht mehr darum gegangen, eine Braut zu knacken. Lisa interessierte ihn nicht mehr. Stattdessen hatte er begonnen, Annika anzuhimmeln, um sie zu werben und von ihr zu träumen. Wie besessen war er von ihr gewesen. Bevor sie ein Paar werden konnten, hatte sie mit ihren Eltern Cuxhaven verlassen und war nach Remscheid gezogen. Trotz Handy und Internet war der Kontakt eingeschlafen. Nur über Facebook erfuhr er noch gelegentlich etwas von ihr. Neuerdings war ihr Status »In einer festen Beziehung«.

Daniel zündete einige der zahlreichen Kerzenstummel an, die noch aus früheren Zeiten herumlagen und sah auf die Uhr. Viel zu langsam bewegten sich die Zeiger. Er verspürte Hunger und Durst und fragte sich, wann er es riskieren konnte, sein Versteck zu verlassen.

12

»Woher hattest du die Information über Schuberts Motoryacht?«, fragte Konrad Röverkamp, nachdem er und Marie ins Büro zurückgekehrt waren.

»Von … aus der Zeitung. Felix hat im letzten Sommer eine Serie über Wassersport in Cuxhaven gemacht. Damals ist er auch bei uns in der Kitesurf-Schule gewesen. Daran habe ich mich erinnert. Zuvor hatte er über den Seglerverein berichtet und danach von einer Veranstaltung des Motoryachtclubs. Vorhin habe ich in der Online-Ausgabe der Cuxhavener Nachrichten nachgesehen und den Artikel wiedergefunden. Auf einem der Fotos ist Schuberts Yacht abgebildet. Mir war der Name aufgefallen. Olivia. Damals dachte ich, der Eigner muss ein Fan von Olivia Newton-John sein, bei uns ist der Name ja eher selten. Aber wahrscheinlich hat er nur seinen eigenen Vornamen irgendwie anbringen wollen.«

»Also verdankst du Felix die Information«, stellte der Hauptkommissar schmunzelnd fest. »Ohne es zu wissen, hat er uns bei der Arbeit geholfen.«

»Wie meinst du das?« Marie empörte sich. »Das ist doch etwas ganz anderes, Konrad! Ein frei zugänglicher Artikel. Ich habe doch nicht in seinem Computer geschnüffelt.«

»Natürlich ist es etwas anderes.« Röverkamp lachte. »Es ist immer anders, wenn man die Perspektive wechselt. Ich will damit nur sagen, dass es nicht unbedingt verwerflich sein muss, wenn du von Felix' Arbeit profitierst und umgekehrt. Ich wäre nicht an diese Informationen gekommen. Weil ich sie nicht gesucht hätte. Und ich hätte sie nicht suchen können, weil ich mich daran nicht erinnert hätte. Du hast dich erinnert, weil du mit Felix zusammen bist.«

»Aber ich kann doch nicht zulassen, dass er in meinen dienstlichen Unterlagen schnüffelt!«

»Nein, Marie«, Röverkamp hob abwehrend die Hände, »das kannst du nicht. Aber du weißt auch nicht, ob er's getan hat. Oder habt ihr das inzwischen geklärt?«

Marie schüttelte stumm den Kopf.

»Also kannst du ihm auch keinen Vorwurf machen. Ein Verdacht allein genügt nicht, Frau Kommissarin. Aufklärung ist angesagt.«

Sie nickte wortlos.

»Lass nicht zu viel Zeit vergehen!«, riet Röverkamp. Dann deutete er auf den Computer. »Schreibst du das Vernehmungsprotokoll Schubert?«

»Jetzt? Müssen wir uns nicht um Daniel Peters kümmern?«

»Ich gehe rüber zur Kriminaltechnik. Vielleicht haben die noch was auf dem Notebook gefunden, das uns weiterhilft. Dann sehen wir weiter.«

Nachdem ihr Kollege das Büro verlassen hatte, zog Marie die Tastatur zu sich heran, um mit dem Protokoll zu beginnen. Doch sie ließ die Hände wieder sinken. Konrads Bemerkung ging ihr nicht aus dem Kopf. Sein Vergleich passte nicht. Ja, sie hatte schon öfter von Felix profitiert. Und umgekehrt. Aber alles im legalen Rahmen. Und niemals hatte sie in seinen Unterlagen nachgesehen. Na ja, einmal schon. Als es um die Schließung eines Bauunternehmens und drohende Massenentlassungen ging. Doch die Informationen hatte sie nicht dienstlich verwendet, nur an ihren Vater weitergegeben, der sie für seine Bürgerinitiative gegen Arbeitsplatzabbau genutzt hatte. Das konnte man nicht mit dem Blick in staatsanwaltliche Dokumente vergleichen. Jedenfalls nicht direkt.

Marie spürte, dass Konrad an dieser Stelle ihrer Überlegungen eingehakt hätte. Entscheidend ist, hätte er wahrscheinlich gesagt, ob einer das Vertrauen des anderen ausnutzt. Irgendwie hätte er damit nicht ganz Unrecht. Sie seufzte und nahm sich vor, mit Felix zu sprechen. Und dann war da ja auch noch die Geschichte mit seiner Handynummer, die sie in Daniel Peters' Zimmer gesehen hatte. Das hatte sie Konrad bisher verschwiegen. Schließlich betraf ein möglicher Kontakt zwischen Felix und Daniel nicht ihren Fall. Andererseits hatte sie mit Konrad immer alles besprechen können. Warum fiel ihr das jetzt so schwer?

*

Der Himmel war bedeckt, ein frischer Westwind trieb dichte graue Wolken über das Land, nur gelegentlich schimmerten blaue Flecken und ein paar Sonnenstrahlen hindurch. Das Land im Elbe-Weser-Dreieck lag im Dämmerlicht, doch von Dunkelheit war es weit entfernt. Daniel hatte es nicht ausgehalten und sein Versteck verlassen, obwohl es noch lange nicht Abend war. Kälte, Hunger, Durst und wütende Ungeduld hatten ihn getrieben. Auf Schleichwegen hatte er sich dem Wohngebiet genähert, war niemandem begegnet und hoffte nun, das letzte Stück unbemerkt zurücklegen zu können. Falls Scharnagels Männer oder die Polizei am oder im Haus auf ihn warteten, würde er mit einem schnellen Spurt die schützenden Büsche und Bäume erreichen. Und auf dem Militärgelände war er sicher. Dort einer Streife in die Arme zu laufen, erschien ihm höchst unwahrscheinlich. Noch nie hatte er Soldaten in der Nähe des Bunkers gesehen. Hinter dessen Mauern würde ihn ohnehin niemand vermuten.

Vielleicht war seine Sorge ja unbegründet. Gegenüber Bleeker und Steiner war er im Vorteil, weil er jetzt wusste, dass sie ihn suchten. Aber zuerst galt es herausfinden, was die Polizisten von ihm wollten. Darum musste er nach Hause. Außerdem brauchte er ein Handy, eine Toilette und etwas zu essen und zu trinken.

Durch den Kellereingang schlich er sich ins Haus und benutzte das Bad des Gästezimmers. Dann stieg er die Treppe hinauf. Hinter der Tür zum Flur verharrte er und lauschte. Seine Mutter war im Wohnzimmer mit Staubsaugen beschäftigt. Immer wenn sie Stress hatte, hantierte sie mit Lappen, Wassereimer und Putzmitteln. Oder sie saugte Staub. Wahrscheinlich hatte sie heute den ganzen Tag über nichts anderes getan. Rasch überquerte er den Flur und verschwand in der Küche. Dort öffnete er eine Flasche Mineralwasser und trank gierig. Dann raffte er Brot und Wurst und Käse zusammen und verließ geräuschlos die Küche, um nach oben zu gehen. Von seinem Zimmer aus hätte er die Straße im Blick. Sicherheitshalber würde er sie im Auge behalten.

Als er den Raum betrat, bemerkte er, dass der Computer fehlte. Seinem ersten Impuls, nach unten zu stürmen und von seiner Mutter Rechenschaft über den Verbleib des Notebooks zu verlangen, folgte er nicht. Nur die Polizei konnte seinen Rechner mitgenommen haben. Wie hätte seine Mutter das verhindern können? Die Bullen würden seine Daten untersuchen und auf das verschlüsselte Verzeichnis stoßen. Würden sie es auch knacken können? Daniel hoffte inständig, dass sie dafür sehr lange brauchen würden. So viel Zeit, wie er brauchte, um seinen Plan durchzuführen.

In der Schublade des Schreibtischs fand er sein altes Handy, in dem noch die gültige Prepaid-SIM-Karte steckte. Der Gedanke an den Verlust seines neuen iPhones ließ seine Wut auf Bleeker und Steiner erneut aufwallen.

Während er abwechselnd Brot, Wurst und Käse in sich hineinstopfte und mit Wasser nachspülte, hielt er den Blick auf die Straße geheftet. Die wenigen Fahrzeuge, die überwiegend langsam passierten, kannte er. Sie gehörten ausnahmslos Leuten aus der Nachbarschaft oder aus den angrenzenden Straßen. Auch der schwarze Audi TT kam ihm bekannt vor. Als der Wagen heranrollte, entdeckte er das Hamburger Kennzeichen.

Hastig verschlang er noch ein Stück Brot und stürzte aus dem Zimmer. Mehrere Stufen auf einmal nehmend, eilte er die Treppe hinunter. Auf dem Flur hielt er inne und lauschte. Der Staubsauger brummte nicht mehr. Vorsichtig schlich er in Richtung Kellertreppe. In diesem Augenblick öffnete sich die Wohnzimmertür. Mit einem Aufschrei erstarrte seine Mutter zu einer Statue.

»Alles in Ordnung, Mama. Ich muss nur noch mal weg. Mach dir keine Sorgen!« Er schnappte seine Winterjacke vom Garderobenhaken, drängte sich an ihr vorbei und hastete weiter.

»Warte, Junge!«, rief sie hinter ihm her. »Du kannst doch nicht … « Ihre Stimme ging in ein Schluchzen über.

Tut mir leid, Mama, dachte er, aber ich kann jetzt keine Rücksicht auf dich nehmen. Durch den Keller verließ er das Haus, wie er es betreten hatte, spurtete durch den Garten und rannte in Richtung Militärgelände. Als er die ersten Büsche und Hecken erreichte, sah er sich um und fiel dann in einen normalen Schritt.

*

Bleeker war ausgestiegen und ging auf den Hauseingang zu, während Steiner den Wagen langsam weiterrollen ließ. Um ganz sicher zu gehen, würde er ihn in einer anderen Straße abstellen. Plötzlich sah er den Jungen. Zügig, aber ohne allzu große Eile, bewegte er sich auf einem Weg, der für Fahrzeuge gesperrt war. Steiner verließ den Wagen und folgte ihm unauffällig. Diesmal wollte er keinen Fehler machen.

Daniel Peters schien sich sicher zu fühlen. Ohne sich noch einmal umzudrehen, wanderte er auf einen Maschendrahtzaun zu. Plötzlich beugte er sich nach unten und verschwand. Steiner beschleunigte seine Schritte. Sekunden später stand er vor einem Durchschlupf. Sollte er dem Jungen folgen? Offenbar war er in ein militärisches Sperrgebiet eingedrungen. Kurz entschlossen kroch Steiner durch den Zaun und sah sich um. Daniel Peters marschierte zielsicher auf einen kleinen Hügel zu, der zwischen Büschen und Bäumen kaum auszumachen war. Dort warf er einen kurzen Blick in die Runde, dann verschwand er erneut.

Steiner blieb vor der Öffnung am Zaun stehen, zog sein Telefon aus der Tasche und wählte. Als Bleeker sich meldete, beschrieb er ihm, welchen Weg er genommen hatte. »Du musst herkommen. Allein habe ich keine Chance. Aber zu zweit können wir ihn schnappen.«

Ungeduldig wartete er auf seinen Kollegen. Als er schließlich auftauchte, forderte Steiner ihn auf, ihm zu folgen. Wenig später erreichten sie den Hügel, an dem Daniel Peters verschwunden war. Einige von Moos und Gras überwachsene Stufen führten zu einer Öffnung, die mit einer rostigen Klappe versehen war. Sie stand offen.

»Scheint ein ehemaliger Militärbunker zu sein«, mutmaßte Steiner und deutete auf die Eisentür. »Hier ist er verschwunden. Wahrscheinlich ist er da drin.«

Bleeker schüttelte den Kopf. »Das ist doch nur ein Loch. Für einen Eingang viel zu klein. Ich krieche da jedenfalls nicht durch.«

»Wahrscheinlich ein Notausgang. Oder ein Lüftungsschacht.« Sein Kollege hob die Schultern. »Was weiß ich. Egal, wir müssen da nicht rein. Aber der Junge sitzt in der Falle.«

»Und wenn dieser Bunker doch noch andere Ausgänge hat?«

»Das halte ich für unwahrscheinlich. Garantiert hat die Bundeswehr die Dinger schon vor Jahrzehnten stillgelegt und ordentlich verschlossen. Nur dieses Loch haben sie übersehen. Oder Jugendliche haben das irgendwann aufgebrochen. Aber lass uns meinetwegen nachschauen.« Steiner ging voraus, Bleeker folgte ihm zögernd. Sie umrundeten den Hügel, entdeckten aber nur den überwucherten und dicht verschlossenen ehemaligen Eingang.

»Willst du jetzt hier warten, bis er wieder rauskommt?« Missmutig verzog Bleeker das Gesicht. »Wie eine Katze vor dem Mauseloch? Ohne mich.«

»Nein. Warum sollten wir auf ihn warten?« Steiner deutete auf die eiserne Tür. »Wir machen alles dicht. Das perfekte Mausoleum.«

»Du willst …?«

Bevor Bleeker seine Frage vollenden konnte, hastete Steiner die Stufen hinauf und rief ihm zu: »Warte hier! Falls er jetzt gerade rauswill. Ich such uns etwas, was wir zum Verriegeln benutzen können.« Dann verschwand er im Gebüsch.

Einige Minuten später kehrte er mit zwei armdicken Ästen zurück. »Damit kriegen wir den Laden dicht. Komm, fass mit an! Wir drücken die Klappe zu.« Unter dem Gewicht der Männer bewegte sie sich knarrend und knirschend, bis die Öffnung fast geschlossen war, nur ein handbreiter Spalt blieb offen. Steiner klemmte einen Ast zwischen die Tür und eine der Stufen. Dann verkeilte er auch den zweiten. Schließlich deutete er auf die Eisenklappe. »Bombenfest.« Er lachte über seine Anspielung. »Jetzt kann der da drin versauern. Und wir müssen uns nicht die Finger schmutzig machen.«

Wortlos folgte Bleeker seinem Kollegen zum Zaun und kroch nach ihm durch die Lücke. Wenig später saßen sie in seinem Audi und fuhren in Richtung Cuxhaven. An der Ampel vor der B 73 mussten sie warten. Plötzlich lachte Steiner auf. »Weißt du, wer uns gerade entgegengekommen ist? Der Kriminalbeamte, der wegen des Unfalls ermittelt. Und seine junge Kollegin.«

Bleeker warf einen Blick in den Rückspiegel. »Dass so eine bei der Kripo ist. Die würde ich jedenfalls nicht von der Bettkante schubsen. Na ja, vielleicht ergibt sich ja noch was. Bestimmt tauchen die noch mal bei uns auf.«

*

Den Weg von der Dienststelle bis zur Ampelkreuzung, an der es links zur Abschnede ging, hatten sie schweigend zurückgelegt. Mit jedem Kilometer näherten sie sich nun dem Haus der Familie Peters und dem Augenblick, in dem Konrad den Zettel mit Felix' Telefonnummer an Daniels Pinnwand entdecken würde. Dass er sich im Zimmer des Jungen noch einmal umsehen wollte, war sicher. Wenn er die Notiz entdeckte, würde er nicht sofort wissen, wessen Nummer dort notiert war, aber er würde sie bitten, es herauszufinden. Und dann würde sie ziemlich dumm dastehen. Also war es besser, ihm vorher davon zu berichten.

In dem Augenblick, als sie sich dazu entschlossen hatte, brach Röverkamp das Schweigen. »Weißt du noch, wie wir beide diese Strecke zum ersten Mal zusammen gefahren sind? Das war die weibliche Leiche im Netz eines Krabbenfischers. Im Kutterhafen von Dorum-Neufeld. Damals hatte Christiansen dich mir zugeteilt. Davon war ich nicht besonders angetan. Aber du warst eine große Hilfe, weil ich mich hier nicht auskannte. Du hast mich zum Dorumer Tief gelotst. Das muss 2005 gewesen sein. Ein halbes Jahr vorher war ich nach Cuxhaven abgeordnet worden. Und du kamst frisch von der Polizeischule.«

»Fachhochschule für Verwaltung und Rechtspflege«, korrigierte Marie. »Zwei Jahre später wurde daraus die Polizeiakademie. Aber sonst hast du Recht. Ich war auch nicht gerade begeistert. Mit einem so alt… äh, älteren Kollegen, der mich wahrscheinlich nicht für voll nehmen würde, zusammenarbeiten zu müssen, war nicht gerade das, was ich mir vorgestellt hatte.« Marie lachte erleichtert. Konrads Bemerkung hatte den Bann gebrochen. Und nun schossen Szenen der Erinnerung durch ihren Kopf. »Später wolltest du unbedingt Bratkartoffeln essen.«

»Richtig!« Jetzt lachte auch Konrad. »Den Landgasthof, zu dem du mich damals geführt hast, gibt es leider nicht mehr. Aber im Sommer fahre ich manchmal zum Ankerstübchen nach Cappel-Neufeld. Da gibt's immer noch gute Bratkartoffeln. Leider darf ich die nicht mehr so oft essen. Wegen ... Na ja, egal. Hat auch mit dem Alter zu tun. Zu viel Fett bei zu wenig Bewegung.«

Marie sah ihn an. »Komisch, jetzt empfinde ich dich gar nicht mehr als so viel älter. Und was die Bewegung betrifft – wir haben doch alle vor einiger Zeit diese Schrittzähler bekommen. Anne Lüken hat das organisiert. Damit wir mehr laufen oder gehen.«

»Du brauchst den ja wohl nicht«, entgegnete Röverkamp. »Bei deinen sportlichen Aktivitäten. Aber ich sollte vielleicht öfter mal mit dem Ding losgehen. Oder wieder mehr Fahrrad fahren. Wie früher. Über Döse, Duhnen, Sahlenburg die Küste entlang bis nach Wremen. Oder in die andere Richtung, nach Otterndorf. Aber irgendwann wurde es mir zu anstrengend.«

»Kauf dir doch ein E-Bike!«, empfahl Marie. »Seit Papa eins hat, lässt er das Auto viel öfter stehen. Sogar, wenn er in Cuxhaven zu tun hat. Ich hab's selbst ausprobiert. Das geht wunderbar. Soll ich Sabine mal einen Tipp geben?«

»Untersteh dich! Ich bin doch kein alter ... Na ja, vielleicht hast du Recht.« Er deutete nach vorn. »Wir sind gleich da.«

»In Daniels Zimmer hängt ein Zettel mit Felix' Telefonnummer«, sagte Marie rasch. »Nur, dass du dich nicht wunderst. Ich weiß aber nicht, was die beiden miteinander zu tun haben.«

Röverkamp hob die Schultern und ließ den Wagen ausrollen. »Seltsam. Klärt sich aber sicher auf. Jetzt müssen wir den Jungen erst mal finden. Vielleicht hat er sich inzwischen zu Hause gemeldet. Oder er ist wieder aufgetaucht. Der Mutter sagen wir jedenfalls noch nichts von unserem Verdacht. Die dreht durch, wenn sie erfährt, was ihr Sohn angestellt haben könnte. Und das würde uns nicht weiterhelfen.«

Marie war erleichtert. Konrad hatte nicht nachgefragt, weshalb sie die Entdeckung der Telefonnummer für sich behalten hatte.

*

Das Geräusch hatte Daniel aufgeschreckt. Es hatte sich angehört, als ob jemand die eiserne Klappe am Einstieg bewegt hätte. Regungslos hatte er gelauscht, war schließlich auf allen Vieren in den Schacht gekrochen. Dort war es ungewohnt dunkel. Hatte inzwischen die Dämmerung eingesetzt, auf die er so lange gewartet hatte?

Die Erkenntnis überfiel ihn wie ein Schock. Jemand hatte die Tür zugedrückt. Hastig robbte er voran, stemmte sich mit beiden Händen und einer Schulter gegen die Eisenklappe, um sie wieder zu öffnen. Sie bewegte sich keinen Zentimeter. Dass sie schwergängig war, wusste er. Als er vor Jahren den Zugang zum Bunker entdeckt hatte, war es ihm nicht gelungen, sie zu bewegen. Zu dritt hatten sie die Tür schließlich soweit öffnen können, dass man bequem hindurchschlüpfen konnte. Seitdem war sie nicht mehr bewegt worden. Waren ihm Bleeker und Steiner gefolgt? Hatten sie die Tür verrammelt?

Ohne Hilfe würde er den Bunker nicht verlassen können. Wie gut, dass er sein altes Handy mitgenommen hatte. Daniel kroch zum Innenraum zurück und schaltete das Mobiltelefon ein. Dessen Display zeigte eine vernichtende Botschaft. »Kein Empfang«.

Voller Panik durchsuchte er den Bunker nach weiteren Ausgängen oder Luftschächten, das leuchtende Display als Taschenlampe benutzend. Doch er wusste bereits, dass die Suche erfolglos sein würde. Schließlich klammerte er sich an die Hoffnung, dass wenigstens ein Punkt der Anzeige für die Empfangsstärke sichtbar würde. Wenn er nur eine SMS versenden könnte! Eine Stelle mit minimalem Empfang würde reichen. Wieder und wieder hielt er das Handy über den Kopf und starrte erwartungsvoll auf das Display. Vergeblich.

Die Anzeige verschwamm, als Tränen der Enttäuschung in seine Augen traten. Schmerzhaft spürte er den Druck seiner aufsteigenden Angst im Brustkorb, er atmete tief durch und versuchte

Klarheit in seine rasenden Gedanken zu bringen. Gab es eine Chance gefunden zu werden? Von der Existenz des Bunkers wussten einige seiner früheren Spielkameraden. Aber wer von ihnen würde auf die Idee kommen, ihn hier zu suchen? Wahrscheinlich hatten die meisten das Versteck längst vergessen. Außerdem würde ihn so schnell niemand vermissen. Seine Mutter natürlich, aber die ahnte nichts von diesem ... Gefängnis. Erneut erfasste ihn eine Welle ohnmächtigen Zorns, als ihm klar wurde, dass er gefangen war, die Mörder, die er gesucht und gefunden hatte, aber frei herumliefen. Daran würde sich erst etwas ändern, wenn er den Munitionsbunker verlassen hätte.

Also nie.

In diesem Augenblick ergriff ihn die Angst mit ihrer ganzen perfiden Macht. Daniel sank auf den Steinboden, wurde von einem Weinkrampf ergriffen, der seinen Körper schüttelte und schließlich in ein tränenloses Zittern überging.

*

»Er war hier?« Verblüfft starrten die Kriminalbeamten die Frau an. »Und Sie haben nicht mit ihm gesprochen?«, fuhr Marie Janssen fort. »Er muss doch etwas gesagt haben. Wo er die letzte Nacht verbracht hat und wohin er wollte?«

Die Mutter schüttelte den Kopf. »Er hat sich etwas zu essen aus dem Kühlschrank geholt. Und eine Flasche Wasser. Später ist er an mir vorbeigestürmt. Hat mir noch was zugerufen, und weg war er. Durch den Keller. Es war wie ...«, ihre Stimme versagte.

»Eine Flucht?« Konrad Röverkamp berührte ihren Unterarm. »Hatten Sie den Eindruck, dass Daniel in Panik war? Wirkte er ängstlich?«

»Überhaupt nicht.« Stefanie Peters schüttelte den Kopf. »Alles in Ordnung, Mama, hat er gesagt. Ich muss nur noch mal weg. Mach dir keine Sorgen!« Sie schluckte und kämpfte mit den Tränen. »Eigentlich klang er wie immer. Daniel hat es ja oft eilig. Und es hörte sich so an, als würde er gleich wiederkommen. Er ist ... zu Fuß ... sein Fahrrad ... steht vorm Haus.«

»Durch den Keller kommt man in den Garten?«, vermutete Marie. »Ich nehme an, wenn man ihn durchquert, erreicht man den Ortsrand und die Altenwalder Heide. Ist es so?«

Stefanie Peters nickte stumm.

»Wohin geht er denn sonst«, fragte Röverkamp, »wenn er zu Fuß das Haus verlässt und diesen Weg nimmt? Hat er dort Freunde? Oder eine Freundin? Wer oder was könnte sein Ziel sein?«

»Ich weiß es nicht«, flüsterte Daniels Mutter. »Er geht sonst immer vorn raus. Durch den Garten ist er früher zum Spielen gegangen. Da haben sich die Kinder oft am Sportplatz getroffen. Aber die sind alle nicht mehr hier. Die meisten arbeiten oder sie sind weggezogen. Seine Schulfreunde hat er in Cuxhaven. Und von einer Freundin weiß ich nichts.«

Marie warf Röverkamp einen Blick zu. »Mein Kollege würde sich gern Daniels Zimmer anschauen. Vielleicht findet *er* ja einen Anhaltspunkt, dass Ihr Sohn doch eine Freundin hatte, mit der wir uns in Verbindung setzen könnten. Wir werden jedem Hinweis nachgehen, Frau Peters. Aber die Tatsache, dass Daniel gerade noch hier war und das Haus freiwillig verlassen hat, macht es uns schwer, ihn suchen zu lassen. Nach polizeilichen Maßstäben gilt er nicht als vermisst.«

»Ja, aber …« Mit aufgerissenen Augen sah Stefanie Peters die Kriminalbeamten an und machte eine hilflose Geste.

Konrad Röverkamp hob die Schultern. »Wir könnten nach ihm fahnden. Wenn wir einen Verdacht gegen Ihren Sohn hätten. Einen ziemlich schwerwiegenden Verdacht.«

13

»Die Geschichte mit der Fahndung hast du Daniels Mutter geschickt untergejubelt«, stellte Marie fest, als sie auf dem Rückweg zur Dienststelle waren und schon wieder an einer roten Ampel halten mussten, kaum dass sie auf die Hauptstraße eingebogen waren.

Konrad Röverkamp hob abwehrend eine Hand. »Ob es dazu kommt, wissen wir noch nicht. Jedenfalls werden wir keine Suchaktion nach einem vermissten jungen Mann durchsetzen können. Allenfalls eine Fahndung nach einem Tatverdächtigen. Aber auch das ist fraglich.«

»Glaubst du, dass Daniel für den Absturz der Scharnagel-Tochter verantwortlich ist? Warum sollte er das getan haben?«

»Genau das ist die Frage, die uns auch Lütjen stellen wird. Die technischen Informationen, die du bei ihm gefunden hast, beweisen nichts. Sie zeigen vielleicht, dass er dazu in der Lage gewesen sein könnte, das Steuergerät zu manipulieren. Weil er sich das technische Know-how angeeignet hat. Aber ohne Motiv wird aus einem jungen Experten kein Täter.«

Marie nickte gedankenverloren. »Hast du eigentlich von den Kollegen der Kriminaltechnik noch mehr über den Inhalt von Daniels Computer erfahren?«

»Nichts, was uns wirklich weiterhilft«, seufzte Röverkamp. »Jedenfalls noch nicht. Sie sind auf ein verschlüsseltes Verzeichnis gestoßen, das sie nicht öffnen konnten. Aber ob sich daraus weiterführende Erkenntnisse ergeben, steht in den Sternen.«

»Wahrscheinlich hat er darin nur seine Pornosammlung versteckt.« Ungeduldig trommelte Marie auf das Lenkrad. »Ampelwalde!«, schimpfte sie.

Röverkamp lachte. »Das habe ich noch nie gehört. Ist aber irgendwie treffend, bei den vielen Ampeln in Altenwalde.«

»Wir müssen Daniel ausfindig machen. Das kann doch nicht so schwer sein. Er ist zu Fuß unterwegs«, ereiferte sich Marie und fuhr an. »Also dürfte er nicht weit gekommen sein. Ich hoffe nur, dass sich die Mutter sofort bei uns meldet, falls er zu Hause wieder auftaucht.«

»Hast du nicht gesagt, es könnte sein, dass er sich versteckt?«

»Ja, Konrad. Das war so eine Idee. Nachdem ich die Unterlagen und die von ihm besuchten Internetseiten gesehen hatte. In dem Moment schien es mir naheliegend, dass er den Hubsteiger manipuliert hat. Aber du hast Recht. Es gibt kein Motiv. Katharina von Rosenbach hat er sicher gar nicht gekannt. Und gegen Oliver Schubert konnte er auch nichts haben. Der mag ja sein, wie er will, aber Berührungspunkte mit Daniel dürfte es kaum gegeben haben.«

»Es sei denn, Schubert hat etwas mit dem Tod seiner Schwester zu tun.«

Unvermittelt trat Marie das Bremspedal durch. Mit quietschenden Reifen kam der Wagen zum Stehen. Hinter ihnen hupte es vielfach. »Das ist ja eine verrückte Idee!«

Röverkamp deutete nach vorn. »Fahr lieber weiter! Sonst werden wir von den Fahrern hinter uns noch gelyncht. Die nächste rote Ampel wartet auf uns.«

»Entschuldigung!« Marie legte den Gang ein und beschleunigte. »Das hieße, Daniel Peters ist auf einem Rachefeldzug, weil er glaubt, dass Sarah von Schubert angefahren und im Stich gelassen worden ist? Aber woher will er das wissen? Wir haben mit Hochdruck nach dem Unfallverursacher gesucht. Mit allen polizeilichen Mitteln. Dagegen hat Daniel null Möglichkeiten. Die These scheint mir doch etwas gewagt.«

»Hast du eine bessere? Wie willst du Lütjen davon überzeugen, dass wir nach Daniel fahnden müssen? Er ist ein wichtiger Zeuge. Gut. Aber das nützt nicht viel. Erst wenn wir ihn als Tatverdächtigen präsentieren können, lässt der Chef die Fahndung anlaufen. Also brauchen wir eine Theorie, in der er der Täter ist. Und Rache ist ein gutes Motiv.«

»Willst du Schubert unter Verdacht stellen? Wegen des Verdachts auf Verdeckungsmord?«

»Würde mir bei dem nicht so wahnsinnig schwer fallen«, brummte Röverkamp. »Wir lassen seinen Wagen kriminaltechnisch untersuchen. Das dauert ein paar Tage. Bis dahin haben wir Daniel gefunden und die Hintergründe für den Sturz aus dem Aufsteiger aufgeklärt. Dann ist Schubert automatisch wieder entlastet.«

Marie beschleunigte, um an der nächsten Kreuzung die Grünphase zu erwischen. »Nicht ganz astrein, aber so könnte es gehen. Allerdings …«

»Allerdings?« Der Hauptkommissar schielte auf den Tacho des Dienstwagens. Er hatte statt der erlaubten siebzig fast neunzig km/h erreicht. Sie passierten die Ampel bei Gelb. »Schön, dass es hier keine Überwachungskamera gibt und wir nicht in China sind. Da gäb's jetzt 'ne Strafe.« Marie nahm den Fuß vom Gas und ließ den Wagen rollen. »Wir wissen noch nicht, ob der Anschlag Schubert galt. Wir wissen noch nicht einmal genau, ob das Steuergerät manipuliert war oder ob es sich um einen technischen Defekt handelt.«

»Vielleicht doch«, entgegnete Röverkamp und sah auf die Uhr. »Die Kollegen der KTU wollten vor einer halben Stunde zu einem Ergebnis gekommen sein. Wenn wir in der Dienststelle ankommen, liegen die Daten vielleicht schon vor.«

»Willst du nicht anrufen?« Marie trat wieder aufs Gas. »Dann müssen wir uns nicht so beeilen.«

»Die Information läuft uns nicht davon«, murmelte Röverkamp. Dann kramte er doch sein Mobiltelefon aus der Tasche. »Schon gut. Fahr langsam!« Gerade als er die Kurzwahltaste drücken wollte, klingelte es. Er meldete sich und lauschte mit zusammengekniffenen Augenlidern den Worten seines Gesprächspartners. »Das habe ich befürchtet«, sagte er schließlich und beendete die Verbindung.

»Was ist?«, fragte Marie ungeduldig.

*

Nachdem Daniel den Bunker zum zweiten Mal vergeblich nach einem Gegenstand abgesucht hatte, mit dem er die Luke hätte aufbrechen können, schaltete er erneut sein Mobiltelefon ein. Er hob es über den Kopf und suchte Schritt für Schritt nach einem Empfangssignal. Obwohl er an jeder Stelle bis dreißig zählte, um dem Handy genügend Zeit zu geben, ein Signal zu registrieren, brachte auch dieses Vorgehen keinen Erfolg. Enttäuscht und wütend ließ er sich auf der alten Decke nieder.

Plötzlich wurde ihm bewusst, wie begrenzt seine Überlebenschancen waren. Ohne Nahrung konnte man zwei oder drei Wochen überleben, ohne Wasser würde er nach drei bis vier Tagen verdursten. Darüber hatten sie in der Schule gesprochen, nachdem in der Zeitung von schiffbrüchigen Fischern berichtet worden war, die eine volle Woche ohne Wasser überlebt hatten. Ein Mitschüler hatte erzählt, dass in Australien eine Touristin während einer Hitzewelle schon nach vierundzwanzig Stunden verdurstet war. Für ihn lag die Grenze wohl irgendwo dazwischen. Wie lange würde es dauern, bis man ihn fand? Drei Tage? Fünf Tage? Eine Woche? Die Aussichtslosigkeit seiner Situation trieb ihm Tränen in die Augen. In seiner Fantasie sah er sich mit letzter Kraft zur Einstiegsluke robben, um ein paar Regentropfen aufzufangen. Dort würden sie ihn finden, abgemagert bis auf die Knochen, tot. Vielleicht - nach Jahren - nur noch ein Skelett mit ein paar Fetzen Kleidung.

Er versuchte, die Vorstellung zu verscheuchen und an etwas Angenehmes zu denken. Auf dieser Decke hatte er mit Lisa gesessen. Im Schutz der Dunkelheit hatte er ihre Brüste streicheln dürfen. Sie hatte kichernd zugelassen, dass seine Hand zum Ziel seiner schwülen Träume vorgedrungen war, und sich schließlich stöhnend gegen ihn gepresst, als seine Finger die feuchte und warme Höhle ertastet hatten. Fast schmerzhaft war seine Erektion gewesen. Für Lisa schien die Reaktion seines Körpers keine Überraschung gewesen zu sein. Eine Weile hatte sie sich ihren eigenen Empfindungen hingegeben, doch dann hatte sie sich ihm zugewandt, ihn aus seiner Beklemmung befreit und seine Erregung mit geübten Handbewegungen rasch in bewusstseinstrübende Höhen getrieben. Allzu schnell, aber auch unerwartet heftig, hatte sich die Spannung entladen.

Mit weichen Knien und umnebeltem Hirn war er Lisa nach draußen gefolgt. Im Licht der Abendsonne hatte er in ihrem Gesicht nach einem Ausdruck gesucht, der das Erlebte widerspiegelte. Mit einem Anflug von Bestürzung oder wenigstens Verblüffung hatte er gerechnet, aber nichts als Gleichmut und Zufriedenheit gefunden. Damals war er verwirrt über ihr Handeln und ihre Reaktion, aber auch stolz auf seine Männlichkeit und auf die neue Erfahrung gewesen, die er nun anderen voraushatte.

Und er war hochzufrieden über das geniale Versteck gewesen, das ihm diese Erfahrung ermöglicht hatte. Heute verfluchte er den Bunker und wünschte sich, ihn niemals entdeckt zu haben. Die Erinnerung an das Erlebnis mit Lisa hatte seine Ängste nur kurze Zeit überdeckt. Es nützte auch nichts, die Augen zu schließen, um die Gefühle aus jener Begegnung heraufzubeschwören. Allenfalls für Sekunden gelang es ihm, aus der Gegenwart zu fliehen. Spätestens wenn er die Augen aufschlug, nahmen die tödlichen Mauern um ihn herum wieder Gestalt an.

*

Scharnagel hatte sie wieder in sein Büro zitiert. Nachdem sie ihm von der »Sicherungsverwahrung« des jungen Peters, wie Steiner es nannte, berichtet hatten, schien er zufrieden. »Wenn es so ist, wie ihr sagt, spielt es keine Rolle mehr, was der Knabe im Detail wusste oder herausgefunden hat. Er kann uns nicht mehr schaden. Das Kapitel ist zu Ende. Punkt.«

Von einem Block auf seinem Schreibtisch riss er das oberste Blatt ab. »Jetzt kümmert ihr euch um die Belegschaft der Cux-Stahl. Bannack hat vorhin angerufen. Irgendwas ist im Busche. Es gibt Ärger im Betrieb, hat er gesagt. Für uns ist das zwar nichts Neues, aber anscheinend sorgt dort ein Unruhestifter für böses Blut. Schubert hat die Leute wohl nicht mehr Griff.« Er reichte Steiner den Zettel. »Hier ist der Name. Seht zu, dass ihr den Mann zur Räson bringt. Es kann sich nur noch um ein paar Tage handeln, bis wir die Zusage für eine Kreditbürgschaft bekommen und die Banken wieder kooperieren. Bis dahin darf nichts mehr passieren. Wenn der Rubel wieder rollt, verteilen wir ein paar Bonbons an die Leute. Neueinstellungen statt Kündigungen, Erfolgsprämien statt Lohnkürzungen. So was in der Art.«

Mit einer Handbewegung bedeutete er seinen Mitarbeitern, dass die Unterredung beendet war. In dem Augenblick klingelte das Telefon. Scharnagel hob ab und meldete sich. Steiner und Bleeker waren schon in der Tür, als ihr Chef sie zurückrief. Wortlos schaltete er den Lautsprecher des Telefons ein. »Hört euch das an!«

Arnold Bannacks Stimme klang ungewohnt erregt, er sprach schnell, fast hektisch. »Da braut sich was zusammen. Meine Leute sind aufgewiegelt worden. Ich fürchte, das gibt einen wilden Streik. Sie verlangen den Abzug der Offshore Consulting. Ihr müsst euch darum kümmern. Ich will nicht schon wieder die Polizei in der Firma haben.«

»Keine Sorge, wir kümmern uns darum«, antwortete Scharnagel und legte auf. »Ihr fahrt sofort hin. Falls nötig, komme ich später nach. Haltet mich auf dem Laufenden. Ich fahre jetzt ins Krankenhaus.«

Steiner sah Bleeker an und wandte sich dann an seinen Chef. »Also gut. Wir versuchen unser Bestes. Aber wenn die Leute darauf bestehen, von dir etwas zu hören, musst du kommen.«

Erneut wedelte Scharnagel mit der Hand. »Wir werden sehen.«

Auf dem Werksgelände hatte eine Gruppe von Arbeitern begonnen, den Zugang zum Hafen mit Stahlelementen zu verbarrikadieren, aus denen die Trägermasten für die Offshore-Windräder zusammengesetzt werden sollten. Eine lange Reihe dieser Rohre, deren Durchmesser über zwei Meter betrug, schnitt bereits den Weg von der Halle zum Liegeplatz des Errichterschiffs ab.

Als Bleeker den Wagen stoppte und Steiner ausstieg, kam Betriebsrat Schubert auf sie zugerannt. »Das ist das Werk von Mats Flemming«, rief er. »Er hat die Leute angestiftet. Scharnagels Tochter geht auch auf sein Konto. Eigentlich wollte er aber mich treffen. Verstehe nicht, dass der noch frei herumläuft. Sie müssen Flemming aus dem Verkehr ziehen. Mindestens rausschmeißen. Fristlos. Die Polizei unternimmt ja nichts. Obwohl ich denen gesagt habe …«

»Wo ist Flemming?«, unterbrach Bleeker ihn. »Zeigen Sie mir den Mann!«

Schubert deutete auf einen kräftigen Rothaarigen. »Dort drüben! Der auf dem Gabelstapler.« In diesem Augenblick schwenkte das Fahrzeug herum und nahm Kurs auf die drei Männer. »Jetzt ist er vollkommen verrückt geworden.« Eilig verdrückte sich der Betriebsratsvorsitzende in Richtung Werkhalle. Der Gabelstapler schoss weiter auf Steiner und Bleeker zu. Ratlos sahen sie sich an. Dann hasteten sie zum Wagen zurück, warfen sich hinein und schlossen die Türen. Unmittelbar vor Bleekers TT machte das Fahrzeug einen Schwenk, der Fahrer senkte die Gabeln und schob sie unter den Wagen. Im nächsten Augenblick knirschte es unter dem Bodenblech, dann gab es einen Ruck. Mit erhöhter Drehzahl erzeugte der schwere Dieselmotor den notwendigen Druck in der Hydraulik, und schon bewegte sich der Wagen zügig in die Höhe. Die Fahrertür war blockiert, und bevor Steiner auf die Idee kam, die Tür auf seiner Seite zu öffnen, um hinauszuspringen, schwebte der Audi bereits einige Meter über dem Boden. Mit der linken Hand umklammerte er Bleekers Unterarm. »Wie hoch kann der noch steigen? Ich habe Höhen... Ich vertrage das nicht.«

»Dieser Stapler hat sechs Meter Hubhöhe«, knurrte sein Kollege und schlug wütend auf das Lenkrad ein.

Plötzlich wurde die Aufwärtsbewegung gestoppt. Langsam, dennoch bedrohlich schwankend, setzte sich der Gabelstapler mit seiner Ladung in Bewegung. Entsetzt erkannte Steiner, dass sie auf die Kaimauer zurollten. Wollte der verrückte Arbeiter sie mitsamt dem Auto in die Nordsee kippen? Panik stieg in ihm auf. »Was machen wir denn jetzt?«, schrie er voller Angst.

»Weiß ich doch auch nicht!«, brüllte sein Kollege zurück.

Steiner zog sein Handy aus der Tasche. »Wir müssen die Polizei anrufen.«

»Auf keinen Fall.« Bleeker schlug ihm das Gerät aus der Hand. »Du hast doch gehört, Bannack will keine Bullen auf dem Gelände. Wir verlieren den Auftrag, wenn wir ...«

Mit einem Ruck kam das Fahrzeug zum Stehen. Nur wenige Meter trennten sie von der Kaje. Flemming kletterte aus der Fahrerkabine des Gabelstaplers, stemmte die Arme in die Hüften und grinste. »Na warte«, murmelte Bleeker. »Dir wird das Lachen noch vergehen.«

Die Arbeiter, die mit dem Bau der Barrikade beschäftigt gewesen waren, liefen zusammen und bildeten einen Halbkreis um die Szene. Einige schüttelten die Fäuste, andere brüllten vor Lachen und schlugen sich auf die Schenkel. Wieder andere klopften Flemming auf die Schultern. Der winkte nach oben und machte Kurbelbewegungen mit der Hand. »Lasst mal die Scheibe runter, ihr komischen Vögel!«

»Ich rufe die Polizei, wenn Sie uns nicht sofort runterlassen.« Steiner hatte sein Handy im Fußraum des Wagens wiedergefunden und wedelte damit am offenen Wagenfenster.

Flemming lachte laut. »Was glaubst du, was wir denen erzählen. In dreißig Sekunden seid ihr wieder unten. Und niemand hat etwas anderes gesehen als einen TT mit zwei Typen, die hier ein bisschen rumstänkern wollten.«

Die Arbeiter johlten und klatschten Beifall.

»Ruf lieber deinen Chef an!«, fuhr Flemming fort. »Wir möchten von ihm hören, dass es keine Entlassungen gibt. Wenn er uns das nicht verbindlich zusagt, könnt ihr alle eure Sachen packen und zurück nach Hamburg fahren.«

»Wir haben einen Vertrag zu erfüllen!«, rief Steiner. »Wir sanieren die Firma. Wenn unser Konzept greift, geht es mit der Cux-Stahl wieder aufwärts.« Die Worte seines Chefs kamen ihm in den Sinn. »Mit unserer Hilfe bekommt die Firma wieder die notwendigen Mittel für Investitionen. Dann gibt es Einstellungen statt Entlassungen, Erfolgsprämien statt Lohnkürzungen.«

»Und die Erde ist eine Scheibe!«, schallte es aus der Menge. Wieder gab es Gelächter.

Flemming setzte einen Fuß auf das Trittbrett des Gabelstaplers und wandte sich an die umstehenden Männer. »Ich glaube, ich muss die beiden noch ein bisschen durchschütteln, damit sie kapieren, worum es geht. Hier stehen Existenzen auf dem Spiel, Familien, die Zukunft unserer Kinder.«

Wieder gab es Beifall aus der Menge.

Jesko Bleeker stieß seinen Kollegen in die Seite. »Ruf Scharnagel an! Er hat doch selbst gesagt, dass er kommen würde, wenn wir ihn brauchen. Auch wenn er es nicht wirklich so gemeint hat – jetzt brauchen wir ihn eben.«

Steiner zögerte. »Du kennst Ralf. Wenn wir das hier nicht ohne ihn hinkriegen, hält er uns für Deppen.«

»Soll er doch«, zischte Bleeker und deutete nach unten. »Mir ist wichtiger, dass wir hier mit heiler Haut rauskommen. Wer weiß, was passiert, wenn sich die Situation weiter aufschaukelt. Ich möchte nicht riskieren, mitsamt meinem Wagen in der Nordsee zu landen.«

Erneut hielt Steiner sein Mobiltelefon aus dem Fenster. »Ich telefoniere jetzt mit unserem Chef.«

Die Männer wurden still und sahen mit gespannter Erwartung nach oben. Als wollten sie hören, was der Manager mit seinem Chef besprach.

*

»Habe ich das richtig verstanden? Sie wollen nach dem Jungen suchen lassen, indem Sie ihn zur Fahndung ausschreiben?« Kriminalrat Lütjen hatte die Arme hinter dem Kopf verschränkt, lehnte sich zurück und ließ seinen Blick zwischen Konrad Röverkamp und Marie Janssen hin und her wandern.

Der Hauptkommissar nickte. »Es sei denn, er taucht bis heute Abend wieder auf. Er ist ein wichtiger Zeuge. Nach allem, was wir bei ihm gefunden haben, kommt er aber auch als Täter infrage. Sein Interesse an der Steuerungselektronik für den Hubsteiger ist auffallend. Das belegen die Unterlagen, die wir auf seinem Schreibtisch und in seinem Computer gefunden haben. Nach Ansicht der Kollegen von der KTU hat er sich das notwendige Wissen angeeignet, um die Software manipulieren zu können. Dass dies geschehen ist, steht inzwischen zweifelsfrei fest. Sie haben eine Log-Datei gefunden, aus der hervorgeht, wann und mit welchem Computer die Einstellungen für die Steuerung verändert worden sind. Der von Daniel Peters ist allerdings nicht dafür benutzt worden. Sie kontrollieren jetzt die mobilen Rechner in der CuxStahl.«

»Eine kaltblütige Tat trauen wir ihm zwar nicht zu«, ergänzte Marie. »Aber aufgrund des Materials könnte Staatsanwalt Krebsfänger einen Haftbefehl erwirken. Immerhin besteht die Möglichkeit, dass er aus Betroffenheit über den Tod seiner Schwester und einem daraus erwachsenen Rachebedürfnis gehandelt hat. Um den vermeintlichen Unfallverursacher zu bestrafen. In diesem Fall hat er wahrscheinlich nicht mit dem tödlichen Ausgang gerechnet.«

Lütjen kippte mit seinem Stuhl nach vorn und warf einen Blick in die Akte, die aufgeschlagen vor ihm lag. »Und dieser ... Betriebsrat Schubert soll derjenige sein, der das Mädchen auf dem Gewissen hat? Haben Sie das geklärt?«

»Wir sind dabei«, erklärte Marie. »Sein Alibi müssen wir noch überprüfen. Wir lassen seinen Wagen untersuchen. Übrigens hält er einen Kollegen aus der Firma für den Täter. Mats Flemming hat ihm mehrfach Schläge angedroht und ihm einmal tatsächlich die Fresse poliert. Entschuldigung, aber das sind Flemmings eigene Worte. Der macht keinen Hehl daraus. Schubert hat übrigens keine Anzeige erstattet.«

»Flemming ist wegen Körperverletzung vorbestraft.« Röverkamp deutete auf den Ordner. »Den entsprechenden Auszug aus dem Strafregister finden Sie in der Akte. Trotzdem haben wir Zweifel an dieser Theorie. Der Mann scheint leicht reizbar zu sein und ist auf Schubert nicht gut zu sprechen. Das hängt mit dessen Rolle bei diversen Entlassungen zusammen. Aus der Sicht eines Arbeitnehmers ist das sogar verständlich. Schubert soll der Firmenleitung gegenüber in bestimmten Fällen sehr entgegenkommend gewesen sein und dafür mehr als hunderttausend Euro kassiert haben. Aber die Vorgänge liegen schon eine Weile zurück. Wenn Flemming - oder wer auch immer - das Bedürfnis hatte, dem Betriebsrat einen Denkzettel zu erteilen, hätte er das längst tun können.«

»Ob von der Firma Geld an Schubert geflossen ist, müssen Sie beim Firmenchef erfragen.« Erneut verschränkte Lütjen die Hände hinter dem Kopf. »Einen Beschluss zur Einsichtnahme in die Kontodaten bekommen wir nicht, wenn die Zahlungen nicht im Zusammenhang mit einer Straftat stehen.«

»Nicht nötig«, warf Röverkamp ein. »In der Vernehmung hat er bereits eingeräumt, Sonderzahlungen erhalten zu haben. Natürlich nicht als Bestechung, sondern für besondere Leistungen. Wir können also davon ausgehen, dass die Anschuldigungen durch

Mats Flemming berechtigt sind. Das führt uns aber in der Sache nicht weiter. Möglicherweise hatte er trotzdem einen Grund für die Tat, einen, von dem wir nichts ahnen. Oder wir finden beim jungen Peters doch noch ein Motiv.«

»Deswegen müssen wir Daniel unbedingt vernehmen«, ergänzte Marie.

Kriminalrat Lütjen schwieg einen Moment. Dann breitete er die Arme aus. »Also gut. Fahnden Sie nach dem Jungen! Ich hoffe nur, dass die Eltern uns keinen Ärger machen.«

»Keine Sorge.« Konrad Röverkamp erhob sich. »Daniels Vater ist gestorben, als der Junge dreizehn war, und die Mutter ist uns dankbar, wenn wir ihren Sohn suchen – mit welcher Begründung auch immer.«

Sie waren schon fast durch die Tür, als Lütjen noch einmal das Wort an sie richtete. »Eine Frage noch, Frau Kollegin Janssen. Die Veröffentlichung einer dienstlichen Information durch Ihren … äh, durch Herrn Dorn geht doch nicht auf Ihr Konto?«

Marie zuckte zusammen. »Natürlich nicht, Herr Kriminalrat. Zeitungsredakteure haben ihre eigenen Quellen. Und die geben sie gewöhnlich nicht preis, deshalb weiß ich nicht, woher …«

»Schon gut«, unterbrach Lütjen sie. »Dann haben wir an dieser Stelle kein Problem. Ich hoffe nur, dass es dabei bleibt. Auf Wiedersehen.«

»Du hast eben gut reagiert«, stellte Konrad Röverkamp fest, als sie das gemeinsame Büro erreichten. »Alle Achtung.«

»Mir schlägt das Herz bis zum Hals«, gestand Marie. »Die Geschichte liegt mir auf der Seele.«

Röverkamp deutete auf seine Armbanduhr. »Es ist schon ziemlich spät. Ich kümmere mich um die Fahndung nach Daniel Peters. Du solltest Feierabend machen und könntest mit Felix sprechen.«

Marie nickte. »Danke, Konrad. Ich glaube, du hast Recht. Jetzt ist er vielleicht zu Hause.«

14

Die Prozedur war fast schon zur Routine geworden. Wenn Ralf Scharnagel seine Tochter besuchte, musste er einen grünen Kittel überziehen, eine Haube aufsetzen und einen Mundschutz anlegen. Obwohl er den Weg kannte, wurde er von einem Pfleger oder einer Krankenschwester begleitet. Jedes Mal suchte er in den Mienen des Personals nach Anzeichen einer Veränderung. Doch die Gesichter hatten stets einen freundlichen, aber nichtssagenden Ausdruck. Auch heute war in den Augen seines Begleiters das erhoffte Aufleuchten nicht zu erkennen, mit dem sich eine Neuigkeit über eine Besserung von Katharinas Zustand ankündigen könnte.

Scharnagel begrüßte den Pfleger mit einem Kopfnicken und folgte ihm. Dann trat er an das Bett seiner Tochter, nahm ihre Hand und ließ sich auf den bereitgestellten Stuhl sinken. Während er das bandagierte Wesen betrachtete, zogen Bilder aus der Vergangenheit an seinem inneren Auge vorüber. Kati als neugeborenes Bündel, als krabbelndes Kleinkind, bei der Einschulung, der Abiturfeier, als Studentin und als promovierte Diplomingenieurin, schließlich während eines Praktikums in der Offshore Consulting. Lange hatte sie es in seiner Firma nicht ausgehalten. Sie waren sich zu ähnlich, um produktiv zusammenarbeiten zu können. Nach wenigen Tagen hatte es bereits geknallt, als er darauf bestanden hatte, dass sie einen Termin in Begleitung von Tom Steiner hätte wahrnehmen sollen, weil es sich um die Beratung eines schwierigen Kunden gehandelt hatte. »Ich weiß, was ich kann«, hatte sie ihn angefaucht, »aber du traust mir nichts zu. Das ist das Problem. Nicht der Kunde.« Nach einer weiteren Auseinandersetzung aus ähnlichem Anlass hatte sie das Praktikum aufgesteckt und sich bei einem Konkurrenten beworben. Dort war sie trotz ihrer geringen Erfahrung genommen worden. Von da an hatte sie eine steile Karriere hingelegt.

»Ich habe dich unterschätzt, mein Mädchen«, murmelte er. »Aber ich habe dich auch vor diesem Nichtsnutz gewarnt. Und in diesem Punkt habe ich Recht behalten. Wie froh war ich, als du dich entschieden hattest, hierher zu kommen. Trotzdem war es ein Fehler. Wärst du in Berlin geblieben, müsste ich nicht um dein Leben bangen. Wenn wir denjenigen finden, der dir das angetan hat, bringe ich ihn um. Und wenn es das Letzte ist, das ich für dich tun kann.«

Ralf Scharnagel fuhr auf, als Katis Finger in seiner Hand kaum wahrnehmbar zuckten. Erwartungsvoll starrte er auf den sichtbaren Teil ihres Gesichts. Hatte sich das Augenlid bewegt? Vorsichtig erhob er sich, behielt ihre Hand in seiner und beugte sich über seine Tochter. Unter der dünnen, fast durchscheinenden Haut des Lids schien sich der Augapfel zu bewegen. Hektisch flog Scharnagels Blick über die Lampen und Monitore der angeschlossenen Geräte, aber die Anzeigen sagten ihm nichts. Dann suchten seine Blicke nach dem Pfleger, einer Krankenschwester oder einem Arzt. Niemand war in der Nähe. Rasch legte er Katis Hand auf die Bettdecke zurück und hastete hinaus.

*

»Ich kann meinen Chef nicht erreichen«, rief Tom Steiner aus dem Fenster und wedelte wie zum Beweis mit seinem Mobiltelefon. »Er ist wohl noch im Krankenhaus. Bei seiner Tochter.«

Die Männer schwiegen und wandten ihre Köpfe Mats Flemming zu. Der breitete die Arme aus und hob die Schultern. »Kein Problem. Wir haben Zeit.« Mit einer ausholenden Geste bedeutete er seinen Kollegen, die Arbeit an der Barrikade wieder aufzunehmen. Sie wandten sich wortlos um und schlenderten davon.

»Sie können uns doch nicht hier oben …«, rief Steiner den Arbeitern nach. »Lassen Sie uns runter!« Niemand sah sich nach den Männern in ihrem luftigen Gefängnis um. »Verdammtes Pack!« Mit der Faust schlug er auf das Armaturenbrett des TT.

»Lass das!«, knurrte Jesko Bleeker. »Davon wird's auch nicht besser.«

»Du machst mir Spaß«, bellte Steiner. »Wir sind hier so gut wie im Arsch, und du sorgst dich um deine verdammte Kiste. Überhaupt solltest du die Dinge ein bisschen ernster nehmen und dich um deine Aufgaben kümmern, statt die Tochter des Chefs zu vögeln.«

Bleeker blies die Backen auf. »Spinnst du jetzt total? Was hat mein Verhältnis zu Katharina von Rosenbach mit unserer Arbeit zu tun?«

»Du gibst es also zu?«

»Was soll ich zugeben?«

»Dass du mit ihr geschlafen hast.«

Bleeker grinste. »Schlafen würde ich das nicht nennen. Eher das Gegenteil. Wir waren jedenfalls hellwach. Die Frau ist – war – ein Vulkan. Mit ziemlich heftigen Eruptionen. Hawaiianisch geradezu. Jedenfalls, wenn du das Feuer richtig entfachst und bei ihr ...«

»Halt's Maul, du Schwein!« Steiner holte aus, um seinem Kollegen die Faust ins Gesicht zu schlagen. Doch der fing den Unterarm ab und verdrehte ihn so, dass Steiner mit dem Oberkörper nach vorne kippte und mit dem Gesicht auf das Armaturenbrett schlug. Es knirschte, Blut schoss aus seiner Nase.

»Dreh jetzt bloß nicht durch, du Flachpfeife! Was zwischen Kati und mir war, geht dich nichts an. Und erzähl keinen Scheiß! Sonst lasse ich dich auf der Stelle aussteigen.« Mit einem schnellen Griff hatte Bleeker den Sicherheitsgurt an Steiners Sitz gelöst. Als dieser – mit beiden Händen vor dem Gesicht – zurück gegen die Lehne sank, griff er blitzschnell an ihm vorbei und stieß die Beifahrertür auf. »Kannst gerne aussteigen.«

Steiner brauchte einige Sekunden, bis er ein Taschentuch gegen seine Nase gepresst und die Augen wieder geöffnet hatte. Dann entdeckte er den Abgrund neben sich. Angstvoll drückte er sich tiefer in den Sitz. Sein Blick flackerte. Mit abgewandtem Gesicht tastete er nach dem Griff und zog die Tür wieder zu. »Bitte ...«, flüsterte er. »Ich kann das nicht ... Mir wird schlecht.«

»Dann mach die Tür wieder auf!«, fuhr Bleeker ihn an. »Ich will nicht, dass du in meinen Wagen kotzt.« Stumm schüttelte Steiner den Kopf und drückte zitternd sein blutiges Taschentuch gegen Mund und Nase.

Jesko Bleeker seufzte und zog sein Handy aus der Tasche. »Ich rufe noch mal bei Scharnagel an und schildere ihm die Situation.

Vielleicht holt er die Bullen. Wenn die den Flemming einkassieren, haben wir an dieser Front vorerst Ruhe. Das wäre schließlich in unser aller Interesse. Übrigens auch in Bannacks.«

*

»Das kann ein gutes Zeichen sein.« Der Arzt beugte sich über die Patientin, zog ihr rechtes Lid nach oben und leuchtete mit einer kleinen Stablampe in die Pupille. Dann fühlte er den Puls an Katharinas Handgelenk und beobachtete währenddessen die Anzeigen der Geräte. »Wenn sich die Vitalfunktionen Ihrer Tochter stabilisieren, wäre sie auf einem guten Weg. Aber das kann ich noch nicht erkennen.« Er richtete sich auf und wandte sich an Ralf Scharnagel. »Wir werden die Patientin natürlich weiter beobachten und Sie informieren, wenn es eine neue Entwicklung gibt. Versprechen Sie sich aber nicht zu viel.«

»Aber wenn es ein gutes Zeichen ist ...«

»Es *kann* ein gutes Zeichen sein, Herr Scharnagel. Es kann.« Mit einem nachsichtigen Lächeln streifte der Arzt die Latexhandschuhe ab und ließ sie in einen Behälter fallen. »Wir wissen seit einigen Jahren, dass Komapatienten auf persönliche Ansprache durch vertraute Stimmen reagieren. Offenbar findet bei ihnen eine ähnliche Verarbeitung von sensorischen Reizen und Emotionen statt wie bei einem gesunden Menschen. Man hat Aktivitäten der entsprechenden Hirnrindengebiete nachweisen können. Wenn Sie also etwas für Ihre Tochter tun wollen, kommen Sie weiterhin her und sprechen Sie mit ihr. Ich muss mich jetzt leider verabschieden.«

Nachdem der Arzt gegangen war, wandte sich Ralf Scharnagel mit klopfendem Herzen seiner Tochter zu. Es gab wieder Hoffnung. Wenn Kati auf seine Stimme und seine Berührungen reagierte, würde sie vielleicht schon bald die Augen öffnen. Darum würde er jeden Tag kommen und mit ihr sprechen. Wenn nur der verdammte Auftrag nicht wäre. Die marode CuxStahl zu sanieren, erforderte vollen Einsatz. Woher sollte er die Zeit nehmen, um täglich mehr als eine halbe Stunde mit Kati zu verbringen?

Sollte er Tom Steiner und Jesko Bleeker zusätzliche Verantwortung übertragen?

Sein Blick wanderte zu der großen Uhr an der Wand. Bestimmt warteten seine Mitarbeiter schon auf ihn. Sie waren es gewohnt, dass er sich in schwierigen Situationen selbst um die Probleme kümmerte. Wahrscheinlich hatte er bereits Anrufe auf der Mailbox. Die Vorstellung, Steiner und Bleeker könnten Entscheidungen treffen, deren Tragweite sie nicht erkannten, beunruhigte ihn. Andererseits musste er alles tun, um Katis Genesung voranzutreiben. Sie war sein einziges Kind.

Zum ersten Mal seit vielen Jahren dachte er wieder an seine Exfrau. Er war noch nicht dazu gekommen, sie über den Unfall ihrer Tochter zu informieren. Das musste er dringend nachholen. Und wenn sie bereit wäre, nach Cuxhaven zu kommen und sich um Katharina zu kümmern, wäre er entlastet. Scharnagel nahm sich vor, sie anzurufen. Zum Abschied streichelte er Katis Hand und versprach, so bald wie möglich wiederzukommen.

Im Eingangsbereich des Krankenhauses schaltete er sein Mobiltelefon ein und kontrollierte die verpassten Anrufe. Zweimal Steiner, einmal Bleeker, einmal Bannack. Keiner hatte eine Nachricht hinterlassen. Wenn seine Mitarbeiter ihm hätten sagen wollen, dass sich die Belegschaft der CuxStahl beruhigt hatte, hätten sie ihm die Information auf die Mailbox gesprochen. Oder eine SMS geschickt. Drei vergebliche Anrufe, dazu der von Bannack – alles deutete darauf hin, dass es Probleme gab. Scharnagel drückte eine der Kurzwahltasten.

Steiner meldete sich sofort. Mit zittriger Stimme schilderte er die Situation auf dem CuxStahl-Gelände. Offenbar hatte dort ein Arbeiter seine Kollegen tatsächlich zu einem illegalen Streik und zu strafbaren Handlungen aufgestachelt, in deren Verlauf Bleekers Wagen mit einem Gabelstapler so hoch gehoben worden war, dass die Insassen ihn nicht mehr verlassen konnten. »Die werfen uns ins Wasser«, jammerte Steiner, »wenn du nicht kommst und mit ihnen redest. Jesko hat mit Bannack telefoniert, aber der will keine Polizei auf dem Firmengelände haben. Du sollst das regeln, hat er gesagt.«

Erbärmlich, wie dieser Mann, den er als seinen Nachfolger aufgebaut und als Schwiegersohn vorgesehen hatte, offensichtlich die Nerven verloren und die Hosen gestrichen voll hatte. »Gib mir Jesko!«, bellte Scharnagel ins Telefon. »Was ist da los?«, schimpfte er, als Bleeker sich meldete. »Sind die Leute durchgedreht, oder hat Steiner nicht mehr alle Tassen im Schrank?«

»Beides«, antwortete Bleeker. »Es wäre gut, wenn du kommen könntest. Wir haben die Situation nicht im Griff. Und Bannack hält sich raus. Er ist der Meinung, dass es unsere Angelegenheit ist, den Karren aus dem Dreck zu ziehen.«

Scharnagel hatte seinen Wagen erreicht. »Ich komme«, knurrte er ins Telefon und ließ es in die Jackentasche gleiten. Wütend startete er den Motor und jagte den Mercedes mit quietschenden Reifen durch die Ausfahrt des Krankenhausgeländes. Als er auf das Gelände der CuxStahl fuhr, schwebte Bleekers Wagen noch immer in luftiger Höhe auf den Zinken des Gabelstaplers. Während er sich der seltsamen Szene näherte, liefen die Arbeiter aus allen Richtungen zusammen und umringten seinen Mercedes. Scharnagel stieg aus und deutete auf den schwarzen TT. »Zuerst muss der da runter.«

»Kein Problem.« Ein kräftiger rothaariger Mann kletterte in die Fahrerkabine und betätigte den Anlasser. Der Diesel sprang an, und in den nächsten Sekunden senkten sich die Gabelzinken langsam herab, schließlich wurde der Wagen vorsichtig auf dem Boden abgesetzt. Sofort sprangen die Türen auf, die Insassen verließen den Pkw fluchtartig. Nachdem der Diesel des Gabelstaplers zum Stillstand gekommen war, herrschte plötzlich ungewohnte Stille auf dem Gelände.

Der Rothaarige verließ die Fahrerkabine. »Jetzt wollen wir was hören«, rief er. »Aber keine Beschwichtigungen und Vertröstungen. Wir akzeptieren keine leeren Versprechungen, sondern nur konkrete Zusagen. Wenn Sie das nicht leisten können, passiert hier nichts mehr. Jedenfalls so lange, wie ihr von der Offshore Consulting eure Finger im Spiel habt.«

Was ihr akzeptiert oder nicht, ist ohne Bedeutung, wollte Scharnagel antworten. Doch das verängstigte Gesicht von Tom Steiner erinnerte ihn daran, dass die Machtverhältnisse im Augenblick nicht besonders günstig waren. Für eine Sekunde erwog er, seine Mitarbeiter in den GLK einsteigen zu lassen und durch den Ring der Männer davonzufahren. Doch die Arbeiter schlossen den Kreis enger, und wenn er versuchen würde, die menschliche Sperrmauer zu durchbrechen, würde es Verletzte geben. Das konnte ihn den Auftrag kosten.

Er erinnerte sich an die plötzliche Einigung bei den SIAG Nordseewerken in Emden. Drei Tage vor der Landtagswahl waren ThyssenKrupp und der saarländische Stahlbauer DSD Steel als neue Investoren aus dem Hut gezaubert worden. Theoretisch könnte ein Investor auch die Lösung für Cuxhaven sein. Allerdings stand kein Wahltermin bevor, so dass von Politikern nichts zu erwarten war. Dennoch setzte er auf diese Karte.

»Es gibt zwei Möglichkeiten«, rief er den Männern zu. »Wir haben ein Konzept erarbeitet, mit dem wir die Regierungen überzeugen können, Bürgschaften für Kredite zu übernehmen. Von den Banken liegen Zusagen vor, dass die notwendigen Investitionen finanziert werden, sobald grünes Licht aus Berlin oder Hannover kommt.« Er unterbrach sich und ließ den Blick über die Arbeiter schweifen. »Aber das ist noch nicht alles. Ich stehe in Verhandlungen mit einem Großinvestor, der die CuxStahl übernehmen und alle Arbeitsplätze sichern würde. Dieser Lösung müsste Herr Bannack zustimmen.«

»Wer soll dieser Investor sein?«, fragte der rothaarige Mann.

»Es handelt sich um einen international tätigen Technologiekonzern mit den Geschäftsfeldern Energie, Medizintechnik, Industrie und Infrastruktur. Er gehört weltweit zu den größten Unternehmen der Elektrobranche und zu den Schwergewichten im Deutschen Aktienindex. Mehr kann ich an dieser Stelle nicht verraten, weil der Konzern aus verständlichen Gründen seinen Namen noch nicht genannt wissen will.« Erneut machte Scharnagel eine Pause.

Während sich unter den Arbeitern leichte Unruhe ausbreitete, sahen seine Mitarbeiter ihn irritiert an. »Was ist das für eine Geschichte?«, murmelte Steiner. »Warum wissen wir nichts davon? Stimmt das überhaupt?«

»Dann wisst ihr es jetzt«, zischte Scharnagel. »Ob es stimmt, ist unwichtig. Im Augenblick kommt es nur darauf an, die Situation zu entschärfen und die Leute bei der Stange zu halten.«

»Wir wollen an den Verhandlungen beteiligt werden«, rief einer der Arbeiter. »Mats Flemming soll dabei sein.«

»Seht ihr?« Scharnagel stieß Steiner in die Seite und unterdrückte ein Grinsen. »Sie haben angebissen. Alles Weitere findet sich.«

*

Daniel war zum Heulen zumute, aber selbst dafür fehlte seinem Körper die Flüssigkeit. Er rieb sich die trockenen Augen und wickelte sich in die schmuddelige Decke ein. Denn er fror. Trotz der dicken Jacke, die er mitgenommen hatte. Schon am ersten Tag seines Gefängnisaufenthaltes hatte die Kälte begonnen, aus dem Beton des Bunkers in seine Glieder zu kriechen. Er war nie sonderlich kälteempfindlich gewesen, hatte – im Gegensatz zu seiner Mutter – stets warme Hände und Füße gehabt. Doch nun waren seine Finger eiskalt, die Zehen fühlten sich taub an, und wenn er sich nicht bewegte, begann er am ganzen Körper zu zittern.

Seine Gedanken wanderten nach draußen. Der März konnte winterlich sein oder heiße Tage bringen. Die Sonne gewann täglich an Kraft, und auf der geschützten Terrasse seines Elternhauses oder in einem Strandkorb wärmten ihre Strahlen so gut, dass einem der Schweiß ausbrechen konnte. Überall an den Stränden bevölkerten sommerhungrige Touristen oft schon zu dieser Jahreszeit Bänke, Cafés und Strandkörbe, hielten ihre Gesichter in die Sonne. Alle Stühle im Außenbereich des Da Dalto in der Fußgängerzone waren bei gutem Wetter besetzt. Wie lange war es her, dass er im Eiscafé gesessen und sein neues iPhone ausprobiert hatte? Es schien eine Ewigkeit zu sein. Inzwischen war das kurze Gastspiel des Frühlings beendet und der Winter zurückgekehrt.

Um den Akku zu schonen, schaltete er sein Handy nur hin und wieder ein. Ein Netz würde er nicht empfangen, aber das Licht aus dem Display gab ihm für einen kurzen Moment das Gefühl von Vertrautheit und Wärme. Obwohl er weder telefonieren noch SMS versenden konnte, rief er die Liste seiner Kontakte auf und ließ Namen und Fotos über den kleinen Bildschirm laufen. Zum letzten Eintrag gab es noch kein Foto. Handynummer und E-Mail-Adresse von Felix Dorn, dem Zeitungsredakteur.

Plötzlich keimte ein Hoffnungsschimmer in Daniel auf. Journalisten waren von Berufs wegen neugierig und an der Aufklärung mysteriöser Vorgänge interessiert. Wenn Felix ihn wegen interner Neuigkeiten aus dem CuxStahl-Werk sprechen wollte, würde er sich fragen, warum er nicht erreichbar war. Und vielleicht würde er nach ihm suchen. Dabei hatte er bestimmt effektivere Möglichkeiten als die Polizei, die nicht mehr tun würde, als ihre Streifenwagenbesatzungen anzuweisen, die Augen offen zu halten. Dagegen konnte Felix mit einem Artikel in den Cuxhavener Nachrichten die Leser aufrufen, Hinweise auf seinen Verbleib zu geben. Ehemalige Mitschüler und Spielkameraden würden sich melden, weil sie sich an den Bunker erinnerten.

Bevor er das Telefon ausschaltete, verglich er die angezeigte Uhrzeit mit der seiner Armbanduhr. Danach war es später Abend. Um sich zu vergewissern, dass die Dunkelheit hereingebrochen war, robbte er in den Schacht, der zum Eingang führte. Der schmale Lichtstreifen an der Metallklappe war verschwunden. Daniel kroch zurück in den Bunker und wickelte sich erneut in die Decke. Er würde versuchen, ein wenig zu schlafen.

15

Als Marie die Augen aufschlug, brauchte sie einige Sekunden, um sich zu orientieren. Sie lag nicht in ihrem Bett, und von irgendwoher drangen Geräusche, die nicht zu ihrer Wohnung passten. Schranktüren knarrten, Geschirr klapperte und eine Kaffeemaschine röchelte. Felix wirtschaftete in seiner Küche. Mit der Erkenntnis breitete sich ein wohliges Gefühl in ihr aus, und in ihrem Kopf erschienen Szenen des vergangenen Abends. Anfangs hatte es nicht gerade nach einem guten Ende ausgesehen. Mit einem unergründlichen Ausdruck im Gesicht hatte Felix ihr geöffnet und war stumm in der Tür stehen geblieben.

»Ich möchte mit dir reden.« Ihre Stimme war plötzlich heiser gewesen. »Über … du weißt schon. Die Information … auf meinem Handy. Ich dachte, du hättest … Also, ich glaube ja nicht wirklich, dass du heimlich … Es sah nur so aus. Die Anordnung war an dem Tag ja erst gekommen. Und ich hatte keine Erklärung, wieso du in der Zeitung über den wahren Zustand von Katharina von Rosenbach berichten konntest.«

Felix hatte schweigend zugehört und kaum wahrnehmbar genickt. Dann war eine Pause entstanden, die sie als bedrückend empfunden hatte. Von Sekunde zu Sekunde war ihr die Situation immer unerträglicher erschienen, und sie hatte aufsteigende Tränen gespürt. »Bitte sag etwas!«, hatte sie gekrächzt. Stattdessen hatte Felix die Arme ausgebreitet, und sie hatte sich schluchzend hineinfallen lassen.

Schließlich hatte sie sich für ihren Verdacht entschuldigt, und Felix hatte ausführlich erzählt, wie er als falscher schwedischer Arzt die Information ohne weitere Anstrengung bekommen hatte. Über diese Köpenickiade hatten sie dann gemeinsam so herzlich gelacht, dass auch Felix sich die Augen hatte wischen müssen. Später hatte er bei Flying Pizza eine Red Chicken bestellt und einen Rotwein geöffnet. Als sie hatte abwinken wollen, hatte er ihr die Flasche unter die Nase gehalten. »Cabernet Sauvignon, trocken, alkoholfrei«, hatte sie gelesen und war angesichts seiner Fürsorge so gerührt gewesen, dass sie fast schon wieder geweint hätte.

Nach der Pizza hatte Felix zu Maries Überraschung eine Mousse au Chocolat nach einem Rezept von Jamie Oliver serviert. Beim Espresso war sie bereits total entspannt gewesen, und während sie Felix beim Hantieren in der Küche zugesehen hatte, war in ihr Sehnsucht nach Nähe und Zärtlichkeit gewachsen und als lustvolles Verlangen durch ihren Körper geströmt. Wenig später hatte sie sich genommen, wonach ihre Sinne gedrängt hatten, indem sie mit Lippen, Händen und Schenkeln Felix' anfänglich hinhaltenden Widerstand überwunden und auch bei ihm die Leidenschaft entfacht hatte.

Mit der Erinnerung kehrte die Lust zurück, und Marie sehnte sich so sehr nach Felix' Berührungen, dass sie aus dem Nachthemd schlüpfte und nach ihm rief. Als er in der Tür erschien, warf sie die Bettdecke zur Seite und streckte die Arme aus. Er deutete hinter sich. »Der Kaffee ist gleich …«

»Der kann warten«, unterbrach sie ihn. »Ich nicht.«

Als sie frisch geduscht beim Milchkaffee und Brötchen am Frühstückstisch saßen, erinnerte sich Marie an den Zettel mit Felix' Handynummer in Daniel Peters' Wohnung. Obwohl ihr diese Querverbindung plötzlich nicht mehr so bedeutungsvoll erschien, fragte sie nach.

»Gut, dass du das ansprichst.« Felix griff zu seinem Telefon. »Daniel ist ein Informant. Ich habe ihn gebeten, in der CuxStahl die Augen offen zu halten. Aber jetzt habe ich schon länger nichts von ihm gehört. Dabei wollte er sich jeden Tag melden. Und ich habe ihn auch nicht erreicht. Ich versuch's gleich mal.« Er wählte und lauschte auf den Rufton. »Seit gestern meldet sich nur noch die Mailbox. Jetzt wieder.« Felix legte auf.

Marie fragte sich, ob sie ihr Wissen mit ihm teilen sollte. Sie entschloss sich, offen zu sein. »Möglicherweise ist er untergetaucht. Wir suchen ihn auch. Niemand scheint zu wissen, wo er sich aufhält.«

Fragend sah Felix sie an. »Warum sollte ein Junge wie Daniel sich vor der Welt verstecken? Ist es nicht wahrscheinlicher, dass ihm etwas zugestoßen ist?«

»Wie auch immer.« Marie hob die Schultern und drehte die Handflächen nach oben. »Er hat sich vorgestern Abend von seiner Mutter verabschiedet und ihr gesagt, dass alles in Ordnung sei und er in Kürze wiederkäme. Er ist aber nicht zurückgekehrt. Jedenfalls nicht bis gestern Abend.« Sie deutete auf das Telefon. »Und da er sich noch immer nicht meldet, scheint irgendwas nicht zu stimmen. Wir lassen jedenfalls nach ihm fahnden. Allerdings wissen wir nicht so recht, wo wir suchen sollen. Vielleicht kannst du einen Aufruf in die Zeitung setzen. Ein Foto stellt uns bestimmt die Mutter zur Verfügung.«

»Bekommen wir dann nicht wieder Ärger miteinander?« Felix grinste. »Das möchte ich nämlich nicht riskieren.«

»Du machst das ganz offiziell. Ruf Anne Lüken an. Wahrscheinlich hat sie inzwischen schon vom Chef den Auftrag, die Medien zu informieren. Sie freut sich bestimmt, wenn du ihr Unterstützung anbietest.«

*

Als das Foto in den Cuxhavener Nachrichten und in der Nordsee-Zeitung erschien, stand bei Anne Lüken das Telefon nicht mehr still. Die Mehrzahl der Anrufer konnte keinen Hinweis auf Daniels Aufenthaltsort geben. Einige wollten nur wissen, warum der Junge verschwunden war. Andere hatten erst kürzlich mit ihm gesprochen, hatten ihn in Janssens Tanzpalast, in der Fußgängerzone oder im Freibad Steinmarne gesehen. Eine Frau war sicher, ihm im Columbus Center in Bremerhaven begegnet zu sein, eine andere hatte zur selben Zeit mit ihm in einem Zug der Metronom gesessen – auf dem Weg nach Hamburg. Auch in Otterndorf und an der Fähre Wischhafen-Glückstadt, in Bad Bederkesa, Beverstedt und Bremervörde war er beobachtet worden. Selbst aus Stade meldete sich der Inhaber eines Modegeschäftes und beklagte den Verlust einer Lederjacke, die von eben diesem jungen Mann geklaut worden sei. Leider sei er mit der Ware entkommen.

Die meisten Hinweise kamen aus der Stadt Cuxhaven. Vor dem Schloss Ritzebüttel und in der Grimmershörn-Bucht, an der Alten Liebe und in der Nähe der Kugelbake waren Menschen dem Vermissten begegnet. Seltsamerweise gab es kaum Hinweise aus Daniels Wohnort und der näheren Umgebung. Lediglich in Nordholz wollte einem Besucher des Aeronautikums der Junge aufgefallen sein. Und ein Autofahrer meldete, er habe ihn als Anhalter an der alten Bundesstraße in Richtung Langen beobachtet.

*

Ein Exemplar der Nordsee-Zeitung landete auch im Briefkasten der Familie Nibbe. Oskar zog sie heraus und brachte sie in die Küche, wo seine Großmutter am Tisch saß und Kartoffeln schälte.

»Gleich bin ich fertig, mein Junge. Dann schauen wir, was es in der Welt Neues gibt.«

Oskar legte die Zeitung ab und setzte sich. Erwartungsvoll schaute er auf die Hände seiner Großmutter, die geschickt die Knollen von der Schale befreite. Obwohl sie ein normales Küchenmesser benutzte, waren die Schalen hauchdünn, und sie schaffte die Arbeit in kürzester Zeit. Niemand sonst in der Familie konnte so schnell Kartoffeln schälen.

Die Stunde, in der Oma mit ihm die Zeitung las, gehörte zu Oskars schönster Zeit des Tages. Anfangs hatte er wenig Lust verspürt, mit ihr zusammenzusitzen und sich anzuhören, was sie der Zeitung an wichtigen und weniger wichtigen Nachrichten entnahm, um sie mit ihm zu besprechen. Doch sie hatte darauf bestanden. Bald hatte er dieses Ritual liebgewonnen. Die Zuwendung tat ihm gut, und weil sie mit Fußballergebnissen, Berichten aus der Bundesliga und Neuigkeiten über die Spieler begonnen hatte, war er oft besser informiert als andere Jugendliche in seinem Alter. Da er sich Namen und Ereignisse gut merken konnte, hatte er schon manchen Jungen mit seinen Kenntnissen beeindrucken können. Und dazu brauchte er sich nicht die Mühe zu machen, selbst zu lesen. Das fiel ihm schwer und ermüdete ihn rasch. Mit der Zeit hatte er auch Gefallen an Geschichten aus dem Umland und der großen weiten Welt gefunden.

Wie immer überflog seine Großmutter zuerst die Todesanzeigen. Manchmal seufzte sie, wenn sie auf einen bekannten Namen stieß, ließ sich aber nicht entlocken, in welcher Weise sie betroffen war.

Nur einmal, als Sarah Peters gestorben war, hatte sie die Zeitung abgelegt und nach Oskars Hand gegriffen. »Dieses Mädchen! Musste es so tragisch enden? Armes Kind. Und die arme Mutter. Erst verliert sie den Mann und jetzt das Kind. Fahrerflucht! Dass es so schlechte Menschen gibt, möchte man nicht glauben.« Tränen waren ihr über die Wangen gelaufen, auch Oskar hatte kämpfen müssen, um nicht loszuheulen.

Heute schien kein Todesfall aus der Umgebung in der Zeitung zu stehen, und sie blätterte die Seite um. »Was wohl aus dem schönen alten Bahnhof in Cuxhaven wird. Die können den doch nicht einfach abreißen und ein Einkaufszentrum mit Gleisanschluss daraus machen.« Über ihre Lesebrille hinweg sah sie Oskar an. »Weißt du noch – unsere Fahrt nach Hamburg?«

Oskar nickte. »War toll.« Den Ausflug in die Großstadt hatte er genossen. Oma hatte ihm den Hafen gezeigt, und dann hatten sie den Rest des Tages in einer riesigen Modelleisenbahnanlage verbracht, in der man die Welt von oben betrachten und fahrenden Zügen und Autos, sogar startenden und landenden Flugzeugen zusehen konnte.

»Erinnerst du dich auch an den Zug, mit dem wir gefahren sind? Ganz schicke Waggons. Der Bahnhof war allerdings ein bisschen heruntergekommen. Man müsste ihn ordentlich renovieren. Aber doch nicht abreißen.« Kopfschüttelnd schlug sie die Seite um. Plötzlich stockte sie und blätterte zurück. »Das ist doch der junge Peters.« Sie drehte die Zeitung so, dass Oskar hineinsehen konnte. »Schau mal! Ist das nicht Daniel?«

Oskar nickte strahlend. »Daniel. Mein Freund. In Zeitung.«

»Hier steht, dass er gesucht wird. Daniel wird vermisst. Mein Gott, wie kann das sein? Der armen Frau Peters bleibt aber auch nichts erspart.«

»Ver … misst? Was ist …?«

»Der Junge ist weg.« Im Gesicht der Großmutter erkannte Oskar den Ausdruck wieder, den sie hatte, wenn in der Zeitung über unvorstellbare Ereignisse berichtet wurde. »Er ist nicht mehr da. Seine Mutter weiß nicht, wo er steckt.«

»Daniel tot?« Oskar war nicht sicher, ob er die Erklärung richtig verstanden hatte.

Energisch schüttelte die Oma den Kopf. »Nein, mein Junge. Der Daniel ist nicht tot, er ist nur nicht da, wo er sein sollte. Er ist irgendwo anders. Anscheinend weiß niemand, wo er ist.«

Oskar dachte nach und kramte in seiner Erinnerung. Dann ging ein Aufleuchten über sein Gesicht. »Ossa weiß.«

»Du weißt, wo Daniel ist?« Die Großmutter seufzte. »Nein, das weißt du nicht. Wenn seine Mutter es nicht weiß und die Polizei auch nicht, dann weiß es niemand. Hoffentlich ist ihm nichts zugestoßen. Das wäre ja schrecklich. Erst die Tochter, dann der Sohn … Furchtbar!«

»Vielleicht böse Männer suchen Daniel. Daniel versteckt.«

Erneut schüttelte die Großmutter den Kopf. »Ach Oskar, lass den Unsinn! Du hast dir schon wieder etwas ausgedacht. Aber das ist eine ernste Angelegenheit. Darüber macht man keine Scherze.« Sie zog die Zeitung heran und nahm sie auf. »Schauen wir mal, was es sonst noch an Neuigkeiten gibt.«

Doch was immer Oma an Nachrichten heraussuchte, interessierte ihn heute nicht. Weder die Pläne für das diesjährige Duhner Wattrennen noch die Bilder von Strandkörben im Schnee, nicht einmal die Fußballergebnisse der Eintracht Cuxhaven fesselten ihn so, dass sie die Bilder aus seinem Kopf verdrängen konnten. Er sah Sarah auf ihrem Fahrrad vor sich. Und das schwarze Auto. Es raste auf der schmalen Straße entlang. Dann schoben sich Bilder von Sarahs Beerdigung vor die Szene, schließlich sah er sich selbst mit Daniel am Tisch sitzen. Er musste die bösen Männer suchen, die Sarah totgefahren hatten. Unbewusst schüttelte er den Kopf. Böse Männer wollen nicht gefunden werden. Vielleicht hatten sie Daniel bemerkt und versuchten nun, ihn totzumachen. Darum hatte er sich versteckt. Oskar würde seinem Freund helfen. Nervös wippte er mit den Knien auf und ab und wartete ungeduldig auf das Ende der Zeitungsstunde.

Seine Großmutter schien zu spüren, dass er heute nicht bei der Sache war. Sie musterte ihn prüfend, faltete schließlich die Zeitung zusammen und nickte ihm zu. »Ich glaube, du hast etwas vor. Also verschwinde schon. Sei aber pünktlich zum Essen wieder da.«

Oskar deutete auf die Zeitung. »Mitnehmen?«

Die Oma schob die Blätter über den Tisch. »Willst du selber lesen? Das ist eine gute Idee. Nimm sie mit!«

Eilig suchte Oskar das Foto von Daniel und riss es heraus. Dann machte er sich auf den Weg. Den Rest der Zeitung ließ er bei seiner enttäuschten Großmutter zurück.

*

Er hatte nicht das Gefühl, geschlafen zu haben, als er wieder einmal die Augen aufschlug. Aber dann wurde ihm bewusst, dass er geträumt hatte. Auf einem Schiff war er gewesen. Auf hoher See. Mit Freunden. Und mit Mädchen. Annika war dabei gewesen. Sie hatte ihm zugewunken, durch eine beschlagene Scheibe, hinter der sie nur verschwommen wahrzunehmen gewesen war. Neben ihm hatte Lisa gestanden und ihre Hände nach ihm ausgestreckt. Aber er hatte sich für keine von beiden interessiert, nur den Weg zum Restaurant gesucht. Denn er war hungrig und durstig, musste zu einer bestimmten Zeit zum Essen erscheinen, danach würde es nichts mehr geben. Über Treppen und Gänge war er durch den Bauch des Schiffes geirrt, hatte verzweifelt jeden nach dem Restaurant gefragt, der ihm begegnet war. Alle hatten nur stumm in eine Richtung gedeutet. So war er weitergestolpert, immer in der Hoffnung, jeden Augenblick auf die Tür zu stoßen, hinter der das Schlaraffenland lag. Doch dann war ein anderes Bedürfnis dringender geworden, und er war einem Hinweis zu den Toiletten gefolgt. Alle Urinale waren besetzt, die Kabinentüren verschlossen gewesen, und der Druck hatte zugenommen. Bis er aufgewacht war.

Die Bilder ließen sich verscheuchen, aber seine Blase quälte ihn wirklich. Hastig schälte er sich aus der Decke und erleichterte sich in der hintersten Ecke des Bunkers. Das Wasserlassen tat weh, und sein Ergebnis blieb trotz des heftigen Blasendrucks bescheiden. Das Gefühl, dass etwas nicht in Ordnung sein könnte, wurde vom Bewusstsein seiner ausweglosen Situation überdeckt. Und von anderen Schmerzen. Der Kopf dröhnte und schien platzen zu wollen, er spürte sämtliche Knochen, Krämpfe in Magen und Darm schüttelten ihn so, dass er sich schnell zurück auf die Decke hockte. Das Atmen fiel ihm schwer, weil Mund und Rachen ausgetrocknet waren und sich die Zunge pelzig und geschwollen anfühlte. Aber er fror nicht mehr, Gesicht und Hände fühlten sich heiß an. Umso stärker empfand er nun das Durstgefühl. Voller Verzweiflung richtete er sich auf und betastete die Wände des Bunkers. Vielleicht gab es irgendwo eine feuchte Stelle, ein kleines Rinnsal aus Kondenswasser. Doch die Mauern waren kalt und trocken.

Daniel nahm seine Kräfte zusammen und kroch in den Schacht zum Ausgang. Vielleicht hatte es geregnet, und er konnte wenigstens eine Hand durch die Öffnung schieben und ins nasse Gras drücken. Oder es hatte wieder geschneit, eine Handvoll Schnee wäre eine Erfrischung. Draußen war es bereits wieder hell, aber es gab keine Spur von Feuchtigkeit. Angst und Verzweiflung packten ihn erneut mit ganzer Macht, er hätte gern geweint, aber seine Augen blieben trocken. Atemlos von der Anstrengung blieb er im Halbdunkel des Schachtes liegen.

Dann träumte er wieder, hörte Stimmen. Nein, das war kein Traum. Er lag hier in der steinernen Röhre, spürte den Beton unter sich, unmittelbar vor dem Tor zur Freiheit, zum Leben, zu seiner Mutter. Nur ein eiserner Deckel trennte ihn von der Welt da draußen.

Die Stimmen kamen näher. Daniel hob eine Faust und schlug gegen das rostige Metall. Doch seine Schläge waren kaum zu hören. Er versuchte zu schreien, aber aus seiner Kehle drang nur ein schwaches Krächzen. Angestrengt lauschte er auf die Geräusche. Zwei männliche Stimmen.

»Wenn das Munitionsdepot für die Öffentlichkeit geöffnet wird, müssen wir die Bunker sichern.«

»Was gibt es da zu sichern? Die sind doch seit Jahren leer und verschlossen.«

»Wer weiß, ob die Zugänge alle noch dicht sind. Nicht auszudenken, wenn sich ein Kind darin verirrt. Schreib den hier mal mit auf die Liste.«

Die Stimmen verstummten, Sekunden später hörte er sie noch einmal – als unverständliches Gemurmel, das sich langsam entfernte und schließlich ganz erstarb. Daniel brach in stummes Schluchzen aus.

*

Bevor er den Zaun erreichte, entdeckte Oskar die Soldaten. Sie waren zu zweit, unterhielten sich und schlenderten über das Gelände. Einer trug eine Schreibtafel in der Hand, der andere hatte seine Mütze abgenommen und kratzte sich am Kopf. Jetzt blieben sie stehen, gestikulierten, zeigten in diese oder jene Richtung und deuteten auf den Zaun. Schließlich ging einer zu der Stelle, an der man hindurchschlüpfen konnte.

Oskar duckte sich tief ins Gebüsch. Was die Soldaten hier machten, konnte er sich nicht erklären, er wusste nicht, wieso sie dort überhaupt waren. Nie zuvor hatte er Erwachsene an dieser Stelle gesehen. Dennoch war er sicher, dass sie ihn nicht sehen durften, wenn er sich auf das Gelände schlich.

»Hier ist ein Loch«, rief der Soldat seinem Kameraden zu. »Wahrscheinlich haben sich Wildschweine da durchgewühlt.«

»Sollen wir das aufnehmen?«, fragte der andere.

»Nicht nötig. Der Zaun kommt sowieso weg. Für Reparaturen geben wir jetzt kein Geld mehr aus.«

Der Soldat kehrte zu seinem Kollegen zurück, gemeinsam wanderten sie weiter. Sobald sie außer Sichtweite waren, kroch Oskar durch den Zaun auf das Gelände. In gebückter Haltung schlich er zwischen Bäumen und Büschen zu der Lichtung mit dem geheimen Versteck. Verwundert betrachtete er die Äste, die zwischen Tür und einige Stufen geklemmt worden waren. Daniel musste die eiserne Klappe zugedrückt und dann verkeilt haben. Aber das konnte nicht stimmen. Wenn er sich im Bunker hatte verstecken wollen, musste er ja drinnen sein. Ein anderer musste die Tür mit den Ästen verkeilt haben. Auch das war seltsam, denn so konnte Daniel den Bunker nicht verlassen.

Angestrengt dachte Oskar über das Rätsel nach, fand aber keine Lösung. Schließlich zerrte er die Äste beiseite. Die Tür war immer offen gewesen, also konnte es nicht richtig sein, sie zu verschließen.

*

Als Daniel ein Geräusch vernahm, glaubte er zuerst an eine Sinnestäuschung. Er hatte schon volle Wasserflaschen und Cola-Gläser gesehen und Regentropfen gehört. Welchen Streich spielte ihm sein vertrocknetes Gehirn jetzt? Er hob den Kopf und konzentrierte sich auf den schmalen Lichtstreifen an der Einstiegsluke. Hatte er sich bewegt? Waren die Soldaten zurückgekehrt? Hatten sie die Äste vor dem Zugang entdeckt? Würden sie ihn befreien? Aber sie sprachen nicht.

Ein Stöhnen drang an sein Ohr, und plötzlich entdeckte er die Finger zweier Hände, die den Rand der Luke umklammerten. Dicke knubblige Finger mit abgekauten Nägeln. Sie zerrten an der rostigen Tür, so dass diese ein wenig nachgab und dadurch den Lichtstreifen vergrößerte. Die Hände kamen Daniel bekannt vor. »Ossa«, rief er, »bist du das?«

Statt einer Antwort hörte er ein ersticktes Grunzen. Die Hände verschwanden, dann fiel ein Schatten auf den Lichtstreifen. »Tür klemmt. Ossa schafft nicht.«

Fassungslos vor Glück robbte Daniel näher an die Luke heran. »Zusammen schaffen wir es«, krächzte er. »Du musst einen Ast nehmen. Steck ihn in die Lücke. Ich drücke von innen.« Mit seiner verbliebenen Kraft stemmte er sich gegen die Eisenplatte, so dass sich der Lichtstreifen wieder um einige Zentimeter verbreiterte. Von außen erschien das Ende eines Astes. Dann wurde der hölzerne Hebel bewegt. Knarrend vergrößerte sich die Öffnung. Daniel hörte Oskar schnaufen. Schließlich drehte sich die Luke in den Scharnieren so weit, dass er den Kopf hindurchstecken konnte. Am anderen Ende des schweren Astes drückte sein Retter mit dem Gewicht des kräftigen Körpers gegen den Hebel. Noch einmal öffnete sich die Tür ein Stück mehr, und Daniel schlängelte sich nach draußen. Ermattet sank er ins Gras.

Oskar ließ den Ast fallen und trat vorsichtig näher. »Mein Freund nicht gut? Ossa holt Hilfe.«

Daniel schüttelte den Kopf, streckte die Hände aus und zog den Jungen zu sich heran. »Niemand darf wissen, dass ich hier bin«, flüsterte er. »Ich brauche was zu trinken. Und zu essen. Kannst du was besorgen?«

»Klar.« Oskar strahlte. »Ossa holt Essen und Trinken für Daniel.«

*

Im Fachkommissariat für Tötungsdelikte war die Stimmung auf dem Nullpunkt. Kriminalhauptkommissar Röverkamp hatte nacheinander fast alle verfügbaren Leute zur Überprüfung von Zeugenaussagen losgeschickt und bisher keine einzige positive Rückmeldung bekommen.

Kommissarin Janssen studierte wieder einmal die Akten im Fall Katharina von Rosenbach und suchte nach Hinweisen, mit denen die Täterschaft von Daniel belegt oder entkräftet würde. Ohne Erfolg. Stattdessen rief der Name Peters immer wieder den tödlichen Unfall von Sarah in ihr Bewusstsein. Auch hier ging es um schwere Körperverletzung. Allerdings mit Todesfolge. Es war ihnen nicht gelungen, den Verursacher ausfindig zu machen. Dieser Misserfolg bei der Fahndung nach dem Täter lastete wie eine dunkle Wolke auf ihr. Sie war sicher, dass es auch Konrad nicht gelang, die schrecklichen Bilder von der Leiche des Mädchens zu verdrängen. Und zum wiederholten Male fragte sie sich, ob es eine Verbindung zwischen beiden Fällen gab. Die Untersuchung des Wagens von Betriebsrat Schubert hatte noch kein Ergebnis gebracht. Sie rechnete aber auch nicht mehr damit. Ihre Überlegungen wurden unterbrochen, als das Telefon klingelte und Erik Damme aus der Kriminaltechnik sich meldete. Gedankenübertragung, dachte sie, vielleicht haben die Kollegen doch was gefunden.

»Wir haben eine Überraschung für euch«, verkündete Erik. »Kann ich raufkommen?«

»Mach's nicht so spannend«, antwortete Marie. »Gibt's Unfallspuren an Schuberts Wagen?«

»Nein«, antwortete der Kriminaltechniker. »Das nicht. Aber wir haben den Computer von diesem … Daniel Peters geknackt. Also nicht den Rechner, sondern das verschlüsselte Verzeichnis. Was wir darin gefunden haben, würde ich euch gerne zeigen.«

»Dann komm rauf! Wir sind dankbar für jeden noch so kleinen Ermittlungskrümel.« Marie legte auf und wandte sich ihrem Kollegen zu, der sie erwartungsvoll ansah. »Die KTU hat etwas in Daniels Computer gefunden. Erik bringt es uns. Klang so, als sei es etwas Brauchbares.«

Kriminaloberkommissar Erik Damme hielt einen Aktenordner hoch, als er das Büro betrat. »Damit könnt ihr bestimmt etwas anfangen.« Er trat an Röverkamps Schreibtisch, öffnete die Mappe und legte zwei Ausdrucke ab. Marie erhob sich, um besser sehen zu können. »Was soll das sein?«

»Zeichnungen«, antwortete der Kriminaltechniker. »Von jemandem, der ein gutes Auge hat und recht gut zeichnen kann. Alles mit Bleistift. Euer Kunde hat sie eingescannt und als Bilddateien in einem verschlüsselten Verzeichnis abgelegt.« Er deutete auf die Skizze eines dunklen Wagens, in dem drei Männer saßen, dann auf eine Zeichnung mit einem Mercedesstern und einem ähnlichen Symbol. Marie hatte dieses Zeichen schon einmal gesehen. Irgendwo auf dem Gelände der CuxStahl.

»Das kommt mir bekannt vor«, sagte sie. »Muss etwas mit Bannacks Firma zu tun haben. Nein, wartet, das ist das Logo der Offshore Consulting.«

»Richtig«, bestätigte Damme und legte ein weiteres Blatt zu den Abbildungen, auf dem eine Überschrift und drei Namen zu erkennen waren – Sarahs Mörder: Jesko Bleeker, Ralf Scharnagel, Tom Steiner.

»Diese Namen findet ihr auch auf einer Kopie der Zeichnung von dem Mercedes. Offenbar hat Daniel Peters die Männer darin nachträglich markiert. Mit einem Bildbearbeitungsprogramm. Die Markierungen stammen jedenfalls nicht von dem Zeichner.«

»Mercedes?«, fragte Röverkamp.

Damme nickte. »Ein GLK. Offroader. Als V6 und mit ordentlicher Ausstattung dürfte der so um sechzig Mille liegen.«

»Ich glaube, der Chef der Offshore Consulting fährt so einen«, warf Marie ein. »Und auf den Türen prangt dieses Zeichen. Ein stilisiertes Windrad. Als wir bei Bannack waren, habe ich gesehen, wie Scharnagel und seine Männer eingestiegen sind.«

Konrad Röverkamp nickte gedankenvoll. »Offenbar ist Daniel der Meinung, dass die drei für den Tod seiner Schwester verantwortlich sind.« Er nahm das Blatt mit dem Ausdruck in die Hand und studierte die Skizze. »Woher mag er nur diese Zeichnungen haben?«

»Das herauszufinden, ist eure Aufgabe. Ich darf mich jetzt empfehlen.« Damme wandte sich zum Gehen. »Es ist mir eine Freude, dass ich euch behilflich sein konnte.«

»Vielen Dank, Erik!«, rief Röverkamp rasch. »Du hast uns wirklich sehr geholfen. – Was hältst du davon?«, fragte er Marie, nachdem der Kriminaltechniker gegangen war.

»Ich kann es kaum glauben. Schwer vorstellbar, dass Daniel etwas herausgefunden hat, von dem wir bisher keine Ahnung hatten. Aber es fühlt sich ziemlich schwerwiegend an. Wir sollten den drei Herren einen Besuch abstatten. Denen traue ich so ziemlich alles zu. Und dann müssen wir diesen Wagen untersuchen lassen.« Marie machte eine Pause und deutete auf die Zeichnung, auf der die Fahrzeuginsassen mit Namen versehen waren. »Danach sitzt Bleeker am Steuer. Schau mal, der hat irgendwas am Ohrläppchen.«

Röverkamp nickte. »Wenn ich mich recht erinnere, hat der da so einen … Wie nennt man das?«

»Ohrsticker«, erklärte Marie. »Männer tragen manchmal einen Knopf im Ohr. Bei einigen ist es ein Brillant.«

»Erstaunlich, diese Zeichnungen«, murmelte der Hauptkommissar.

»Daniel bezeichnet die Männer als Sarahs Mörder. Wenn er sich an ihnen rächen will, dann käme er doch als Täter im Fall Katharina von Rosenbach infrage. Und hätte Scharnagel schon schwer getroffen. Vielleicht schweben Bleeker und Steiner in Gefahr.«

»Ich glaube, du hast Recht.« Röverkamp packte die Unterlagen zusammen und schob sie zurück in den Aktenordner. »Also los!«

16

Dank Oskars Hilfe war er wenige Stunden nach seiner Befreiung bereits so weit wiederhergestellt, dass er Pläne schmieden konnte. Sein Retter hatte ihm Apfelsaft und Brot, Käse und Wurst, gekochte Kartoffeln und eine Dose Hering in Tomatensauce gebracht. Offenbar hatte er zusammengerafft, was im Kühlschrank seiner Familie zu finden gewesen war. Bis auf den Fisch hatte er alles in sich hineingestopft und die Flasche bis auf den letzten Tropfen geleert.

Später hatte Oskar ihn nach Hause begleitet. Daniels Mutter war von der Freude über seine Rückkehr und gleichzeitig vom Entsetzen über sein Aussehen so ergriffen gewesen, dass sie völlig konfus reagiert hatte. Sie hatte ihn umarmt und geküsst, hatte den Kriminalkommissar anrufen und Daniel Essen kochen wollen. Alles gleichzeitig und ohne ihn aus der Umklammerung zu lassen. Schließlich hatte er sich losgerissen und ihr erklärt, was zu tun war. Und was nicht. Keinesfalls sollte sie telefonieren, schon gar nicht mit der Polizei. Auch sonst dürfte niemand von seiner Heimkehr erfahren.

Dann hatte er geduscht und seiner Mutter die schmutzige Kleidung zum Waschen gegeben. Sie war glücklich gewesen, wenigstens etwas für ihn tun zu können. Und sei es nur, die Waschmaschine zu füllen.

Da sie ihm kaum von der Seite wich und unaufhörlich auf ihn einredete, schien es fast unmöglich, ein weiteres Mal zu verschwinden und sie zurückzulassen, ohne dass sie in Gefahr geriet durchzudrehen. Also blieb ihm nichts anderes übrig, als seine Pläne zu verschieben. Ohnehin war von dem Tag nicht mehr viel übrig. Außerdem hatte ihn eine erdrückende Müdigkeit überfallen, seine Augen brannten, und sämtliche Glieder waren bleischwer, alles in ihm sehnte sich nach einem weichen Bett.

»Ich muss mich hinlegen«, murmelte er und verließ die Küche, in die ihn seine Mutter genötigt hatte, um ihm »ein ordentliches Essen« zu kochen. Für sein Ruhebedürfnis zeigte sie jedoch Verständnis. Sie begleitete ihn zum Treppenabsatz, und Daniel war sicher, dass ihr Blick ihn verfolgte, bis er sein Zimmer erreicht hatte. Dort ließ er sich aufs Bett fallen und schlief augenblicklich ein.

Als Daniel erwachte, brauchte er einige Sekunden, um sich zurechtzufinden. Erleichtert registrierte er, dass er nicht mehr auf dem Steinboden seines Gefängnisses, sondern in seinem eigenen Bett lag. Nur mit den Lichtverhältnissen stimmte irgendetwas nicht. Er stand auf und sah aus dem Fenster. Was er für die Abenddämmerung gehalten hatte, erwies sich als erstes Licht des Morgens. Vor einem nachtblauen Himmel kroch im Osten Helligkeit über den Horizont. Die Zeiger der Uhr wiesen auf kurz nach sechs. Offenbar hatte er weit mehr als zwölf Stunden geschlafen. Die Müdigkeit der letzten Tage war verschwunden, sein Magen knurrte, und er verspürte erneut gewaltigen Durst. Flüchtig erledigte er die Morgentoilette, stieg lautlos die Treppe hinab und schlich sich in die Küche. Hier bereitete er sich aus dem, was er im Kühlschrank fand, ein Frühstück. Statt Kaffee trank er Cola und genoss zum ersten Mal seit Jahren die erste Mahlzeit des Tages. Normalerweise bekam er morgens kaum mehr als ein halbes Brötchen und eine Tasse Kaffee herunter, und an den Wochenenden schlief er stets bis zum Mittagessen. Eigentlich hätte er heute wieder zur Schule gehen müssen, aber für sein Vorhaben benötigte er noch zwei oder drei Tage. Darum hatte er sich per E-Mail wegen Krankheit entschuldigt.

Während er die letzten Bissen vertilgte, schrieb er eine Nachricht für seine Mutter, in der er sie um Verständnis bat, dass er sich noch einmal auf den Weg machen müsse, um etwas Wichtiges zu erledigen. Zugleich versprach er, sich im Lauf des Tages telefonisch bei ihr zu melden. Sie möge sich keine Sorgen machen. Damit er bald wieder zu Hause sein könne, würde er sich ein wenig Geld und ihren Wagen ausleihen. Den Zettel klebte er an die Tür zum Badezimmer.

Er zog ein paar Scheine aus dem Portemonnaie seiner Mutter, holte die Schlüssel für den Corsa aus dem Fach im Garderobenschrank und verließ das Haus. Aus dem Internet hatte er sich den Kfz-Kennzeichen-Font heruntergeladen und eine Ziffernkombination gedruckt. Damit überklebte er die Zahlen der Nummernschilder.

*

Von der Schulstraße aus beherrschte das Hauptgebäude des Lichtenberg Gymnasiums den Blick auf das Schulzentrum, zu dem die Realschule, die Volkshochschule und das Amandus-Abendroth-Gymnasium gehörten. An das dunkelrote Backsteingebäude im Stil des Bauhauses der Zwanzigerjahre waren im vergangenen Jahrhundert weitere Gebäudeteile angegliedert worden.

Um in den naturwissenschaftlichen Fachklassentrakt zu gelangen, musste er den Hausmeister abpassen, der um sieben Uhr begann, die verschiedenen Eingänge aufzuschließen. Sobald der Mann mit dem Schlüsselbund weitergezogen war, schlüpfte Daniel ins Gebäude und beeilte sich, zu den Fachräumen für Chemie zu kommen, bevor der erste Lehrer auftauchte. Die meisten erschienen erst kurz vor Unterrichtsbeginn, doch einige der Naturwissenschaftler kamen manchmal früher, um Versuchsaufbauten vorzubereiten.

Als Helfer für die Betreuung der naturwissenschaftlichen Sammlungen besaß er einen Schlüssel für den Chemieraum und das dahinterliegende Labor. Und er wusste, wo die Schlüssel zu den Spezialschränken für die Chemikalien lagen. In weniger als zehn Minuten hatte er gefunden, was er brauchte. Er ließ die braune Flasche mit der farblosen Flüssigkeit in die Tasche gleiten und schlich wieder hinaus.

Er wählte den Weg über Midlum, Dorum und Wremen. Morgendlicher Dunst lag über dem flachen Land, der Himmel hatte seinen rötlichen Schimmer verloren und leuchtete in einem tiefen Blau. Wind trieb wenige weiße Wolken ins Landesinnere, wo sich am Horizont eine weißgraue Schicht bildete, während auf der Seeseite die Sicht bis zum Horizont reichte. Bei Hülsing bog er in einen Feldweg ab und steuerte auf eine kleine Feldscheune zu.

Hier hatten er und einige seiner Klassenkameraden vor einem Jahr nach einer Feier ihren Rausch ausgeschlafen.

Er fand das leicht windschiefe Bauwerk so vor, wie er es in Erinnerung hatte. Das große Tor ließ sich nicht mehr bewegen, aber die darin eingelassene Tür war funktionsfähig. Sie besaß einen Riegel, der sich von außen mit einem Holzkeil blockieren ließ. Daniel untersuchte das Innere des Schobers, entdeckte eine schwere Maschine, die man bei der Heuernte benutzte, die dort aber augenscheinlich schon Jahrzehnte vor sich hinrostete und an die er sich nicht mehr erinnern konnte. Strohreste, auf denen sie seinerzeit genächtigt hatten, schienen unverändert. Obwohl der Schober einen baufälligen Eindruck machte, gab es weder lose Bretter noch Öffnungen, durch die man ihn hätte verlassen können. Zur Not gab es ja auch noch den alten Heuwender.

Zufrieden kehrte er zum Wagen zurück und erreichte kurz darauf in Imsum die Stadtgrenze von Bremerhaven, die zugleich die Landesgrenze zwischen Niedersachsen und Bremen war. Kurz schoss ihm der Gedanke durch den Kopf, was für eine seltsame Konstruktion das war. Mitten im Landkreis Cuxhaven klebte wie ein verlaufener Tintenklecks ein Stück des Bundeslandes Bremen. Für die niedersächsische Polizei befand er sich nun so gut wie im Ausland, das würde deren Ermittlungen erschweren und ihn vor rascher Entdeckung schützen.

Das Gelände um den Nordhafen mit seinen Terminals für die Fahrzeugverladung war von einer Ansammlung von Autos aller Größen, Formen und Farben bedeckt. Sie standen zu Tausenden, ordentlich aufgereiht, auf großen Flächen, in offenen Hochgaragen oder warteten in Güterzügen aufs Entladen. Am Kai lag einer dieser unförmigen Autotransporter, die mehrere Tausend Fahrzeuge aufnehmen konnten. Davor war eine Armada von Radladern aufgefahren. Trotz der frühen Stunde herrschte überall geschäftige Betriebsamkeit.

Daniel passierte die »Letzte Kneipe vor New York«, die eigentlich »Treffpunkt Kaiserhafen« hieß und wegen ihres maritimen Ambientes berühmt war. Hier hatte im vergangenen Jahr jene Geburtstagsfeier mit Klassenkameraden stattgefunden, bei der mehr

Alkohol geflossen war, als sie hatten vertragen können. Dennoch erinnerte er sich gern an das Lokal. Der Inhaber begnügte sich nicht mit den üblichen Dekorationsstücken aus poliertem Messing oder Mahagoni, sondern hatte Möbel und Ausrüstungsgegenstände wie Taucheranzug, Radargerät und Positionslampen aus ehemals über die Weltmeere fahrenden Schiffen besorgt. Das Beste waren umgebaute Maschinentelegraphen, aus denen Bier floss.

Statt der Straße weiter in Richtung Columbus Center zu folgen, bog er links in die Rickmersstraße ab. Hier stoppte er vor einem Laden, der sich »World of Sex« nannte, doch er hatte noch nicht geöffnet. Also würde er später noch einmal dort halten. Auch das Callshop Internet Café in der Hafenstraße war geschlossen. Er musste eine halbe Stunde warten, bevor er eingelassen wurde. Obwohl er nicht damit rechnete, so viel Zeit zu benötigen, bezahlte er für zwei Stunden, um nicht zu riskieren, dass mitten beim Surfen die Internetverbindung unterbrochen wurde, weil seine Zeit abgelaufen war. Von hier aus würde er die notwendigen Informationen für seinen nächsten Schritt recherchieren. Und das tödliche Finale für Sarahs Mörder vorbereiten.

*

Scharnagel empfing sie mit einer Mischung aus Ablehnung und bemühter Höflichkeit. »Bitte haben Sie Verständnis, dass ich nur wenig Zeit habe. Unser Auftrag erfordert hohen Einsatz und bringt zahlreiche Verhandlungstermine mit sich. Ich muss heute noch nach Hannover. Zu einem Gespräch mit dem neuen Wirtschaftsminister. Die … politischen … Veränderungen haben die Situation für uns nicht gerade leichter gemacht.«

Kriminalhauptkommissar Röverkamp nickte verständnisvoll. »Dürfen wir uns trotzdem setzen?«

Der Chef der Consulting zögerte ein paar Sekunden, dann deutete er auf eine Sitzgruppe. »Bitte.«

Marie sah sich um. Im Gegensatz zu dem gediegen-altmodischen Ambiente im Büro von Arnold Bannack war der Raum eher schlicht eingerichtet. Sessel aus einem Kaufhauskatalog, Regale, ein verschließbarer Stahlschrank. Auf einem kleinen Kühlschrank standen Gläser und eine Flasche Cognac. Scharnagel hatte an einem Schreibtisch ohne Telefonanlage und Computer gesessen. Statt eines PCs benutzte er ein elegantes Notebook, daneben lagen zwei Smartphones.

Scharnagel bemerkte ihren Blick. »Dieses Büro ist nur angemietet. Für die Zeit, in der wir in Cuxhaven arbeiten.«

»Wenn ich es richtig verstanden habe«, sagte Marie, »versuchen Sie, die Firma CuxStahl zu sanieren.«

»Wir versuchen es nicht, Frau Janssen, wir tun es. Wenn wir unsere Zelte hier abbrechen, hinterlassen wir eine intakte Firma. Dann haben wir für den Betrieb eine Zukunft geschaffen, für die Mitarbeiter Beschäftigung gesichert, der Stadt Cuxhaven einen potenten Gewerbesteuerzahler erhalten und ihr jede Menge Sozialausgaben erspart.«

»Solche Versuche enden manchmal mit einer Insolvenz«, warf Röverkamp ein. »Oder das Unternehmen wird an einen Investor verkauft, der es dann in Einzelteile zerlegt und verscherbelt. Am Ende gibt es weder Zukunft noch Arbeitsplätze.«

Scharnagel verzog das Gesicht. »Sie sind doch sicher nicht gekommen, um mit mir über betriebswirtschaftliche Strategien zu diskutieren, Herr Kommissar. Aber wie auch immer – zur Aufklärung der Umstände des Unfalls meiner Tochter kann ich leider nichts beitragen. Außerdem ist meine Zeit, wie gesagt, begrenzt.«

Marie wollte auffahren und Scharnagel wegen des falschen Dienstgrads korrigieren, doch ihr Kollege schüttelte kaum merklich den Kopf. »Es geht nicht um Ihre Tochter«, sagte er ruhig. »Aber Unfall ist das richtige Stichwort.«

Er machte eine Pause und fixierte den Chef der Consulting. Als er fortfuhr, betonte er sorgsam die entscheidenden Worte. »Wir ermitteln in einem Fall von unterlassener Hilfeleistung und Verkehrsunfallflucht, wahrscheinlich geht es sogar um Mord.«

»Sie fahren doch einen schwarzen Mercedes GLK?«, schob Marie nach. »Mit dem Emblem Ihrer Firma auf den Türen?«

Für einen kurzen Moment wirkte Scharnagel irritiert. Sein rechtes Augenlid flatterte. Doch dann hatte er sich wieder im Griff. »Mein Wagen war noch nie in einen Unfall verwickelt, wenn Sie das meinen.«

»Das werden wir feststellen, wenn wir ihn untersuchen«, entgegnete Röverkamp. »Für unsere Kriminaltechnik ist das kein Problem.«

»Sie werden nichts finden.« Scharnagel lächelte überlegen. »Vielleicht entdecken Ihre Techniker die neue Stoßstange. Musste ich kürzlich auswechseln lassen, weil ich gegen einen Begrenzungsstein gefahren bin. Das hält selbst der beste Mercedes nicht ohne Beschädigung aus.«

»Auch das werden wir überprüfen.«

»Tun Sie das! Den Stein finden Sie auf dem Gelände der CuxStahl, neben dem Werkstor. Ihre Leute können da bestimmt noch Lacksplitter einsammeln. Wenn Sie wollen, können Sie den Wagen gleich mitnehmen.«

»Für die Reparatur haben Sie doch sicher eine Rechnung«, meldete sich Marie zu Wort. »Oder nennen Sie uns einfach die Werkstatt!«

»Mit solchen Dingen befasse ich mich nicht selbst. Einer meiner Mitarbeiter hat den Wagen zur Reparatur bringen lassen. Ich weiß weder wohin, noch durch wen. Und ob es eine Rechnung gibt? Das nehme ich doch an. Aber wie gesagt, Einzelheiten sind mir nicht bekannt.«

Marie zog ihr Smartphone hervor. »Wie heißt der Mitarbeiter, der sich um die Unfallreparatur gekümmert hat?«

Scharnagel zögerte einen Moment.

Jetzt überlegt er, wen er in die Pfanne haut, dachte Marie.

»Bleeker«, hörte sie ihn schließlich sagen. »Jesko Bleeker. Sie finden ihn heute in der Produktionshalle der CuxStahl.«

Röverkamp erhob sich. »Dann kümmern wir uns jetzt um den Herrn. Bitte übergeben Sie meiner Kollegin den Schlüssel für Ihren Wagen. Wir lassen ihn noch heute abholen.«

Marie steckte ihr Handy wieder ein. Bleekers Namen musste sie nicht notieren. Sie stand ebenfalls auf und streckte die Hand nach dem Wagenschlüssel aus, den Scharnagel aus der Tasche gezogen hatte und mit spitzen Fingern über dem Tisch schaukeln und schließlich fallen ließ.

An der Tür drehte Röverkamp sich noch einmal um. »Eine Frage noch. Wo waren Sie am späten Nachmittag und frühen Abend des sechsten März?«

»In Wremen«, antwortete der Chef der Consulting. Für Maries Gefühl etwas zu schnell. »Im Hotel Deichgraf. Dafür gibt es ein halbes Dutzend Zeugen.« Und mit spöttischem Unterton fügte er hinzu: »Auch wenn ich nicht erkennen kann, dass ich sie bräuchte.«

»Das werden wir überprüfen.« Sie nahm das Handy erneut zur Hand und gab den Namen des Hotels ein. »Auf Wiedersehen, Herr Scharnagel.«

Nachdem sie das Büro verlassen hatten, blieb Marie vor der Tür stehen und tippte einige Male auf das Display ihres Smartphones. »Sieh dir das auf Google Maps an!« Sie hielt ihrem Kollegen das Gerät vor die Nase. »Da ist das Hotel Deichgraf. Um von Wremen nach Cuxhaven zu kommen, gibt es verschiedene Möglichkeiten. Der direkte Weg führt über Dorum und Nordholz. Aber man könnte auch am Deich entlangfahren und dann den Weg über Oxstedt nehmen. An dieser Strecke liegt die Unfallstelle.«

»Schon möglich«, erwiderte Röverkamp. »Aber wenn Scharnagel ein Alibi hat, fällt unsere Theorie in sich zusammen.«

»Warten wir's ab!«, schlug Marie vor. »Es kommt jetzt darauf an, den zeitlichen Ablauf zu rekonstruieren. Ich finde es merkwürdig, dass er sofort wusste, wo er zur fraglichen Zeit war. Gewöhnlich müssen diese Managertypen doch immer erst in ihren Terminkalender schauen. Ganz sauber ist der jedenfalls nicht. Obwohl er sich unangreifbar zu fühlen scheint.«

»Da hast du Recht.« Röverkamp wandte sich zum Gehen. »Aber vielleicht tut er nur so selbstsicher.« Marie verharrte. Sie hob eine Hand, als ihr Kollege sich fragend nach ihr umsah, schloss die Augen und neigte den Kopf ein wenig zur Seite. Nach einer halben Minute folgte sie ihrem Kollegen. »Scharnagel telefoniert«, flüsterte sie. »Gerade hat er Bleeker vor uns gewarnt und ihm geraten, sich seine Aussage gut zu überlegen. Klang wie eine Drohung.«

»Das passt.« Der Hauptkommissar nickte. »Nehmen wir mal an, die drei Männer auf der Zeichnung sind tatsächlich Scharnagel, Bleeker und Steiner. Wenn die an dem Abend zusammen in dem Mercedes unterwegs waren und das Mädchen überfahren haben, hätten sie eine gemeinsame Leiche im Keller. Das wiederum bedeutet, sie sind aufeinander angewiesen, müssen auf Gedeih und Verderb zusammenhalten, obwohl nur einer von ihnen der Todesfahrer sein kann. Eine explosive Verkettung.«

»Explosiv?«

»Ja«, bestätigte Röverkamp. »Wenn einer ausschert, gehen sie alle hoch. Darum müssen sie zusammenhalten, um jeden Preis.«

*

In der Montagehalle der CuxStahl herrschte der Lärm des normalen Betriebes. Es wurde geschweißt, gebohrt und gehämmert. Aus der benachbarten Strahl- und Lackierhalle drang das Rauschen der Sandstrahlgebläse, mit denen die stählernen Tripiles vom Rost befreit wurden. Auch der Hubsteiger war wieder im Einsatz. Fasziniert beobachtete Marie, wie der Arbeitskorb mit zwei Monteuren in luftiger Höhe an der Außenhaut des stählernen Ungetüms entlangwanderte.

Sie fanden Jesko Bleeker in einer abgeteilten Kabine im Gespräch mit einem älteren Mitarbeiter. Beide waren über Konstruktionszeichnungen gebeugt und unterhielten sich halblaut. Er schien nicht überrascht und sich seiner Sache sehr sicher zu sein. Abschätzend betrachtete er die Kommissarin.

»Charmanter Besuch«, grinste er. »Sind Sie dienstlich unterwegs? Sonst würde ich vorschlagen, wir unterhalten uns heute Abend weiter. Bei einem Glas Wein. Haben Sie schon etwas vor?«

»Danke für das Angebot«, erwiderte Marie. »Aber für diese Art Notstand sind wir nicht zuständig. Wir interessieren uns für ungeklärte Todesfälle.«

»Zum Beispiel für den Verursacher eines Unfalls am sechsten März«, ergänzte Konrad Röverkamp, »an dessen Folgen in der Nähe von Oxstedt ein junges Mädchen ums Leben gekommen ist. Sie und Herr Scharnagel waren zur Tatzeit möglicherweise in der Nähe.«

Bleeker schüttelte den Kopf. »Wir haben keinen Unfall gesehen.«

»Aber Sie waren an jenem Abend mit Scharnagels Wagen unterwegs«, stellte Marie fest. »Und zwar zwischen Wremen und Cuxhaven. Richtig?«

»Wir hatten beruflich dort zu tun. Im Hotel Deichgraf. Eine Besprechung. Mit Arnold Bannack und seinem Betriebsrat Schubert. Hat bis einundzwanzig Uhr gedauert. Das können Ihnen meine Kollegen bestätigen. Na ja, Bannack vielleicht nicht unbedingt«, schränkte er ein, »der ist etwas früher aufgebrochen. Vielleicht eine halbe Stunde vor uns. Schubert ist ein paar Minuten vor uns losgefahren. So genau weiß ich das allerdings nicht mehr.«

»Sie sind gemeinsam mit Herrn Steiner und mit Ihrem Chef zurückgefahren?«, fragte Marie. »In dessen Mercedes GLK?«

Bleeker nickte. »So ist es. Genauer gesagt: So war es. Schubert war mit dem eigenen Wagen da.«

»Welche Strecke haben Sie genommen?«

»Welche Strecke? Die, die das Navi angegeben hat. Ich kenne mich hier nicht so aus. Aber ich erinnere mich, dass wir am Aeronautikum vorbeigefahren sind. In Nordholz.«

»Und Sie haben den Wagen gefahren.« Konrad Röverkamp hatte den Satz nicht wie eine Frage, sondern wie eine Feststellung klingen lassen und Bleeker damit offensichtlich irritiert. Unsicher sah er den Hauptkommissar an. »Wie kommen Sie darauf?«

»Haben Sie am Steuer gesessen oder nicht? Daran werden Sie sich doch erinnern.«

Bleeker öffnete den Mund und schloss ihn wieder. Aha, dachte Marie, in diesem Punkt haben sie sich nicht abgesprochen. Gespannt wartete sie auf eine Antwort.

»Ralf Scharnagel fährt seinen Wagen grundsätzlich selbst«, stieß Bleeker schließlich hervor.

»Das ist keine Antwort auf die Frage meines Kollegen.« Marie musste sich Mühe geben, sachlich zu klingen. »Es geht um die Rückfahrt an jenem Abend, an den Sie sich doch sonst sehr gut erinnern. Wer hat auf der Rückfahrt am Steuer gesessen?«

»Der Chef«, murmelte Bleeker. »Wer sonst?«

Röverkamp warf Marie einen Blick zu. »Bei anderen Gelegenheiten überlässt Herr Scharnagel Ihnen aber seinen Wagen schon. Zum Beispiel, wenn es um Reparaturen geht.« Er hob die Stimme. »Wo haben Sie nach jenem Abend die vordere Stoßstange auswechseln lassen?«

»In Hamburg«, antwortete Bleeker rasch. »Ich hatte in der Zentrale zu tun. Da habe ich ausnahmsweise den Mercedes genommen. Das hat aber nichts mit dem Abend zu tun. Ralf hatte einen Begrenzungsstein übersehen und den Wagen beschädigt. Während ich in der Firma war, wurde der Schaden repariert. Am nächsten Tag bin ich dann mit dem GLK wieder nach Cuxhaven gekommen.«

Marie zog ihr Smartphone hervor. »In welche Werkstatt haben Sie den Wagen gegeben?«

Bleeker schüttelte den Kopf. »Das hat eine Sekretärin organisiert. Er wurde abgeholt und nach der Reparatur zurückgebracht.«

»Es gibt doch sicher eine Rechnung«, stellte Röverkamp fest. »Wie heißt die Sekretärin?«

»Ich weiß nicht, welche der Damen sich darum gekümmert hat. Was soll das eigentlich? Warum interessieren Sie sich für eine Bagatellreparatur?«

Marie reagierte mit einer Gegenfrage. »Hat Herr Scharnagel Ihnen das nicht mitgeteilt? Er hat doch vorhin mit Ihnen telefoniert und Ihnen, sagen wir, Anregungen für Ihre Aussage übermittelt. Oder nicht?«

Ungläubig starrte Bleeker sie an. »Ralf hat … nur … Es ging um etwas ganz anderes.« Er machte eine Bewegung, die wohl die Arbeitsumgebung in der Montagehalle umfassen sollte. »Produktionstechnische Veränderungen.«

»Dann machen Sie mal weiter mit Ihren produktionstechnischen Veränderungen«, bemerkte Röverkamp ironisch. »Aber halten Sie sich bitte zu unserer Verfügung. Es kann sein, dass wir Sie schon bald erneut befragen müssen.«

Bleeker nickte stumm und streifte Marie mit einem bedauernden Blick. Die Kommissarin sah durch ihn hindurch. »Auf bald.«

»Warum hast du Bleeker und Scharnagel nicht mit den Zeichnungen aus Daniels Computer konfrontiert?«, fragte Marie, als sie die Halle verließen.

»So gut die Skizzen auch sind«, antwortete Röverkamp, »für sich genommen haben sie keine Beweiskraft. Wir können nicht belegen, wann sie entstanden sind. Aber den dritten Mann werden wir damit in Bedrängnis bringen. Steiner scheint mir am wenigsten abgebrüht zu sein. Und er ist nicht vorgewarnt. Vielleicht verliert er die Fassung, wenn wir den Eindruck erwecken, dass er und seine Kollegen in der Nähe der Unfallstelle beobachtet worden sind.«

»Schöne Vorstellung.« Marie blieb skeptisch. »Ich denke, diese Typen sind doch alle gleich. Aber vielleicht hast du Recht.«

*

Die Schule befand sich ganz in der Nähe, so dass ihm genügend Zeit bleiben würde, die Begegnung mit den Mördern vorzubereiten. Über das bewährte Portal sandte Daniel den drei Männern E-Mails mit der Aufforderung, ihre Schuld am Tod seiner Schwester zuzugeben. Damit würde er sie in Aufregung versetzen, zumindest verunsichern, denn sie hatten sicher nicht damit gerechnet, noch einmal von ihm zu hören. Er stellte sich vor, wie sie hektisch miteinander telefonierten und einer von ihnen losrasen würde, um in dem verlassenen Bunker nachzusehen. Nachdem er die Mails versandt hatte, wandte er sich wieder seinen Recherchen zu.

Über ihre Facebook-Freundinnen fand er heraus, dass Lea Steiner die Oberstufe des Lloyd Gymnasiums besuchte. Auf der Homepage der Schule entdeckte er ein Foto, das sie mit einer Austauschschülerin aus Brasilien zeigte. Die Aufnahme schien neueren Datums zu sein, und darauf war die Ähnlichkeit mit ihrem Vater unverkennbar. Zur Kontrolle rief er noch einmal die Seite der Offshore Consulting Hamburg auf und verglich Steiners Foto mit dem des Mädchens.

Im Bremerhavener Telefonbuch fand er etliche Einträge, darunter einen mit einem weiblichen Vornamen. Auf gut Glück wählte er die Nummer. Als sich eine weibliche Stimme meldete, stellte er sich als Jan Lukas vor – ein Name, der als Vorname oder vollständiger Name verstanden werden konnte – und fragte nach Lea.

»Um diese Zeit ist Lea in der Schule«, antwortete die Frau. »Sie kommt erst gegen fünfzehn Uhr nach Hause. Kann ich ihr etwas ausrichten?«

Daniel verneinte, bedankte sich höflich und legte auf. Erneut klickte er auf die Homepage der Schule und ließ sich Stunden- und Pausenplan zeigen. Der Unterricht endete für Lea wahrscheinlich um Viertel nach zwei. Seine größte Schwierigkeit bestand darin, sie zu finden, die zweitgrößte, sie davon zu überzeugen, mit ihm zu kommen.

17

Tom Steiner wirkte nervös, als Hauptkommissar Röverkamp und Kommissarin Janssen auftauchten. Lage und Klingelschild des Apartments hatten darauf hingedeutet, dass es sich um ein Feriendomizil handelte. Die Ausstattung entsprach der Kategorie für gehobene Ansprüche. Marie vermutete, dass der Eigentümer froh war, die Wohnung schon lange vor Beginn der Saison langfristig vermieten zu können. Die Übernachtungszahlen in der Stadt blieben seit Jahren hinter den Erwartungen zurück.

In dem geräumigen Wohnraum hatte Steiner sich ein provisorisches Büro eingerichtet. Auch für ihn schienen die Hauptarbeitsmittel aus einem Notebook und zwei Smartphones zu bestehen, die auf dem Esstisch lagen. Allerdings verfügte er zusätzlich über einen Tablet-PC und einen Drucker. Mehrere gut gefüllte Ablagekörbe zeugten von dessen Produktivität. Er deutete auf eine Sitzgruppe aus dunkelbraunem Leder mit einem gläsernen Couchtisch. »Bitte.«

»Wie schaffen Sie das«, fragte Röverkamp, nachdem sie sich gesetzt hatten, »mit Herrn Bleeker und Herrn Scharnagel zusammenzuarbeiten, wenn jeder seinen Arbeitsplatz woanders hat?«

Steiner wies auf die Geräte. »Das ist heutzutage kein Problem. Elektronische Kommunikation. Im Bedarfsfall hat jeder von uns in der Deichstraße noch ein kleines Büro neben dem des Chefs. Aber auch sonst sind wir in ständiger Verbindung.«

»Dann wissen Sie sicher, warum wir hier sind.«

»Ich kann es mir denken. Ralf, also Herr Scharnagel, hat am Rande erwähnt, dass Sie bei ihm waren. Wegen eines angeblichen Unfalls.«

»Nicht angeblich, Herr Steiner«, erwiderte Röverkamp scharf. »Es handelt sich um ein tatsächliches Ereignis. Haben Sie Kinder?«

»Ich? Kinder? Wieso? Was hat das ... mit ... Ihren Untersuchungen zu tun?«

»Beantworten Sie einfach meine Frage!«

»Ich habe eine Tochter«, murmelte Steiner.

»Wie alt ist sie? Wie heißt sie?«

»Sechzehn. Sie heißt Lea. Aber ich verstehe wirklich nicht, worauf Sie ...« Seine Stimme war plötzlich heiser.

Marie schaltete sich ein. »Lieben Sie Ihre Tochter, Herr Steiner?«

»Natürlich. Sie ist mein ...« Er brach ab und räusperte sich. »Aber mein Verhältnis zu meiner Tochter hat doch nichts mit ...«

»... unseren Ermittlungen zu tun?«, ergänzte Röverkamp. »Indirekt schon. Stellen Sie sich vor, Lea wird durch einen Verkehrsunfall schwer verletzt und stirbt, weil der Unfallverursacher flüchtet, statt ihr zu helfen. Wie ginge es Ihnen dann?«

Steiner bewegte die Lippen, blieb aber stumm.

»Kommen wir zu den Fakten!« Röverkamp nickte seiner Kollegin zu.

Marie fixierte Steiner. »Am Abend des sechsten März wurde in der Nähe von Oxstedt eine jugendliche Radfahrerin überrollt und schwer verletzt. Der Fahrer hat das Mädchen ins Gebüsch geschleppt und dort verbluten lassen. Es hätte gerettet werden können, wenn es in ein Krankenhaus gebracht worden wäre. Es handelt sich also um ein Tötungsdelikt. Wir suchen den Unfallfahrer und seine Begleiter. Möglicherweise ist der Bruder des Mädchens ebenfalls auf der Suche. Und wir haben Grund zu der Annahme, dass der junge Mann nicht die Absicht hat, den oder die Täter vor Gericht zu bringen. Stattdessen plant er offenbar einen Akt der Selbstjustiz.«

Erneut musste sich Steiner räuspern. Dann antwortete er tonlos: »An dem Abend waren Scharnagel, Bleeker und ich bis einundzwanzig Uhr in Wremen. Das kann von mehreren Personen bestätigt werden.«

»Ja, das wissen wir.« Röverkamp klang verärgert. »Genauso haben sich Ihre Kollegen geäußert. In schöner Übereinstimmung. Wir werden das überprüfen. Allerdings bezweifle ich die Zeitangabe.«

»Wieso?«, wandte Steiner ein. »Wenn bestätigt wird, dass wir zur fraglichen Zeit …«

»Von der fraglichen Zeit«, unterbrach ihn der Hauptkommissar, »war noch gar nicht die Rede. Allerdings wurde zum Zeitpunkt des Unfalls in der Nähe des Unfallortes ein dunkler Wagen gesehen. Mit dem Logo der Offshore Consulting Hamburg auf den Türen. In dem Wagen saßen drei Männer.«

Steiner wurde blass.

»Schauen Sie mal!« Röverkamp trat auf ihn zu, zog die Zeichnungen hervor und hielt sie ihm vors Gesicht. »Einer der Zeugen hat diese Skizzen angefertigt. Darauf sehe ich Sie, Scharnagel und Bleeker. In einem Mercedes GLK.«

Erneut öffnete Steiner den Mund und schloss ihn wieder, ohne einen Ton hervorzubringen. Auf seiner Stirn erschienen Schweißperlen, und sein Hals bekam eine rötliche Färbung.

Stresssymptome, dachte Marie. Konrad hat ins Schwarze getroffen.

*

Lea kam mit zwei Freundinnen, die sich rechts und links bei ihr eingehakt hatten. Sie war hübscher als auf dem Foto, und für einen Augenblick wünschte er sich, ihr auf andere Weise begegnen zu können, als er geplant hatte. Langes dunkelblondes Haar, braune Augen, roter Kussmund. Die Freundinnen an ihrer Seite sahen auch nicht schlecht aus. Eine hatte kastanienbraune Locken, die andere lange schwarze Haare. Sie waren auffallend ähnlich gekleidet. Enge gemusterte Hosen, gestreifte T-Shirts und kurze Jacken in verschiedenen Rottönen. Offenbar hatten die Mädchen gerade etwas besonders Witziges gesehen, über das sie sich vor Lachen ausschütten mussten. Eine von ihnen hatte ein Smartphone in der Hand, das sie in die Höhe hielt und den anderen zeigte. Sie schlugen die Hände vor den Mund, machten runde Augen und kicherten. Die Szene war Daniel vom Schulhof vertraut. Wahrscheinlich ergötzten sich die Mädchen an der Aufnahme eines Jungen oder eines Lehrers, der in einer peinlichen Situation fotografiert oder gefilmt worden war.

Daniel stand mit dem Wagen seiner Mutter an der Straße, hatte die Beifahrertür geöffnet und lächelte so charmant wie möglich. Er war sich seiner Wirkung auf jüngere Mädchen bewusst. Eine von ihnen hatte ihn bereits entdeckt und warf ihm einen interessierten Blick zu. »Hallo Lea!«, rief er, als die Gruppe auf seiner Höhe war.

Die Freundinnen starrten erst ihn, dann Lea an. Sofort verschwand das Lachen aus ihren Gesichtern und machte einem neugierigen Ausdruck Platz. Im nächsten Augenblick verwandelten sich die albernden Schulmädchen in junge Damen. Sie rückten auseinander, streckten den Busen vor, warfen die Haare zurück, zupfen an ihrer Kleidung, und auf ihren Gesichtern erschien eine Mischung aus Herablassung, Interesse und Anerkennung.

»Hallo?« Irritiert, aber nicht abweisend sah Lea ihn an. »Äh … kennen wir uns?«

»Leider noch nicht«, bedauerte Daniel und deutete eine Verbeugung an. »Mir wäre es auch lieber, wir würden uns unter anderen Umständen kennenlernen. Kann ich dich kurz unter vier Augen sprechen?«

Über Leas Nasenwurzel erschien eine steile Falte. »Warum?«

»Es geht um ... eine familiäre Angelegenheit. Das muss vielleicht nicht jeder mitbekommen.«

»Schon gut.« Mit enttäuschten Gesichtern traten Leas Freundinnen den Rückzug an. »Wir warten an der Bushalte.«

Daniel sprach weiter, als sie sich außer Hörweite befanden. »Es geht um deinen Vater. Tom und ich arbeiten zusammen bei der CuxStahl. Er hat mich gebeten, dich zu ihm zu bringen.«

Leas skeptische Miene wandelte sich zu einem misstrauischen Ausdruck. »Warum?«

»Er hatte einen Unfall. In der Firma. Es geht ihm ... nicht so gut. Er möchte dich sehen.« Daniel trat zur Seite und machte eine einladende Bewegung. »Wir können in einer Dreiviertelstunde bei ihm sein.«

»Unfall? Was ist passiert?« Der Argwohn wich allmählich aus ihrer Miene, Unsicherheit flackerte auf, fast ängstlich sah sie ihn nun an.

»Weißt du, was ein Hubsteiger ist?«

»Keine Ahnung.« Lea schüttelte den Kopf.

Daniel setzte eine gequälte Miene auf. »Ich erkläre es dir. Ist nur etwas kompliziert. Vielleicht machen wir das besser unterwegs.« Er folgte einer Eingebung, die nicht ohne Risiko war. »Deine Freundinnen können mitfahren, wenn du willst.«

Nach einem kurzen Blick auf die davonschlendernden Mitschülerinnen gab Lea sich einen Ruck. »Nein. Ich fahre allein.« Ihren Freundinnen rief sie nach: »Ich komme heute nicht mit.« Daniel nickte zufrieden. Nachdem sie eingestiegen war, schloss er die Wagentür. Im nächsten Augenblick saß er auf dem Fahrersitz und startete den Motor.

»Wohin fahren wir eigentlich?«, fragte Lea.

Daniel fuhr an und beschleunigte zügig. »Nach Cuxhaven. Ins Krankenhaus.«

Lea krallte ihre Hände in den Schulrucksack, den sie auf dem Schoß umklammert hielt. »Krankenhaus«, wiederholte sie leise.

*

Kaum waren die Kriminalbeamten gegangen, klingelte sein Firmenhandy. »Waren die Kripo-Leute bei dir?«, fragte Ralf Scharnagel ohne Einleitung. Als Steiner bejahte, stieß sein Chef einen Grunzlaut aus. »Bei mir und Bleeker sind sie auch gewesen. Sie scheinen nicht viel zu wissen. Aber wir müssen uns absprechen. Und noch ein paar andere Dinge regeln. Komm sofort her! Jesko ist schon da. Schubert muss auch jeden Moment aufkreuzen. Beeil dich!« Ohne eine Antwort abzuwarten, legte er auf.

Zu den Büros der Consulting in der Deichstraße war es nicht allzu weit. Steiner entschloss sich, zu Fuß zu gehen, auch wenn sein Chef auf ihn warten musste. Zum einen brauchte er Bewegung an der frischen Luft, um einen klaren Kopf zu bekommen. Zum anderen schadete es nichts, wenn Scharnagels Geduld ein wenig strapaziert würde. Die Art des Umgangs, die er neuerdings an den Tag legte, ging Steiner auf die Nerven. Offenbar hatte er ihn als Schwiegersohn schon wieder abgeschrieben.

Auf dem Weg durch die Deichstraße ging er ein weiteres Mal das Gespräch mit den Kriminalbeamten durch. Sie hatten den Eindruck erweckt, als wüssten sie über den Unfall mit dem Mädchen ziemlich gut Bescheid. Ihre Zeichnungen hatten ihn erschreckt. Angeblich gab es Zeugen. Wahrscheinlich hatte ein Polizeizeichner nach deren Angaben die Skizzen angefertigt.

Phantombilder von Verbrechern machen sie doch heute mit dem Computer, dachte er. Aber vielleicht nur Gesichter. Das Bild von Scharnagels Wagen war eine Bleistiftzeichnung gewesen. Wieso hatten Ralf und Jesko dem keine Bedeutung beigemessen? »Sie scheinen nicht viel zu wissen«, hatte Scharnagel gesagt. War das mit der Skizze nur ein Trick der Bullen gewesen? Um ihn zu verunsichern? Hatte er sich ins Bockshorn jagen lassen? Zu allem Überfluss hatten die Beamten ihn auf Lea angesprochen. Und diese schreckliche Szene heraufbeschworen, die er in den vergangenen Tagen und Wochen erfolgreich verdrängt hatte. Nun sah er das Mädchen wieder vor sich, und gegen seinen Willen schob sich Leas Gesicht in das Bild. Ja, wenn ihr Ähnliches zustoßen sollte, würde er nicht ruhen, bis er den Täter gefunden hatte. Was der Bruder der Toten vorhatte, war verständlich. Aber zum Glück drohte von dem Jungen keine Gefahr mehr.

Steiner traf gleichzeitig mit Oliver Schubert in Scharnagels Büro ein. »Ihr sitzt anscheinend ganz schön in der Tinte«, grinste der Betriebsrat. »Aber an mir soll es nicht liegen. Ist alles eine Frage des Preises.«

Der Chef empfing sie ohne Begrüßung und ohne den üblichen Cognac. »Gut, dass ihr kommt. Es dauert nicht lange. Jedenfalls, wenn es nach mir geht.« Er wandte sich an Schubert. »Wir brauchen eine klare Absprache über unsere Zusammenkunft mit Bannack im Hotel Deichgraf. Es geht um die Zeit, die wir dort verbracht haben. Um genau zu sein, um die Uhrzeit, zu der wir das Restaurant verlassen haben. Nach meiner Erinnerung war es ziemlich genau einundzwanzig Uhr.«

»Was ist mit dem Personal?«, fragte Tom Steiner.

Scharnagel winkte ab. »Meinst du, die können sich heute noch genau an den Abend erinnern? Habe aber vorsichtshalber mit dem Inhaber gesprochen. Er wird seinen Leuten ins Gedächtnis rufen, dass wir ein paar Minuten vor neun den letzten Cognac bestellt und das Haus erst verlassen haben, nachdem wir ausgetrunken hatten und ich die Rechnung bezahlt habe. Was alles in allem mindestens eine Viertelstunde in Anspruch genommen haben dürfte.«

Erneut sprach er den Betriebsrat der CuxStahl an. »Sie können doch sicher bestätigen, dass wir bis nach einundzwanzig Uhr dort waren.«

Schubert hob bedauernd die Schultern und breitete grinsend die Arme aus. »Ich weiß gar nicht, ob ich mich so genau erinnern kann. Aber vielleicht ist das nur ein medizinisches Problem, und Sie können meinem Gedächtnis mit, sagen wir, gewissen Medikamenten aus Ihrer Firmenapotheke auf die Sprünge helfen.«

Mit leicht angewidertem Gesichtsausdruck nickte Scharnagel seinem Mitarbeiter Bleeker zu, der mit einem Tablet-PC beschäftigt war. »Ich glaube, das können wir. Allerdings schmeckt Arznei manchmal bitter.«

Bleeker tippte auf sein iPad. »Ich habe hier in der Tat ein interessantes medizinisches Dossier. Es besteht überwiegend aus Zahlen, aber daraus wird schnell ein wirksames Heilmittel, wenn man sie in Beziehung zueinander stellt. Zum Beispiel haben wir hier auf dem Konto«, er nannte eine Bankverbindung, »Zahlungseingänge in beträchtlicher Höhe. Transferiert wurden die Summen von einem Schwarzgeldkonto der CuxStahl. Auf der Ausgabenseite sind beträchtliche Beträge zugunsten eines Herrenausstatters, eines Juweliers und eines Elektronikversandes zu erkennen. Eine auffallend hohe Summe ist an den Hamburger Yacht-Shop gegangen. Für einen 300-PS-Daycruiser.« Er hob den Blick und sah Schubert an. »Für mich als Seefahrer wäre so eine küstentaugliche Yacht ein Traum, den ich mir bei meinem Gehalt leider nicht erfüllen kann.«

Aus Schuberts Gesicht war die Farbe gewichen, seine Miene hatte sich vom herausfordernden Grinsen zum Ausdruck des Entsetzens gewandelt. »Ich habe verstanden«, murmelte er. »Sie können auf mich zählen.«

»Das ging ja schneller, als ich dachte«, kommentierte Scharnagel zufrieden. »Herr Schubert darf jetzt gehen.«

Nachdem der Betriebsrat den Raum verlassen hatte, deutete Scharnagel auf die Cognacflasche, die auf dem Kühlschrank stand. »Darauf nehmen wir einen Schluck. Steiner, schenk uns ein!«

Jesko Bleeker hob eine Hand und schüttelte den Kopf, während er fassungslos auf sein iPad starrte. »Das gibt's doch nicht.«

»Was ist los?«, fragte Scharnagel aufgeräumt. »Jetzt kann uns doch nichts mehr erschüttern. Den Schubert haben wir im Sack. Jetzt müssen wir uns nur noch etwas für diesen Flemming und die Belegschaft einfallen lassen.«

»Der Junge«, stieß Bleeker hervor. »Daniel Peters. Er hat eine Mail geschickt. Wir sollen zugeben, dass wir seine Schwester ...«

Mit der flachen Hand schlug Ralf Scharnagel auf die Schreibtischplatte, dass es krachte. »Verdammt! Ihr seid doch die allerletzten Penner! Wieso kann der Kerl E-Mails versenden?«

Steiner war aufgesprungen, er stürzte zu Bleeker und riss ihm das iPad aus den Händen. »Ihr Schweine habt meine Schwester getötet«, las er vor. »Und mich wolltet ihr auch umbringen. Bis heute Abend erwarte ich ein Geständnis. Ich melde mich wieder.«

»Jetzt brauche ich wirklich einen Cognac.« Ralf Scharnagel sprach gefährlich leise. »Und dann erwarte *ich* etwas. Eine Erklärung.«

*

»Warum fahren wir durch den Hafen?« Lea Steiner hielt noch immer ihren Rucksack mit beiden Händen umklammert.

»Die Autobahn ist gesperrt. Lkw-Unfall. Und die Umleitungsstrecke durch Langen ist verstopft. Wir fahren am besten an der Küste entlang, da ist nichts los. Dauert nur unwesentlich länger als die andere Strecke, mach dir keine Sorgen.«

»Was ist … ein … Hubsteiger?«

»Ach ja.« Daniel trat auf die Bremse, weil vor ihnen ein mit Pkws beladener Güterzug auf Schienen rangierte, die schräg über die Straße verliefen. »Das ist eine Art Förderkorb, der mit hydraulischen Armen in alle Richtungen bewegt werden kann. Wir benutzen ihn, um auch in größerer Höhe an den Tripiles arbeiten zu können. Dein Vater …«

»… ist damit abgestürzt?«

Daniel nickte. »Er hat sich eine Gehirnerschütterung und ein paar Knochenbrüche zugezogen. Ist glücklicherweise nichts Lebensgefährliches. Im ersten Moment haben aber alle gedacht … er wohl auch, dass … Na ja, jedenfalls hat er mich gebeten, dich zu holen. Nach dem Schock ist es ihm wichtig, dich zu sehen. Er wird sich darüber freuen, und es wird ihm Mut machen.« Über Leas Gesicht huschte die Andeutung eines Lächelns.

Der Zug hatte die Straße überquert, und Daniel fuhr weiter. Für eine Weile herrschte Schweigen. Hin und wieder machte er seine Begleiterin auf Sehenswürdigkeiten aufmerksam, nannte ein paar Zahlen über den Hafen und erzählte, während sie die »Letzte Kneipe vor New York« passierten, von der aus dem Ruder gelaufenen Geburtstagsfeier. »Was machst du«, fragte er schließlich, »wenn du nicht in der Schule bist und nicht für irgendein Fach arbeiten musst?«

»Videos. Im Kulturladen Grünhöfe. Wir drehen kleine Filme. Über Geschichte, soziale Verhältnisse oder Kultureinrichtungen. Manchmal auch über interessante Bauwerke oder Museen in Bremerhaven.«

»Alle Achtung.« Daniel nickte anerkennend. »Willst du das mal als Beruf machen?«

Lea zuckte mit den Schultern. »Keine Ahnung. Mein Vater will, dass ich Jura studiere. Meine Mutter möchte lieber, dass ich was Künstlerisches mache. Und du? Was machst du bei der CuxStahl?«

»Zurzeit ein Praktikum. Mich interessiert die Offshore-Technik. Normalerweise gehe ich auch zur Schule. In Cuxhaven. Lichtenberg Gymnasium.«

»Du machst ein Praktikum?«, fragte Lea nach einer Weile. »Sind bei euch noch Ferien?«

Daniel biss sich auf die Lippen. Das hatte er nicht bedacht. Schwang in der Frage ein misstrauischer Unterton mit? »Ich habe von der Schule eine Woche dazubekommen«, log er rasch. »Weil ... Ich soll eine Reportage aus der Arbeitswelt schreiben. Wir machen da so ein Projekt. Public Private Partnership. Schule und Wirtschaft.«

Lea schwieg und betrachtete ihn von der Seite.

Sie durchquerten Imsum und erreichten die Wurster Landstraße. Daniel beschleunigte den kleinen Wagen, soweit die Straßenverhältnisse es zuließen. Als er scharf abbremste und in den Feldweg einbog, stieß Lea einen Schreckensschrei aus. »Was machst du? Wohin fährst du?«

Mit der Hand deutete Daniel nach vorn. »Siehst du die Scheune dort? Da müssen wir kurz halten. Ich habe eine Jacke verloren. Nach der Geburtstagsfeier. Du weißt schon. Was ich dir vorhin erzählt habe. Damals haben wir hier im Stroh übernachtet. Es dauert nur ein paar Minuten.«

Er rangierte den Wagen hinter die Scheune, so dass er von der Straße aus nicht zu sehen war. Dann stellte er den Motor ab und öffnete die Wagentür. »Willst du mitkommen?«

Lea schüttelte stumm den Kopf.

»Bin gleich wieder da.« Daniel stieg aus. Während er den Wagen umrundete, schraubte er den Deckel von der Flasche mit dem Diethylether, die er in seiner Jackentasche aufbewahrt hatte, und zog ein gefaltetes Tuch hervor. Dann goss er die Flüssigkeit über den Lappen, riss die rechte Tür auf und presste ihn auf Leas Mund und Nase.

Sie warf den Kopf zur Seite, wehrte sich mit beiden Händen und trampelte mit den Füßen, doch ihre Kräfte schwanden rasch. Schließlich erlahmte ihr Widerstand. Daniel löste den Sicherheitsgurt und zog das Mädchen aus dem Wagen.

Er öffnete die Scheunentür und schleppte sie zu dem Heuwender. Aus der anderen Jackentasche zog er die Handschellen, die er im Sex-Shop erstanden hatte, und befestigte Leas Gelenke an einer stählernen Verstrebung der Landmaschine. Dann lief er zum Wagen, holte ihren Rucksack und durchsuchte ihn. Nachdem er ihr Handy gefunden hatte, blätterte er die Kontaktdaten durch.

Neben ihm stöhnte das Mädchen und murmelte vor sich hin. Es klang wie »Papa«.

»Ja«, murmelte Daniel. »Gleich rufen wir deinen Papa an. Wenn du wieder klar bist. Aber vorher erzähle ich dir eine Geschichte.«

*

»Es ist nicht zu fassen.« Ralf Scharnagel leerte das Glas und stellte es mit einer so heftigen Bewegung ab, dass der Stiel des Cognacschwenkers brach. Mit einer unwilligen Bewegung fegte er die Scherben vom Schreibtisch. »Diese kleine Ratte! Will uns vorführen! Bin gespannt, was da noch kommt. Aber wir werden ihm sein Spielchen verderben. Macht euch auf die Suche und zieht ihn endgültig aus dem Verkehr. Das ist eure letzte Chance.«

»Ich glaube nicht, dass der Junge unser größtes Problem ist«, wandte Tom Steiner ein. »Die Polizei weiß mehr, als wir dachten.«

»Die stochert im Nebel.« Scharnagel winkte ab. »An meinem Wagen werden sie nichts finden. Also haben sie nichts in der Hand. Und wenn wir zusammenhalten, haben wir außerdem ein wasserdichtes Alibi. Dazu kommen die Aussagen von Schubert und der Bedienung. Den Staatsanwalt möchte ich sehen, der vor diesem Hintergrund eine Anklage riskiert.«

Steiner schüttelte den Kopf. »Und was ist mit den Zeugen?«

»Welche Zeugen?« Jesko Bleeker sah ihn argwöhnisch an. »Was redest du da?«

»Haben sie euch die Bilder nicht gezeigt? Zeichnungen von Ralfs Wagen?«

Irritiert starrten ihn seine Kollegen an. »Zeichnungen?«, bellte Scharnagel. »Was denn für Zeichnungen? Spinnst du jetzt total?«

»Sie haben mir Bleistiftskizzen gezeigt. Gezeichnet von einem Zeugen, der uns gesehen haben will. Da ist der Mercedes drauf. Drinnen sitzen drei Männer. Das sollen wir sein.«

Für einen Moment herrschte Schweigen. Dann brach Scharnagel in haltloses Gelächter aus. Bleeker stimmte zögernd ein. Tom Steiner konnte sich dem Heiterkeitsausbruch nicht anschließen. Ihm schoss plötzlich die Frage durch den Kopf, welche Strategie der Kriminalkommissar verfolgte.

»Die bluffen«, prustete Scharnagel. »Und dafür haben sie dich auserkoren. Wahrscheinlich glauben sie, bei dir leichteres Spiel zu haben.« Er wurde wieder ernst. »Vielleicht nicht ganz zu Unrecht. Dieser alberne Trick zeigt, mit welchen Methoden die arbeiten. Wir müssen aufpassen, dass sie uns nicht auseinanderdividieren.«

Steiner nickte, obwohl er nicht überzeugt war.

»Kommt, Leute, darauf stoßen wir an.« Scharnagel hob die Cognacflasche. »Hol mal ein neues Glas, Tom. Und nehmt euch auch eins.«

Bleeker war schneller und stellte drei Cognacschwenker in einer Reihe auf den Schreibtisch. Während Steiner zusah, wie sein Kollege einschenkte, fühlte er die Vibration seines Handys in der Tasche. Er zog es hervor und kontrollierte die Anzeige auf dem Display: Lea ruft an. »Entschuldigung«, sagte er. »Meine Tochter.«

»Geh ruhig dran!« Mit einer generösen Geste unterstrich Scharnagel seine Aufforderung.

Steiner nahm das Gespräch an und meldete sich. Im nächsten Augenblick spürte er, wie ihm das Blut aus den Wangen wich und sein Puls zu rasen begann.

»Was ist los?«, fragte Bleeker, der die körperlichen Reaktionen seines Kollegen bemerkte.

»Das ist … Daniel Peters. Er hat Lea.«

»Was soll das heißen – er hat Lea?«, blaffte Scharnagel. »Was will der Kerl? Warum hast du wieder aufgelegt?«

Tom Steiner ließ das Mobiltelefon sinken und zuckte hilflos mit den Schultern. »Er ruft gleich wieder an. Ich muss … Wir müssen … die Polizei informieren. Daniel Peters hat meine Tochter … in seiner Gewalt.«

»Polizei! Was für ein Unsinn!« Scharnagel kippte einen Cognac und stellte das Glas hart auf die Tischplatte. »Der Bursche blufft. Woher soll der deine Tochter kennen? Langsam wird die kleine Ratte lästig. Höchste Zeit, dass ihr den Pisser endgültig plattmacht.«

18

Die Bürotür öffnete sich einen Spalt und Hajo Sommers Kopf erschien. »Bei der CuxStahl soll es einen wilden Streik gegeben haben. Weißt du etwas darüber?«

Felix Dorn schüttelte verblüfft den Kopf. »Woher hast du das?«

»Von meiner Frau. Sie hat's von Bannacks Frau. Die beiden kennen sich durch die Joachim-Ringelnatz-Stiftung. Bannack sponsert das Museum, und sie arbeitet ehrenamtlich mit. Wie sich das für eine Unternehmergattin gehört. Natürlich sorgt sie auch dafür, dass der großzügige Kulturförderer bei der Öffentlichkeitsarbeit angemessen erwähnt wird. Normalerweise erzählt sie nichts aus der Firma. Aber das mit dem Streik hat sie offenbar beunruhigt.«

»Interessant. Ich kümmere mich darum.«

Sommer nickte ihm zu und zog seinen Kopf zurück.

Felix griff zum Telefonhörer. Interne Informationen aus der CuxStahl wären jetzt genau richtig. Obwohl er wenig Hoffnung hatte, wählte er zuerst die Handynummer von Daniel Peters. Zu seiner Überraschung war das Rufzeichen zu hören. Doch nach dem fünften Klingeln wurde der Anruf abgewiesen. Felix nahm sein Handy und tippte eine SMS: »Wo bist du? Muss dich dringend sprechen!«

Dann wählte er erneut. Diesmal die Nummer von Marie. Sie meldete sich sofort. »Welche Überraschung, Felix! Leider haben wir noch keine Neuigkeiten für dich.«

»Aber ich für euch. Gerade eben habe ich Daniel Peters erreicht. Zumindest sein Handy. Der Ruf ist rausgegangen, aber er hat das Gespräch nicht angenommen. Ich habe ihm eine SMS geschickt. Vielleicht meldet er sich.«

»Das ist ja cool!« Marie war die Begeisterung anzuhören. »Ich beantrage sofort eine Handy-Ortung. Die Nummer ist bestimmt irgendwo in den Akten. Kannst du sie mir trotzdem durchgeben?«

Während Felix seiner Freundin die Ziffernfolge diktierte, meldete sich sein eigenes Mobiltelefon mit dem Signal für eine eingegangene Nachricht. »Warte«, unterbrach er sich und tippte auf das entsprechende Symbol. »Hier ist schon die Antwort von Daniel. Er schreibt: Geht gerade nicht. Melde mich später. Das zeigt doch, dass er nicht nur quicklebendig, sondern auch mit irgendwas beschäftigt ist.«

»Allerdings. Falls er sich bei dir meldet – sagst du mir Bescheid?«

»Natürlich«, versicherte Felix. »Aber jetzt gebe ich dir erst einmal die restlichen Zahlen seiner Handynummer.«

Nachdem er sich von Marie verabschiedet hatte, starrte Felix auf die SMS. Was mochte Daniel daran hindern, ein Telefongespräch zu führen? War er in Bedrängnis? Unschlüssig trommelte er mit den Fingern auf die Schreibtischplatte. Ihm fehlte die Geduld, darauf zu warten, dass Daniel sich meldete oder einen Anruf annahm. Er schrieb eine neue Nachricht: »Wer kann mir interne Infos aus der CuxStahl liefern?«

Die Antwort ließ nicht lange auf sich warten. Aber sie enthielt nicht mehr als einen Namen. Felix zog seine Jacke über, steckte das Handy ein und verließ das Büro. Er würde zur CuxStahl fahren und sich durchfragen. Es gab schwierigere Recherchebedingungen.

*

»Das glaube ich nicht.« Lea schrie, ihre Stimme kippte fast über. »Du lügst. Du hast mich die ganze Zeit belogen. Die Geschichte stimmt überhaupt nicht. Mein Vater hatte keinen Unfall.« Sie zitterte, Tränen traten ihr in die Augen. »Niemals würde mein Vater ein verletztes Mädchen am Straßenrand sterben lassen.«

Daniel hob die Schultern. »Glaub es, oder glaub es nicht. Darauf kommt es nicht an. Tatsache ist: Meine Schwester ist tot. Überfahren und innerlich verblutet. Dein Vater war dabei. Ich habe Beweise.«

»Und warum«, stieß sie schluchzend hervor, »hat die Polizei den Unfall nicht aufgeklärt? Bist du schlauer als die?«

»Ich weiß etwas, was die Polizei nicht weiß. Einzelheiten will ich dir jetzt nicht erklären. Aber du kannst deinen Vater fragen. Wir werden ihn gleich wieder anrufen. Nachdem der erste Schock etwas abgeklungen ist, werde ich meine Forderung formulieren. Vorher kannst du dich gern mit ihm unterhalten.« Daniel drückte die Wahlwiederholung, schaltete den Lautsprecher zum Mithören an und hielt Lea das Handy hin.

Steiner meldete sich sofort. »Ja?«

»Ich bin's«, krächzte Lea, räusperte sich mühsam und fuhr fort. »Papa, stimmt es, dass du … dass ihr …, ich meine, du und deine Kollegen – habt ihr ein Mädchen überfahren?«

Steiner reagierte mit hastig hervorgestoßenen Fragen. »Wo bist du, Kind? Wie geht es dir? Hat er dir was angetan?«

»Nein. Ich bin so weit okay. Bitte, Papa, sag mir, was passiert ist.«

»Hört der Peters mit?«, fragte ihr Vater.

»Ist doch egal«, schluchzte Lea. »Ich will wissen, ob das wahr ist. Es ist bestimmt gelogen. Sag, dass es eine Lüge ist, Papa! Bitte!«

»Ich kann dir das erklären, Kind. Aber nicht am Telefon. Und nicht jetzt.«

»Aber ...« Leas Stimme versagte, ein Weinkrampf schüttelte sie.

Daniel nahm das Handy an sein Ohr. »Hören Sie zu, Steiner! Ich möchte ein schriftliches Geständnis. Schreiben Sie auf, was an dem Abend mit meiner Schwester passiert ist. Vollständig und in allen Einzelheiten. Alle müssen unterschreiben. Scharnagel, Bleeker und Sie. Dann schicken Sie das Geständnis per Fax an die Polizei und an die Cuxhavener Nachrichten. Der zuständige Redakteur heißt Felix Dorn. Außerdem als E-Mail-Anhang an mich. Sobald alle das Dokument bekommen haben, lasse ich Ihre Tochter frei.«

»Und wenn nicht?« Steiners Stimme war dünn.

»Dann wird Lea das Schicksal erleiden, das Sie und Bleeker *mir* zugedacht hatten.« Daniel drückte die Ende-Taste und klappte das Handy zu.

Während des Gesprächs hatte Lea leise vor sich hin geschluchzt. Jetzt verstummte sie und sah ihn an. »Von welchem Schicksal hast du gerade gesprochen?«

»Dein Vater und sein Kollege hatten mich in einen verlassenen Munitionsbunker gesperrt. Ich wäre dort verhungert und verdurstet, wenn nicht ... ein Freund nach mir gesucht und mich befreit hätte.«

Lea starrte ihn entsetzt an und schüttelte ungläubig den Kopf. Schließlich senkte sie den Blick. »Und jetzt?«

»Wir warten.«

*

»Felix hat gerade angerufen«, erklärte Marie, als Konrad Röverkamp aus der Kriminaltechnischen Untersuchungsstelle ins Büro zurückkehrte. »Er hatte Kontakt mit Daniel Peters.«

Röverkamp grinste. »Dürfen wir die Information verwenden?«

»Ach, Konrad.« Unwillig schüttelte Marie den Kopf. »Das Thema ist erledigt.«

»Freut mich für euch. Demnach ist dem jungen Peters nichts zugestoßen. Darüber sollten wir seine Mutter informieren. Was hat Daniel denn gesagt?«

»Sie haben nicht miteinander gesprochen. Felix hat die Nummer seines Handys gewählt, und der Ruf ist rausgegangen. Daniel hat nicht abgenommen, aber eine SMS geschickt. Er würde sich später wieder melden. Ich wollte Lütjen gerade bitten, eine Handy-Ortung zu veranlassen.«

»Tu das!« Röverkamp nickte und ließ sich auf seinen Bürostuhl fallen. »Vielleicht kannst du dann auch noch Frau Peters anrufen.«

Marie nickte und deutete auf den schmalen Aktendeckel, den sein Kollege mitgebracht hatte. »Gibt's was Neues aus der KTU?«

»Scharnagels Mercedes hat tatsächlich vorn einen neuen Stoßfänger bekommen. Die Lackspuren aus dem Einfahrtsbereich der CuxStahl werden noch analysiert, aber rein optisch dürften sie passen. Scharnagel ist intelligent genug, um an dieser Stelle die Wahrheit zu sagen. Unter dem Bodenblech finden sich jede Menge Kratzer und Schrammen. Sie lassen sich aber nicht zuordnen. Wahrscheinlich ist er nach der Reparatur noch irgendwo durchs Gelände gerauscht. Über Stock und Stein.«

»Also wieder mal nichts.« Marie hörte ihrer eigenen Stimme die Enttäuschung an.

»Einen Hoffnungsschimmer gibt es«, widersprach Röverkamp und hielt einen Computerausdruck hoch. »In einem Blechfalz des rechten Kotflügels haben die Kollegen eine Faserspur gefunden. Die Frage ist nur, ob eins der Kleidungsstücke, die Sarah zum Zeitpunkt des Unfalls trug, dazu passt.«

Maries Handy piepte und signalisierte den Eingang einer SMS. »Das kommt von den Kollegen, die Steiner im Auge behalten sollen«, erklärte sie, drückte eine Taste und las die Nachricht auf dem Display. »Er hat die Wohnung verlassen. Befindet sich jetzt in einem Gebäude in der Deichstraße.« Sie sah auf. »Da hat doch die Offshore Consulting ihre Büros.«

»Wahrscheinlich will er sich mit Scharnagel beraten«, vermutete Röverkamp. »Mal sehen, was weiter passiert. Schreib den Kollegen, sie sollen ihn auf keinen Fall aus den Augen verlieren. Um die Handy-Ortung kümmere ich mich.«

*

»Ihr habt es gehört. Lea ist in Gefahr.« Steiners Stimme bebte. »Ich gehe jetzt zur Polizei.«

»Das wirst du nicht tun«, erklärte Scharnagel bestimmt. »Du lässt dich nicht erpressen. Wir uns schon gar nicht. Und selbstverständlich halten wir die Bullen da raus. Was willst du denen erzählen? Dadurch, dass der Junge uns wegen seiner Schwester beschuldigt, wird sich an der Beweislage nichts ändern. Also gibt es keinen Grund, dem kleinen Erpresser nachzugeben. Deiner Tochter wird er schon nichts tun. Du rufst jetzt deine Ex an, damit sie keinen Aufstand macht, wenn das Mädchen nicht pünktlich nach Hause kommt. Und dann überlegen wir uns, wie wir vorgehen. Wir müssen uns den Kerl schnappen. Also wirst du dich mit ihm verabreden. Wir hätten dieses Problem übrigens nicht, wenn ihr euch nicht darauf verlassen hättet, dass er aus dem Bunker nicht herauskommen kann.«

Unsicher flog Steiners Blick von Scharnagel zu Bleeker. Doch von seinem Kollegen kam keine Hilfe. »Ralf hat Recht«, bestätigte er. »Wir können uns das nicht gefallen lassen. Uns bleibt nichts anderes übrig, als den Erpresser aus dem Verkehr zu ziehen.«

»Da mache ich nicht mit.« Steiner schüttelte den Kopf. »Ich habe Angst um Lea. Ihr habt doch gehört, was er gesagt hat.«

Scharnagel seufzte. »Leere Drohungen. Ruf jetzt an! Erst deine Ex und dann die kleine Ratte.«

Bleeker hatte das Handy noch immer in der Hand. Er tippte auf das Display. »Ist die Nummer hier drin? Heißt sie noch Steiner? Ach, hier ist sie ja schon.« Der Lautsprecher des Mobiltelefons war noch eingeschaltet, so dass der Rufton durch den Raum schallte. Zögernd streckte Steiner die Hand aus. Doch Bleeker behielt das Handy in der Hand und hielt es seinem Kollegen so hin, dass dieser ins Mikrofon sprechen konnte. Während Steiner seiner Exfrau eine Lügengeschichte auftischte, wonach die gemeinsame Tochter auf die Idee gekommen sei, ihn in Cuxhaven zu besuchen, in diesem Moment gerade unter der Dusche stehe und am späten Abend, vielleicht auch am nächsten Morgen – rechtzeitig zu Schulbeginn – nach Bremerhaven zurückkehren würde, warfen sich Bleeker und Scharnagel vielsagende Blicke zu. Steiners Ex schien eine vertrauensselige Person zu sein, von ihr drohten offenbar keine Probleme. Die Schwachstelle war er selbst.

Das Gespräch mit Daniel Peters wurde auf dieselbe Art geführt, verlief aber anders als erwartet. Als Peters den Anruf mit einem undeutlichen »Hallo« annahm und Steiner sich meldete, gab er das Telefon an Lea weiter. Sie klang gefasst. »Papa, du hast meine Frage vorhin nicht beantwortet. Wie war das mit dem Mädchen?«

»Das erkläre ich dir später. In Ruhe. Wenn das alles vorbei ist. Zuerst müssen wir dich aus der Gewalt dieses … Menschen befreien.«

»Du verstehst mich nicht, Papa. Ich muss wissen, ob das stimmt, was Daniel sagt. Wenn es stimmt, will ich nicht befreit werden. Dann müsst ihr tun, was er sagt. Dann ist er im Recht.«

»Der Kerl ist ein Erpresser«, entgegnete Steiner. »Außerdem hat er dich gekidnappt. Das ist ein Verbrechen. Er kann niemals im Recht sein.«

Scharnagel gab einen unwilligen Laut von sich und streckte die Hand aus. »Gib mir mal das Telefon!« Bleeker reichte ihm das Handy. »Hier ist Ralf Scharnagel. Der Chef deines Vaters. Ich will den Peters sprechen.«

Es entstand eine Pause, dann meldete sich Daniel mit einem kurzen »Ja?«

»Hör mal gut zu, du miese Ratte!«, tönte Scharnagel. »Wir lassen uns von dir nicht erpressen. Ich sage dir jetzt, was passieren wird. Du wirst das Mädchen freilassen. Das ist alles. Hier wird nichts unterschrieben. Die Polizei hat keine Beweise. Und du auch nicht. Alles was zählt, sind deine Erpressungsversuche und die Entführung. Dafür wanderst du in den Knast. Ende der Durchsage.« Anstatt Steiner das Telefon zurückzugeben, warf er es Bleeker zu.

Steiner hatte während Scharnagels Ausbruch den Kopf geschüttelt. »Das können wir nicht machen«, murmelte er jetzt. »Es geht um mein Kind. Wenn er ihr was antut, weiß ich nicht ...« Er straffte die Schultern und streckte die Hand nach seinem Mobiltelefon aus. »Ich rufe jetzt die Polizei.«

Scharnagel sah Bleeker an und schüttelte kaum merklich den Kopf. Bleeker ließ das Handy in seine Hosentasche gleiten.

Steiner sprang auf und stürzte sich auf ihn. »Gib mir das Telefon!«

Mit einer schnellen Bewegung wehrte Bleeker seinen Kollegen ab und stieß ihn zurück. Doch der griff erneut an, packte mit beiden Händen Bleekers Kragen und zerrte ihn aus dem Sessel, so dass er zu Boden rutschte. Mit einer Hand drückte er seinen Hals nach unten, mit der anderen griff er in dessen Hosentasche und tastete nach dem Handy. In dem Augenblick, als er es fassen und hervorziehen konnte, explodierte etwas auf seinem Hinterkopf. Grelle Lichtpunkte tanzten vor seinen Augen, dann wurde es dunkel.

Keuchend wälzte sich Bleeker unter dem leblosen Körper hervor. »Mein lieber Mann, der hätte mich fast umgebracht.«

Scharnagel starrte auf die Cognacflasche in seiner Hand. Dann hob er den Blick und deutete auf Steiner. »Wir müssen ihn verschwinden lassen.«

*

Als die ersten Arbeiter am Werkstor der CuxStahl erschienen, fragte Felix Dorn nach Mats Flemming. »Den kannst du nicht verfehlen«, antwortete ein älterer Mann. »Groß, kräftig, rote Haare.« Mit zwei Fingern tippte er an den Schirm seines Elbseglers. »Ohne Mütze.«

Es dauerte dann doch eine Weile, bis der Gesuchte erschien. Umringt von etwa einem halben Dutzend Kollegen, näherte sich der Mann, auf den die Beschreibung passte, dem Ausgang. Alle paar Schritte hielten sie inne. Offenbar befanden sie sich in einer Diskussion. Einige gestikulierten, andere nickten oder schüttelten den Kopf. Der Rothaarige, der seine Kollegen um Haupteslänge überragte, sprach ohne erkennbare Mimik oder begleitende Gesten. Kurz vor dem Tor hoben einige der Männer die Hand zu einem knappen Gruß, dann zerstreute sich die Gruppe.

Felix trat dem Rothaarigen in den Weg. »Herr Flemming?«

»Wer will das wissen?« Der Mann musterte ihn mit zusammengekniffenen Augen.

»Mein Name ist Felix Dorn. Ich bin Redakteur bei den Cuxhavener Nachrichten.«

Flemmings Miene verzog sich zu einem verhaltenen Grinsen. »Du bist das. Freut mich, dich kennenzulernen. Deine Artikel gefallen mir. Meistens jedenfalls. Ziemlich kritisch. Findet man nicht so oft in unseren Käseblättern. Was willst du von mir?«

»Können wir uns irgendwo in Ruhe unterhalten? Ich befasse mich gerade mit der wirtschaftlichen Situation der CuxStahl. Scheint nicht besonders gut auszusehen. Sie und Ihre Kollegen sehen in eine unsichere Zukunft. Stimmt's?«

»Da sagst du was.« Flemming streckte ihm die Hand hin. »Ich heiße Mats.« Er deutete zu einem Fahrradständer. »Mein Drahtesel steht da drüben. Kann dich leider nicht mitnehmen.«

»Kein Problem«, versicherte Felix. »Ich habe ein Auto. Wir können zusammen …«

Flemming schüttelte den Kopf. »Ich fahre mit dem Fahrrad. Außerdem habe ich noch eine Verabredung. Dauert aber nicht lange. Wir können uns in einer Stunde bei Aale Peter treffen. Duhner Strandstraße. Geht das für dich in Ordnung?«

»Klar. Die Kneipe kenne ich. Also dann, wir sehen uns in einer Stunde.«

*

Als Leas Handy klingelte und »Papa« als Anrufer anzeigte, meldete Daniel sich mit einem knappen »Ja.«

»Hör zu!« Es war wieder Scharnagels Stimme. »Deine Erpressung kannst du vergessen. Tom Steiner ist nicht in der Lage, irgendetwas zu schreiben oder zu unterschreiben. Er kann auch nicht telefonieren. Das wird er auch in Zukunft nicht können. Von uns bekommst du nichts. Und wenn du nicht aufhörst, uns zu belästigen, werden wir dir das Maul stopfen. Ende.« Es knackte, das Display meldete: Verbindung beendet.

Daniel ließ das Telefon sinken und sah Lea an. »Die Verbrecher haben deinen Vater kaltgestellt. Oder sie haben es vor. Jedenfalls kann er angeblich nicht telefonieren.«

»Was bedeutet das?« Leas Stimme zitterte.

»Wahrscheinlich wollte er auf meine Forderungen eingehen. Deinetwegen. Aber die anderen lassen das nicht zu. Also müssen sie ihn irgendwie mundtot machen.«

»Mundtot?«

»Mindestens.« Vor seinem inneren Auge sah Daniel zwei Männer vor sich, die einen dritten Mann zu einem Paket verschnürten und ins Hafenbecken warfen. »Auf Dauer können sie das nur, wenn sie ihn umbringen.«

Lea zerrte an den Handschellen. Tränen liefen ihr über die Wangen. »Wir müssen zu ihm. Bitte, Daniel. Ich mache alles, was du sagst. Aber lass uns hinfahren. Oder ruf die Polizei an.«

»Wir wissen nicht, wo dein Vater ist. Vielleicht liegt er schon verschnürt in einem Kofferraum. Es hat keinen Zweck, nach ihm zu suchen.«

»Dann lass uns zur Polizei fahren. Ich sage ihnen, dass ich freiwillig mit dir mitgekommen bin.« Ihre verheulten Augen zeigten den Anflug eines Lächelns. »Bin ich ja auch. Und von der Erp… ich meine, alles andere müssen die nicht erfahren. Jedenfalls nicht von mir. Wenn du der Polizei erzählst, was du weißt, finden die bestimmt heraus, wie das Unglück mit deiner Schwester passiert ist.«

Daniel wehrte sich gegen den Gedanken, dass Lea Recht haben könnte, versuchte sich vorzustellen, was die Beamten tun würden, wenn er ihnen die Zeichnungen zeigte. Würden sie ernst nehmen, was auf den Skizzen dargestellt war? Und Oskar glauben, dass er das Auto und die drei Männer mit eigenen Augen gesehen hatte? Oskar war ein Unsicherheitsfaktor. Manchmal war es schwer, sich ihm verständlich zu machen und zu verstehen, was er meinte. Besonders wenn er Angst hatte. Aber vielleicht konnte die junge Kriminalbeamtin sein Vertrauen gewinnen.

»Ich weiß nicht«, sagte er. »Diese Leute haben bestimmt gewiefte Anwälte. Solche, die alles infrage stellen und die Tatsachen so verdrehen, dass man nicht dagegen ankommt.« Während er seine Bedenken formulierte, keimte in ihm der Wunsch, Leas Vorschlag zu folgen. Zumindest käme er dann aus der Entführungs- und Erpressungsnummer heraus. Andererseits fehlte noch immer eine Strafe für den dritten Mann. Scharnagel hatte seine bekommen, Steiner inzwischen auch, wenn auch nicht von ihm. Aber Bleeker hatte am Steuer des Wagens gesessen. Wenn Polizei und Justiz ihn nicht zur Verantwortung zögen, würde eine Rechnung offen bleiben.

»Ich meine«, sagte Lea, »es ist deine – unsere – einzige Chance. Was … mein Vater … dir angetan hat, ist schrecklich. Aber deswegen dürfen wir nicht zulassen, dass diese Leute ihn umbringen.«

»Du glaubst mir?«

Lea nickte wortlos.

*

»Schwer vorstellbar, dass die Geschichte mit dem Investor stimmt.« Felix unterbrach sich, als die Bedienung sein Spezi brachte. Sein Gegenüber hatte ein leeres Glas vor sich und nutzte die Gelegenheit, ein neues Bier zu bestellen. Offenbar hatte er seine Verabredung hier gehabt und saß schon länger am hintersten Tisch der gemütlichen Kneipe. Für die frühe Stunde war sie recht gut besucht. Die meisten Gäste saßen weiter vorn oder an der Theke.

»Was Scharnagel euch erzählt hat«, fuhr Felix fort, »klingt sehr nach Siemens. Die haben aber längst ihr eigenes Konzept. Vor zwei Monaten hat der Konzern mit seiner aktuellen Offshore-Windkraftanlage eine neue Plattformstrategie vorgestellt. Die wollen vor allem Kosten senken, indem sie Standards und Module einführen. Wie in der Autoindustrie. Warum sollten sie in einen neuen Standort investieren, der die dafür notwendigen Voraussetzungen nicht erfüllt?«

Nachdenklich sah Mats Flemming ihn an. »Kannst du das herausfinden?«

Felix hob die Schultern. »Vielleicht. Käme auf einen Versuch an. Aber was würde euch das nützen? Vielleicht übernimmt Siemens, vielleicht ein anderer Investor – aber nur, um den Laden plattzumachen? Oder aber die Information ist falsch und es gibt keinen Investor – würde sich die Situation für euch ändern?«

»Allerdings.« Flemming nahm sein Bier entgegen und leerte geräuschvoll ein Drittel des Glases. »Wir würden nicht länger stillhalten.«

»Heißt das wilder Streik?«

»Kann man so nennen. Ich sage dazu Notwehr.« Er beugte sich vor und senkte die Stimme. »Ich halte diese Offshore Consulting für eine kriminelle Vereinigung. Die wollen nur absahnen, solange die Firma noch zahlungsfähig ist. Reden von Sanierung, meinen damit aber nicht uns, sondern ihren eigenen Laden. Wenn die hier fertig sind, landen wir in der Insolvenz.«

»Meinst du, Bannack lässt sich das gefallen?«

Flemming winkte ab. »Manchmal denke ich, er ist sich nicht wirklich im Klaren über die Situation der CuxStahl. Außerdem hat der doch seine Schäfchen im Trockenen. Ihm kann gar nichts passieren. Wie man hört, hat er ein Privatvermögen von über hundert Millionen angesammelt. Aber wir gehen den Bach runter. Die Arbeiter und ihre Familien. Das ist der Punkt. Deshalb müssen wir diese Blutsauger aus Hamburg loswerden. Und wenn sich herausstellt, dass die Sache mit dem Investor auch gelogen ist, wird es höchste Zeit.«

»Was wollt ihr tun?«

»Du wirst dabei sein«, grinste Flemming. »Wenn du die Sache mit Siemens klärst, gebe ich dir Bescheid. Rechtzeitig. Cuxhaven kann dann was erleben.«

Felix leerte sein Glas und streckte die Hand aus. »Morgen früh versuche ich, die Presseabteilung von Siemens zu erreichen.«

Mats Flemming schlug ein. »Abgemacht.«

19

Es war dunkel. Und kalt. Ihre Ohren nahmen Geräusche wahr. Unwirkliches Summen und Piepen. Wo war sie? Warum konnte sie nichts sehen? Sie wollte die Augen öffnen, aber die viel zu schweren Lider gehorchten ihr nicht, waren wie verklebt. Der Versuch, eine Hand zu Hilfe zu nehmen, scheiterte. Keiner ihrer Arme ließ sich bewegen. Ihr Gehirn formulierte einen Hilferuf, doch auch der Mund weigerte sich, dem Befehl zu folgen. Die Zunge lag geschwollen in der trockenen Mundhöhle, schien am Gaumen zu kleben. Sie fühlte sich pelzig an und schmeckte bitter.

Erneut konzentrierte sie sich auf ihre Augen, rollte sie hin und her. Sie wollte der Dunkelheit entfliehen, presste die Lider zusammen, um sie anschließend aufzureißen. Nur zögernd folgten sie diesmal dem Befehl. Durch einen schmalen, verschleierten Schlitz nahm sie Helligkeit wahr. Eine unbestimmte Helligkeit, ohne Konturen, ohne Anhaltspunkt, ohne Hinweis auf den Ort, an dem sie sich befand. Sie wandte den Kopf, immerhin ließ er sich wenige Zentimeter drehen. Doch der Lichtstreifen veränderte sich kaum.

Ein Albtraum. Es musste ein Albtraum sein. Irgendwann würde sie aufwachen und in die Realität zurückkehren. Aber in welche Realität? Sie hatte keinerlei Erinnerung.

In das Summen und Piepen mischte sich ein anderer Ton, ein rhythmisches Klingelzeichen, das ihr vage bekannt vorkam, dennoch konnte sie es nicht zuordnen. Dann tauchte noch ein Geräusch auf. Mit zunehmender Erregung registrierte sie, wie in ihrem Kopf ein Bild entstand. Schuhe mit Kreppsohlen, die über einen PVC-Bodenbelag wanderten. Die Schritte kamen näher, jemand warf einen Schatten über ihre halb geöffneten Augen.

»Frau von Rosenbach, können Sie mich hören?« Eine männliche Stimme, kräftig, freundlich, fordernd.

Katharina wollte antworten, doch was sie hervorstieß, war nicht mehr als ein unartikulierter Laut.

»Sie sind im Krankenhaus Cuxhaven«, fuhr die Stimme fort. »Sie hatten einen Unfall.«

»Unfall?«, wollte sie fragen. »Was ist mit meinem Auto?« Doch wieder drangen nur undeutliche Zischlaute aus ihrem Mund.

»Das wird schon noch«, erklärte der Mann. Seine Finger tasteten nach ihrem Handgelenk. »Jetzt sind wir erst mal froh, dass Sie aufgewacht sind.« Katharina sank zurück in die Dunkelheit.

Als sie kurze Zeit später erneut erwachte, ließen sich die Lider leichter öffnen. Aus dem diffusen schmalen Lichtstreifen wurde eine grellweiße Fläche, die so stark leuchtete, dass sie die schmerzenden Augen rasch wieder schloss. Auch jetzt umgab sie diese Klangkulisse aus Summen, Piepen und Rauschen. Doch diesmal erschien sie ihr weniger unwirklich. Es musste eine Erklärung geben. Während sie danach suchte, lauschte sie weiter auf die Geräusche. In Bruchstücken kehrte die Erinnerung zurück. »Sie sind im Krankenhaus«, hatte die Stimme gesagt. Ein Arzt? War sie in der Charité? Nein, das hieß anders. Die Stimme hatte einen anderen Namen genannt, einen, der nicht zu Berlin passte. Irgendwas mit …

In die Geräusche mischte sich der Klingelton, den sie schon kannte. Fast gleichzeitig hörte sie wieder Schritte. Zwei Personen, die sich näherten und offenbar miteinander sprachen. »Die Frakturen an den Extremitäten sind nicht das Problem. Sorgen macht uns die Kalottenfraktur. Die verschobenen Bruchstücke müssen fixiert werden. Aber bisher …« Die Stimme verstummte, als Katharina die Augen öffnete. Dankbar registrierte sie, dass die Helligkeit jetzt besser zu ertragen war. Von jeder Seite des Bettes beugte sich eine Gestalt über sie. »Frau von Rosenbach, können Sie mich hören?«

Warum wollen die immer nur wissen, ob ich hören kann, dachte Katharina. Ich kann mich nicht bewegen, nicht sprechen. Sie wollte rufen. Doch wieder brachte ihr Mund nur Zischlaute hervor. Sie versuchte zu nicken, bewegte die Lider, stieß weiter Unverständliches hervor, nur um die Aufmerksamkeit der Ärzte zu gewinnen und nicht wieder allein gelassen zu werden. Eine Hand berührte ihren Kopf, schob das Augenlid nach oben und richtete einen Lichtstrahl in ihre Pupille. »Erstaunlich«, murmelte eine Stimme. »Die Frau ist dem Tod von der Schippe gesprungen, der Sturz hat sie nicht umgebracht. Mit etwas Glück kriegen wir sie wieder hin.«

Es war dieses kleine Wort »Sturz«, durch das die gestaltlosen Erinnerungsfetzen, die in ihrem Kopf kreisten, plötzlich zu einem Bild vereinigt wurden, das seinerseits eine Gedankenlawine auslöste. Sie war nicht in Berlin, nicht in der Charité, hatte keinen Autounfall gehabt. Ihr Vater hatte sie nach Cuxhaven geholt. In diese Stahlbaufirma. Sie hatte eins der Tripiles untersucht. Mit dem Hubsteiger. Und weil dieses Ding viel zu langsam gewesen war, hatte sie den Mann gebeten, nein gedrängt, ihr Zugang zur Programmierschnittstelle zu verschaffen. Sie hatte die Bewegungsparameter erhöht, um schneller arbeiten zu können. Der arme Mann machte sich jetzt sicher Vorwürfe. Sie musste mit ihm sprechen. Sofort.

Ihr Puls hatte zu rasen begonnen, ihr Atem hatte sich beschleunigt. Erneut versuchte sie einen Satz herauszupressen. »Ganz ruhig«, hörte sie die Stimme des Arztes. Eine Hand legte sich auf ihre Stirn. »Atmen Sie gleichmäßig, versuchen Sie, leise zu sprechen! Dann können wir Sie vielleicht verstehen.« Ein Kopf beugte sich über sie. »Flüstern Sie, Frau von Rosenbach, flüstern Sie!«

Katharina zwang sich zur Ruhe, sammelte ihre Kräfte und konzentrierte sich auf den Namen, der in ihrem Kopf kreiste.

*

»Die Handy-Ortung läuft.« Hauptkommissar Röverkamp betrat das Büro und legte ein Blatt vor Marie auf dem Schreibtisch ab. »Wenn Daniel Peters sein Mobiltelefon einschaltet, haben wir ihn. Auf das Ergebnis des Faservergleichs müssen wir noch warten. Aber die Kriminaltechniker arbeiten dran.«

Marie nickte. »Wenigstens etwas.« Sie deutete auf das Telefon. »Wir hatten einen Anruf aus dem Krankenhaus. Katharina von Rosenbach ist aufgewacht. Sie hat den Ärzten einen Namen genannt. Du wirst es kaum glauben.«

Gespannt sah Röverkamp sie an. »Hat sie mitgekriegt, wer die Steuerung des Hubsteigers manipuliert hat?«

Die Kommissarin hob die Schultern. »Es kommen ja nicht viele infrage. Und dieser gehört zweifellos dazu. Wir haben ihn allerdings bisher nicht ernsthaft als möglichen Täter in Betracht gezogen. Es handelt sich um Manfred Tönjes, den Metallbaumeister von der CuxStahl.«

Röverkamp ließ sich auf den Sessel fallen. »Der freundliche alte Herr? Fällt mir schwer zu glauben, dass der ein Motiv hat.« Er seufzte. »Aber die menschlichen Abgründe sind undurchschaubar. Wäre nicht das erste Mal, dass der Eindruck trügt. Also nehmen wir uns den Mann vor. Was gibt es Neues von Steiner?«

»Er hat das Haus in der Deichstraße nicht verlassen. Wenn die Kollegen nicht zwischendurch geschlafen haben, befindet er sich noch immer in den Büros der Offshore Consulting.«

»Seltsam.« Der Hauptkommissar schüttelte unwillig den Kopf. »Warum sollte er bei Scharnagel Wurzeln schlagen? So lange kann die Abstimmung mit seinen Kumpanen nicht dauern. Das gefällt mir nicht, Marie. Frag bei den Kollegen noch einmal nach, und wenn die schwören, das Haus nicht aus den Augen gelassen zu haben, gehen wir hin.«

Als Marie gerade zum Hörer greifen wollte, meldete sich das Telefon. Der Anruf kam von der Wache.

»Wir haben hier ein junges Paar«, sagte die Kollegin. »Die beiden möchten unbedingt mit dir und Röverkamp reden. Ich habe ihnen gesagt, dass ihr beschäftigt seid. Aber der junge Mann besteht darauf. Es ginge um den Tod seiner Schwester. Angeblich kann er beweisen, wer sie umgebracht hat. Einer der Täter soll der Vater seiner Begleiterin sein und sich in Lebensgefahr befinden. Alles ziemlich unglaub…«

»Wie heißt der Junge?«, unterbrach Marie die Beamtin. »Daniel Peters?«

»Ja. Genau. Woher weißt du …?«

»Bringt ihn rauf!«, rief Marie in den Hörer. »Das Mädchen natürlich auch.« Sie legte auf und sah Konrad Röverkamp an. »Die Handy-Ortung kannst du absagen. Daniel Peters ist von sich aus gekommen. Mit der Tochter eines Mannes, der ... Kann eigentlich nur die von Steiner sein.« Sie rieb sich die Hände. »Jetzt kommt Bewegung in die Sache.«

*

»Den jubeln wir Flemming und Konsorten unter.« Scharnagel deutete auf Steiner, der gefesselt und geknebelt auf dem Fußboden lag, und grinste vielsagend. »Das war doch eine nette Drohung, als sie euch auf die Gabelzinken des Staplers genommen haben. Ich habe es mit eigenen Augen gesehen, du warst dabei, und es gibt jede Menge Zeugen. Was liegt also näher, als dass die Brüder ihre Drohung später wahrgemacht haben. Kannst du den Gabelstapler bedienen?«

Bleeker nickte. »Ich denke schon.«

»Also gut. Dann machen wir es so. Du holst Steiners Wagen. Dann fahren wir mit ihm aufs Werksgelände und kippen die Kiste samt Inhalt in die Nordsee. Man wird glauben, dass der rote Aufwiegler und seine Spießgesellen dafür verantwortlich sind.«

Eine halbe Stunde später rangierte Jesko Bleeker den dunkelblauen Skoda Yeti so vor den Hauseingang in der Deichstraße, dass die Heckklappe nur geöffnet werden konnte, wenn auch die Haustür offen war. Er stieg aus und legte die Rücksitze um. Kurz darauf verfrachteten die beiden Männer Steiners zusammengeschnürten Körper in den Skoda.

»Ich nehme deinen Wagen. Gib mir den Schlüssel! Wir treffen uns an der CuxStahl-Halle.« Scharnagel verschwand im Hinterhaus. Von dort verlief ein schmaler Durchgang zu den angemieteten Parkplätzen, wo Bleeker seinen Audi TT abgestellt hatte.

*

»So richtig überzeugt mich eure Geschichte nicht«, stellte Hauptkommissar Röverkamp fest. »Aber die Einzelheiten klären wir später.« Er deutete auf Lea Steiner. »Jetzt schauen wir erst mal, ob wir deinen Vater dort finden, wo er nach unserer Kenntnis sein müsste.«

Marie hatte bereits den Telefonhörer am Ohr. Ungeduldig trommelte sie mit den Fingern auf der Schreibtischplatte. »Na endlich.« Sie drückte auf die Lautsprechertaste. »Was ist mit Steiner?«

»Er müsste noch drin sein«, quäkte die Antwort aus dem Apparat. »Allerdings haben wir nur eingeschränkte Sicht auf die Haustür. Gerade ist ein Wagen weggefahren. Dunkelblauer Skoda Yeti. Hamburger Kennzeichen. Theodor-Samuel-eins-sieben-siebenfünnef. Insasse eine Person, männlich. Entspricht aber nicht der Beschreibung der Zielperson. Sollen wir dem Fahrzeug folgen? Fährt Richtung Adenauerallee.«

»Der gehört meinem Vater«, rief Lea.

Röverkamp nickte. »Ja«, bestätigte Marie. »Folgt dem Wagen. Und haltet uns auf dem Laufenden! Ruft mich auf dem Handy an, wenn sich etwas ergibt!«

»Wir schauen jetzt in Scharnagels Büro nach, oder?« Marie erhob sich und sah ihren Kollegen an.

»So ist es.«

»Kann ich mitkommen?«, fragte Lea.

»Ja, bis nach unten.« Marie ging voraus. »Kommt! Wir parken euch in der Wache.«

»Moment«, wandte Röverkamp ein. »Vielleicht ist es gar keine schlechte Idee, die jungen Leute mitzunehmen. Möglicherweise kann Lea ihren Vater vor einer Dummheit bewahren.«

Sie eilten die Treppe hinunter, Marie informierte die Kollegen der Wache und folgte Konrad Röverkamp, der bereits den Weg zum Hinterhof der Polizeiinspektion eingeschlagen hatte. Kaum hatten sie den Dienstwagen erreicht, meldete sich Maries Handy. »Der Skoda wird von einem schwarzen Audi TT verfolgt. Ebenfalls Hamburger Kennzeichen, Julius-Berta-dreimal die Eins. Sie fahren auf der Neufelder Straße Richtung Osten.«

»Das ist Bleekers Wagen«, sagte Marie. »Die wollen anscheinend zum Werksgelände der CuxStahl. Um diese Zeit wird da nicht mehr gearbeitet. Irgendwas haben die vor. Wir sollten ihnen folgen. Wahrscheinlich haben Scharnagel und Bleeker Steiner in ihrer Gewalt. Die Kollegen können in der Zwischenzeit in den Büros der Offshore Consulting nachsehen.«

»Also los!« Röverkamp schob Lea und Daniel auf die Rückbank und ließ sich auf den Beifahrersitz fallen. »Gib Gas, Marie!« Über Polizeifunk beorderte Röverkamp die Streife zurück in die Deichstraße. »Wir übernehmen die Fahrzeuge. Schaut nach, ob sich noch jemand in den Büros befindet!«

Das Rolltor vor dem Werksgelände war geschlossen. Durch die eisernen Gitterstäbe sahen sie gerade noch Bleekers TT hinter der Halle verschwinden. Röverkamp sprang aus dem Wagen und versuchte das Tor zu öffnen. Doch offenbar war der Schließmechanismus verriegelt. Scharnagel musste über einen Schlüssel oder eine Fernbedienung verfügen. Marie hörte Konrad fluchen.

»Scheiße«, murmelte sie. »Wir müssen da rein.«

»Ich weiß, wie das Tor aufgeht«, behauptete Daniel. »Ich müsste nur auf die andere Seite.« Marie drehte sich zu ihm um. »Du kennst dich aus?«

Daniel nickte.

»Dann los! Komm!« Sie sprang aus dem Wagen und eilte zum Tor, an dessen Stäben Röverkamp vergeblich zerrte. »Daniel muss auf die andere Seite«, rief sie. »Dann kann er uns aufmachen.«

Skeptisch wanderte Röverkamps Blick zwischen ihr und Daniel hin und her. »Sollen wir jetzt Räuberleiter machen?«

»Warum nicht?«, entgegnete Marie, stellte sich mit dem Rücken an das Gitter und faltete die Hände vor dem Unterleib.

»Spinnst du?«, schimpfte Röverkamp. »Das lässt du schön bleiben! So weit kommt es noch, dass du in deinem Zustand …«

Marie schlug die Hand vor den Mund. »Daran habe ich gar nicht gedacht.« Sie wandte sich um. »Seht mal da!« Ihr ausgestreckter Arm deutete auf das Werksgelände, wo Steiners Skoda langsam zur Kaje rollte. Zwanzig oder dreißig Meter vor der Kaimauer blieb der Wagen stehen, die Tür ging auf, und der Fahrer stieg aus. »Ist das nicht Scharnagel?«, fragte Marie. »Die haben die Wagen gewechselt.«

Röverkamp nickte. In diesem Augenblick sprang ein schwerer Diesel an, kurz darauf rollte ein Gabelstapler aus der Halle und nahm Kurs auf den Skoda Yeti.

»Was wird das denn?« Marie schüttelte den Kopf.

»Die wollen meinen Vater umbringen!« Lea Steiner war ausgestiegen und starrte mit aufgerissenen Augen auf die Szene.

»Daniel!«, rief Röverkamp. »Komm!« Er stellte sich rückwärts an das Tor. Daniel rannte zu ihm, stieg erst in die gefalteten Hände, dann auf die Schultern des Hauptkommissars, zog sich hoch auf die Umrandung des Tores, schwang sich hinüber und sprang auf der anderen Seite in die Tiefe. Geschickt rollte er sich ab und hastete zu dem Metallkasten, in dem die Steuerung untergebracht war. Mit seinem Taschenmesser brach er den Deckel auf.

Lea stieß einen Schrei aus und deutete auf den Gabelstapler, der den Wagen erreicht hatte und nun die Gabelzinken unter das Bodenblech schob. Im nächsten Augenblick dröhnte der Motor. Allmählich wurde der Skoda angehoben. Als er einen halben Meter Höhe erreicht hatte, setzte sich der Gabelstapler in Bewegung. Mit seiner Last bewegte er sich langsam in Richtung Kaimauer.

»Die kippen den Wagen in die Nordsee«, rief Marie. »Daniel, beeil dich!«

»Ich hab's gleich. Kann sich nur noch um Sekunden handeln. – Jetzt!«

Das Tor setzte sich in Bewegung. »Los! In den Wagen!« Röverkamp sprang hinter das Steuer und startete, Marie warf sich auf den Beifahrersitz. Viel zu langsam glitt das Stahlgitter zur Seite. Als die Lücke ausreichend groß erschien, ließ Röverkamp den Motor hochdrehen und preschte mit dem Dienstwagen auf das Gelände. Bis zum Gabelstapler waren es vielleicht fünfhundert Meter, noch einmal fünfzehn oder zwanzig bis zur Kaimauer. Scharnagel hatte den herannahenden Wagen bemerkt. Er rannte zu Bleekers Audi. Der Mann im Führerhaus des Staplers war nicht zu erkennen. »Das muss Bleeker sein«, vermutete Marie. »Wahrscheinlich befindet sich Steiner in dem Skoda.«

Röverkamp nickte stumm und konzentrierte sich auf das Ziel. Er wollte der tödlichen Fracht den Weg abschneiden. Als sie den Gabelstapler erreichten, fuhr er scharf daran vorbei, bremste mit voller Kraft und riss das Lenkrad herum. Der Dienstwagen kam ächzend zum Stehen. Ein knapper Meter trennte ihn von der Kaimauer. Auf der anderen Seite berührte sein Dach fast den schwebenden Skoda. Doch der Stapler setzte zurück, drehte auf der Stelle und suchte einen neuen Weg zum Meer.

»Ihr bleibt im Wagen!«, befahl der Hauptkommissar und sprang hinaus. Er zog seine Dienstwaffe, entsicherte sie und richtete den Lauf auf das Führerhaus. Als der Fahrer nicht reagierte, drückte er ab. Das Geschoss durchschlug die Scheibe, ohne den Mann zu treffen. Der Gabelstapler rollte weiter, die schwankende Fracht wie eine Opfergabe vor sich her tragend. Nur eine geringe Entfernung trennte ihn von der Kaimauer, vor der die Nordseewellen tosten.

Mit ein paar schnellen Schritten erreichte Röverkamp den Stapler, sprang auf das Trittbrett der Tür, holte aus und schlug mit der Pistole das Seitenfenster ein. Durch die Öffnung zielte er auf den Fahrer, in dem er Jesko Bleeker erkannt hatte. »Anhalten!«, brüllte er.

Endlich reagierte der Mann. Der Gabelstapler kam zum Stehen, das Dröhnen des Motors erstarb. Röverkamp öffnete die Tür und hielt die Waffe weiter auf Bleeker gerichtet. »Aussteigen!«

Die Arme in die Luft gestreckt, stieg Bleeker aus. Mit Handschellen fixierte Röverkamp ihn an der Maschine. »Wo ist Steiner?«

Bleeker deutete stumm mit dem Kinn zu dem Skoda, der noch immer einen halben Meter über dem Boden schwebte. Röverkamp wandte sich um. Hinter der Scheibe des Dienstwagens sah er die Konturen von Daniel Peters und Lea Steiners angstvolles Gesicht. Doch wo war Marie?

Ein Motor heulte auf, dann kam der schwarze Audi aus dem Schatten neben der Halle hervorgeschossen. Jetzt entdeckte er auch die Kommissarin. Sie war zurück zum Werkstor gelaufen, hatte ihre Dienstwaffe gezogen und sich dem TT in den Weg gestellt.

Du bist verrückt, Mädchen, dachte Röverkamp. Einer wie Scharnagel lässt sich so nicht aufhalten. Tatsächlich preschte er mit unverminderter Geschwindigkeit auf Marie Janssen zu. Langsam hob sie die Waffe, zielte auf den Audi. Doch der Fahrer ließ sich nicht beeindrucken. Dann fielen kurz hintereinander zwei

Schüsse. Der Wagen brach aus der Spur, schleuderte, kippte auf die Seite und überschlug sich. Wenige Meter neben Marie kam das Wrack zum Stillstand. Auf dem Dach, mit drehenden Rädern.

»Mein Auto«, jammerte Bleeker. »Der hat mein Auto ruiniert.« Kopfschüttelnd wandte Röverkamp sich ab und winkte Daniel heran.

»Steig mal auf den Gabelstapler!«, sagte er und deutete auf Bleeker. »Dieser Herr wird dir erklären, wie man die Ladung herunterlässt.«

Wenig später öffnete er die Heckklappe des Skoda und befreite Tom Steiner von dessen Knebel und Fesseln, nicht ohne ihn anschließend ebenfalls mit Handschellen zu fixieren. Dann zog er sein Handy aus der Tasche, um mit der Dienststelle zu telefonieren. Dabei beobachtete er aus den Augenwinkeln Lea, die sich zögernd genähert hatte, und hörte sie leise fragen: »Was ist damals mit dem Mädchen passiert?« Steiner schlug die Hände vors Gesicht und senkte den Kopf. Seine Schultern zuckten.

»Wir brauchen die Tatortgruppe«, sagte Hauptkommissar Röverkamp in sein Mobiltelefon, während sein Blick zu Marie und Bleekers Audi TT wanderte. Sie hatte Scharnagel aus dem Wagen gezogen, ihm Handschellen angelegt und ihn an die Stahlstäbe des Werkstores gekettet. »Nein«, beantwortete er die Frage seines Kollegen. »Keine Verletzten.«

*

Am nächsten Morgen wurde Marie vom Telefon geweckt. Felix klang ungewöhnlich munter, als sie sich meldete. »Beeil dich! Vor dem Dienst musst du unbedingt noch in die Nordersteinstraße kommen.«

»Was soll ich da am frühen Morgen?« Unwillig schüttelte Marie den Kopf. »Die Geschäfte haben zu, und auch sonst ist in der Fußgängerzone um diese Zeit nichts los.«

»Heute schon.« Felix lachte. »Das musst du dir unbedingt ansehen. Bevor deine Kollegen alles wieder abräumen lassen.«

»Was denn abräumen?«

»Lass dich überraschen! Ich muss jetzt auflegen. Unser Fotograf kommt gerade. Das wird eine schöne Geschichte. Mit schönen Bildern. Also bis gleich.«

Marie betrachtete das Telefon und fragte sich, was Felix um diese Uhrzeit in derart euphorische Stimmung versetzt haben konnte. Sie erinnerte sich an das Gespräch vom vergangenen Abend. Von einem Rettungsangebot des Siemens-Konzerns für die Cux-Stahl war die Rede gewesen. Felix hatte herausgefunden, dass es sich dabei um eine Erfindung von Ralf Scharnagel gehandelt hatte. Darüber hatte er Mats Flemming informiert. Und der hatte eine öffentlichkeitswirksame Aktion angekündigt. Demonstrierten die Arbeiter heute zu früher Stunde in der Innenstadt? Trugen sie ihre Firma symbolisch zu Grabe?

In Maries Kopf erschienen Bilder von streikenden und demonstrierenden Arbeitern. Das hatte es schon öfter gegeben. Mal lautstark, mal schweigend. Aber nie spektakulär. Warum hatte Felix so begeistert geklungen? Seufzend schwang sie sich aus dem Bett. Schlafen würde sie ohnehin nicht mehr. Also würde sie sich fertigmachen und den kleinen Umweg durch das Stadtzentrum einplanen. Vielleicht konnte sie mit Felix dort irgendwo frühstücken.

Während sie sich mit der Morgentoilette beschäftigte, wuchs ihre Neugier. Irgendetwas in Felix' Stimme hatte ihr signalisiert, dass in der Stadt etwas Ungewöhnliches geschah. Sie begann sich zu beeilen.

Als Marie ihren Roller in der Großen Hardewiek abstellte, sah sie bereits das Aufgebot an uniformierten Kollegen. Das Blaulicht eines Streifenwagens, der die Zufahrt zur Fußgängerzone blockierte, zuckte über die Wände der umliegenden Häuser, ein weiteres Polizeifahrzeug rollte gerade heran und brachte weitere Beamte mit. Doch ihr Einsatz schien sich auf reine Anwesenheit zu beschränken, ein Ziel schienen sie nicht zu haben.

Und dann sah sie den Grund des Polizeieinsatzes. Quer über die Segelckestraße lag ein riesiges Stahlrohr und versperrte den Zugang zur Nordersteinstraße. Marie beschleunigte ihre Schritte und näherte sich der stählernen Absperrung. Diese Art Rohre hatte sie schon gesehen. Auf dem Gelände der CuxStahl. Turmsegmente von Windrädern lagerten dort zu Hunderten.

»Was ist passiert?«, fragte sie die Kollegen der Streifenwagenbesatzung, die offenbar nicht wussten, was sie tun sollten.

»Die haben die gesamte Fußgängerzone dichtgemacht.« Der Kollege deutete auf das stählerne Ungetüm. »Mit diesen Riesenteilen. Die müssen die ganze Nacht gearbeitet haben. Überall liegen solche Monsterrohre. Man kommt nicht mehr ohne Weiteres in die Nordersteinstraße. Lieferfahrzeuge schon mal gar nicht. Nur der Durchgang zum Fleckenüsterweg ist offen. Und am Kämmererplatz gibt es so eine Art Schleuse. Da lassen sie aber nicht jeden durch.« Er musterte sie kritisch. »Na, Sie können sich vielleicht irgendwo vorbeiquetschen.«

»Danke für den Tipp!« Marie suchte nach einem Durchschlupf, schlängelte sich zwischen Hauswand und Stahlrohr hindurch und lief weiter. Trotz der Absperrung befanden sich zahlreiche Neugierige auf der Straße. Auch hier standen uniformierte Beamte herum. Ein Fernsehteam des NDR brachte Kameras und Mikrofone in Stellung, ein Rundfunkreporter von Radio Bremen beschrieb seinen Hörern die Situation in der Fußgängerzone von Cuxhaven. Schließlich entdeckte sie Felix, der in Begleitung eines Fotografen Geschäftsleute befragte, die vor ihre Türen getreten waren. Er winkte ihr zu. In diesem Moment näherte sich eine Gruppe von Männern in dunklen Anzügen und ernsten Gesichtern. Sie erkannte den Oberbürgermeister und Arnold Bannack.

Felix richtete das Wort an den Chef der CuxStahl, doch der schüttelte den Kopf. Auch der Oberbürgermeister schien nicht geneigt, auf Fragen einzugehen. Es gab einen kurzen Wortwechsel, dann verschwanden die Herren in Richtung Kämmererplatz.

»Hab ich dir zu viel versprochen?«, grinste Felix. »Das ist doch mal ein Ereignis. Oder?«

Marie nickte. »Cuxhaven kommt landesweit in die Schlagzeilen. Und in die Tagesschau. Aber wie geht's weiter?«

»Das kannst du in den nächsten Tagen in der Zeitung lesen. Bannack hat zugesagt, den Betrieb weiterzuführen. Der OB moderiert

Gespräche zwischen ihm und den Arbeitern. Mats Flemming versorgt mich mit Informationen aus den Verhandlungen.«

»Und jetzt?« Marie sah auf die Uhr. »Ich habe noch eine halbe Stunde Zeit. Wollen wir zusammen frühstücken?«

»Gute Idee.« Felix deutete zum Café Itjen. »Am besten gleich hier.«

*

Als Marie in der Dienststelle eintraf, begegnete sie Anne Lüken. »Gratuliere!«, rief die Pressesprecherin. »Ein toller Erfolg. Der Chef kriegt sich gar nicht mehr ein. Am besten gehst du gleich rauf. Konrad ist schon da, der Staatsanwalt auch.«

»Glückwunsch, Kollege Röverkamp.« Lütjens Stimme drang durch die geschlossene Tür. Marie klopfte und trat ein. »Ihnen natürlich auch«, schob der Kriminalrat nach und nickte ihr zu. »Bitte setzen Sie sich.«

Marie begrüßte Kriminalrat Lütjen, den Staatsanwalt und Konrad Röverkamp. Sie ließ sich auf dem einzigen freien Stuhl nieder.

Lütjen hielt das Gutachten der kriminaltechnischen Untersuchungsstelle hoch. »Die Faserspur aus dem Radkasten von Scharnagels Mercedes konnte eindeutig der Kleidung des Mädchens zugeordnet werden.«

»Das ist nicht unser Verdienst«, knurrte Röverkamp. »Den entscheidenden Durchbruch verdanken wir dem jungen Peters und dessen Freund. Ohne die Zeichnungen wären wir dem Trio nicht auf die Spur gekommen. Leider wissen wir nicht, wer zum Zeitpunkt des tödlichen Unfalls am Steuer gesessen hat. Nach der Skizze dieses Jungen war es Bleeker. Er und Steiner beschuldigen allerdings Scharnagel.«

»Vielleicht haben sie an der Unfallstelle die Plätze getauscht«, vermutete Marie.

»Wie auch immer«, ließ sich Krebsfänger vernehmen. »Haftbefehle sind auf den Weg gebracht. Wir kriegen Scharnagel und Bleeker wegen gemeinschaftlich versuchten Mordes an Steiner dran. Außerdem alle drei wegen des gleichen Delikts an Daniel

Peters. Die Widersprüche in ihren Aussagen zu der Frage, wer den Unfallwagen gefahren hat, sind möglicherweise ein Problem. Aber für mich ist entscheidend, dass die drei Männer das Mädchen gemeinschaftlich zurückgelassen haben und damit für seinen Tod verantwortlich sind. Wer am Steuer saß, wird im Verfahren geklärt werden.« Er wandte sich an Konrad Röverkamp. »Was den Unfall bei der CuxStahl angeht, bin ich nicht so sicher. Warum halten Sie diesen Tönjes für unschuldig?«

»Strafrechtlich ist das, was er getan hat, nicht relevant. Er hat Katharina von Rosenbach lediglich das Programm für den Zugang zu den Betriebsparametern erklärt. Sie muss ihn mit ihrem Charme eingewickelt haben. Die Einstellungen hat sie selbst vorgenommen. Auf mich hat seine Erklärung glaubhaft gewirkt. Er selbst nimmt allerdings die Verantwortung für ihren Sturz auf sich und trägt schwer an dieser *Schuld*. Frau Janssen war gestern Abend noch im Krankenhaus und hat mit Frau von Rosenbach sprechen können. Sie hat die Angaben des Metallbaumeisters bestätigt. Deswegen hat sie seinen Namen genannt, als sie aufgewacht ist. Nicht um ihn zu beschuldigen. Gegen Tönjes müssen wir nicht mehr ermitteln.«

»Also gut.« Krebsfänger erhob sich. »Die drei Herren von der Offshore Consulting nehmen Sie noch mal in die Mangel. Vielleicht verwickeln sie sich in Widersprüche. Oder einer von ihnen wird weich und legt ein Geständnis ab.«

»Steiner«, mutmaßte Marie, als der Staatsanwalt bereits die Tür erreicht hatte.

Skeptisch sah er sie an. »Wie kommen Sie darauf?«

»Intuition.«

»Da bin ich aber froh, dass der Fall in den Händen eines erfahrenen Ermittlers liegt.« Krebsfänger nickte Röverkamp und Lütjen zu und verschwand.

»Wahrscheinlich hast du Recht«, grinste der Hauptkommissar. »Aber unser Staatsanwalt hört so was nicht gern.«

»Ich weiß. Deshalb habe ich es ja gesagt.«

ENDE

Vom selben Autor

Wattläufer

222 Seiten, Paperback, ISBN 978-3-935263-31-3 / 12,00 EUR

Ein Dorumer Fischkutter fischt eine unbekleidete Frauenleiche aus dem Meer. Wo soll Hauptkommissar Röverkamp von der Kripo Cuxhaven mit seinen Ermittlungen ansetzen? Keine Kleider, keine Papiere, keine Übereinstimmung mit Vermisstenmeldungen. An seiner Seite eine junge Absolventin der Polizeischule. Die gräbt in alten Ermittlungsakten und zieht Parallelen.
Als wieder eine Frau spurlos verschwindet, kommt Bewegung in die Sache. Aber ausgerechnet jetzt fällt Hauptkommissar Röverkamp aus, und seine Assistentin muss allein ermitteln. Sie ahnt nicht, dass es jemanden gibt, der sie ständig beobachtet. Wird die Jägerin zur Beute?

Vom selben Autor

Eiskalter Sommer

234 Seiten, Paperback, ISBN 978-3-935263-47-4

Während sich Nordseeurlauber an den Stränden über die außergewöhnlich heißen Tage freuen und Menschen bei der Arbeit über die Hitze stöhnen, erfriert ein Mann im Kühlhaus eines Cuxhavener Fischverarbeitungsbetriebes. Hauptkommissar Konrad Röverkamp und seine junge Kollegin Marie Janssen übernehmen den Fall. Eine Spur führt zu einem Arbeitskollegen des Opfers.
Aber ein weiterer Mord stellt die bisherige Ermittlungsarbeit des Kripoteams in Frage. Es gelingt ihnen nicht, eine Beziehung zwischen ihrem Tatverdächtigen und dem zweiten Toten herzustellen. Doch dann taucht ein Foto auf, das überraschende Verbindungslinien erkennen lässt. Sie deuten in die Vergangenheit. In jenen mörderischen Winter, der das Land zwischen Elbe und Weser vor fast dreißig Jahren heimgesucht hat.

Vom selben Autor

Hotel alte Liebe

246 Seiten, Paperback, ISBN 978-3-935263-73-3

Im Cuxhavener Watt kommen kurz nacheinander zwei Männer ums Leben. Beide waren in die Stadt ihrer Jugend zurückgekehrt, um an einem Jahrgangstreffen ehemaliger Schüler ihres Gymnasiums teilzunehmen. Was sie nicht ahnten: Niemand sonst hatte eine Einladung erhalten. Und bevor sie einen Verdacht schöpfen konnten, waren sie im Hotel Alte Liebe schon ihrem Mörder begegnet. Welche Rolle spielt der angesehene Hotelier und Ratsherr Christopher Hansen? Hauptkommissar Konrad Röverkamp und Kommissarin Marie Janssen bleiben in ihren Ermittlungen zunächst stecken. Als jedoch ein wegen mehrfachen Mordes verurteilter Straftäter aus dem Gefängnis entkommt und in Cuxhaven auftaucht, geraten die Tötungsdelikte in ein völlig neues Licht. Und Marie Janssen in Gefahr ...

Vom selben Autor

Kühle Brise

320 Seiten, Paperback, ISBN 978-3-95475-152-5

Gerhard Övenhorst ist ein bösartiger Geizkragen. Der alte Mann mit dunkler Vergangenheit besitzt zwei Wohn- und Geschäftshäuser in Cuxhaven. Die Pächter der Ladenlokale schröpft er ohne jeglichen Skrupel mit unlauteren Methoden. »Drecksarbeiten« übernehmen zwei Kleinkriminelle für ihn. Doch dann geht er bei der Auseinandersetzung mit einer Mieterin zu weit …
Als in der Wingst eine vom Wolf zerbissene Leiche gefunden wird, soll Kommissarin Marie Janssen die genauen Todesumstände klären. Es ist die erste Zusammenarbeit mit ihrem neuen, jungen Chef. Sein Vorgänger, Konrad Röverkamp, und der ehemalige Kriminalrat Christiansen stehen ihnen zur Seite. Sie erinnern sich an einen ungelösten Mordfall aus den Achtzigerjahren, der einen Zusammenhang zu den aktuellen Ermittlungen nahelegt.

Vom selben Autor

Letzter Sommerabend am Meer

305 Seiten, Paperback, ISBN 978-3-95475-206-5

2002

Vier junge Leute brechen von Cuxhaven aus zu einem Segeltörn nach Helgoland auf. Nur Julia kehrt zurück. Die Yacht gilt als verschollen, Benjamins Leiche wird am Strand von Baltrum angeschwemmt. Erik und Katharina, der Skipper und seine Freundin, bleiben verschwunden.

2019

Grimmershörn Bucht. Julia genießt mit ihrer kleinen Tochter den Sommerabend am Meer. Und glaubt Erik zwischen den Besuchern entdeckt zu haben. Sie informiert seinen Vater, den Besitzer vom Hotel Alte Liebe. Ein fataler Fehler, der ihr Leben und das ihrer Tochter in Gefahr bringen wird.